HEYNE
BÜCHER

Von Marie Cordonnier sind
als Heyne-Taschenbücher erschienen:

*Die Macht der Liebe* · Band 04/127
*Verhängnisvolle Träume* · Band 04/136
*Chantal — Geliebte Lügnerin* · Band 04/170
*Spiel der Herzen* · Band 04/183

MARIE CORDONNIER

# VERRATENE KÜSSE

*Roman*

Originalausgabe

WILHELM HEYNE VERLAG
MÜNCHEN

HEYNE ROMANE FÜR »SIE«
Nr. 04/195


Printed in France 1997
Umschlagillustration: Sharon Spiak / Agentur Luserke
Umschlaggestaltung: Atelier Ingrid Schütz, München
Satz: Fotosatz Prechtl, Passau
Druck und Bindung: Brodard & Taupin

ISBN 3-453-12410-3

# 1. Kapitel

*PARIS — April 1602*

»Die ehrsame Jungfer Valentine Pelletier, im Auftrag des Maître Gaston Pelletier, Kürschner des Königs und oberster Zunftherr der Kürschner von Paris!«

Valentines sittsam gesenkte Lider verbargen hinter einem dichten Schleier aus haselnußfarbenen, sanft gebogenen Wimpern das triumphierende Aufblitzen ihres Blickes, während der steife Wachhabende, der sie bis vor die königlichen Gemächer des Louvre begleitet hatte, seine monotone Anmeldung bei der Garde der Königin wiederholte. Erst als sich die Hellebarden hoben und den Weg frei gaben, öffnete sich wie auf ein geheimes Kommando von innen, die schwere geschnitzte Flügeltür, die in das Vorzimmer der Königin von Frankreich führte.

»Ihr werdet bereits erwartet«, sagte eine gebieterische Frauenstimme, und Valentine fühlte sich schon mißbilligt, ehe sie überhaupt die Möglichkeit gehabt hatte, den Mund zu öffnen. Die noblen Edeldamen Ihrer Majestät machten sich nicht die Mühe, einer einfachen Handwerkerstochter mit Höflichkeit zu begegnen.

Als Folge davon verzichtete das junge Mädchen auf die untertänige Reverenz, die ihr der Vater so dringend anempfohlen hatte. Sie besaß auch ihren Stolz. Sie neigte lediglich den schmalen Kopf mit der sittsamen weißen Haube und straffte die Schultern unter dem fehgefütterten Umhang. Sie war eine freie Bürgerin der Stadt und beileibe keine schüchterne, dumme Magd!

»Wir sind sofort aufgebrochen, nachdem uns der Ruf Ihrer Majestät erreicht hat«, sagte sie offen in das verkniffene Gesicht der schwarz gekleideten Kammerfrau. »Mein Vater leidet nach dem schweren Winter unter Gicht und liegt zu Bett. Da er aber die Königin nicht warten lassen wollte, bin ich an seiner Statt erschienen.«

Halb von der Erklärung besänftigt und halb von dem bezaubernden Lächeln beruhigt, das die respektvollen Worte der Jungfer Pelletier begleitete, raffte die Dame ihre schweren Brokatgewänder und deutete auf das nächste Gemach. »So kommt. Marie de Medici wartet nicht gerne. Ich hoffe, Ihr habt die schönsten Felle Eures Vaters mitgebracht, wie es gewünscht wurde.«

Die gewichtige, eisenbeschlagene Truhe, die zwei Gesellen des Hauses Pelletier in das angegebene Kabinett schleppten, sprach für sich. Die Helfer wurden von einem hageren, jungen Mann beaufsichtigt, der sich ungeschickt aus einer steifen Reverenz erhob. Er trug ein pelzbesetztes Samtwams, das seine Wichtigkeit unterstreichen sollte, aber an seiner Gestalt eher ungünstig aussah. Der unstete Blick seiner kleinen, tief eingegrabenen, blaßblauen Augen flitzte durch das reich ausgestattete Gemach, als wolle er die genauen Preise der prächtigen Wandbehänge taxieren und die Anzahl der übereinanderliegenden Teppiche zählen.

Valentine stellte ihn der Kammerfrau vor. »Das ist Hughes Badoix, der Meistergeselle meines Vaters. Er wird Euch bestätigen, daß es im ganzen Königreich keine schöneren Pelze gibt als in dieser Truhe!«

»Wir werden sehen, mein Kind«, gab sich die hohe Dame von oben herab. Statt eines angesehenen Handwerksmeisters mit einem jungen Mädchen zu verhandeln, schien beträchtlich unter ihrer Würde zu sein. »Breitet Eure Pelze auf diesem Tisch aus. Ich werde Ihrer Majestät Bescheid geben, daß Ihr eingetroffen seid.«

Sie rauschte durch eine andere Tür davon, und Valentine fand sich mit den drei jungen Männern allein in einem exquisit ausgestatteten Gemach, das von blutroten Samtvorhängen beherrscht wurde und mit schweren spanischen Möbeln ausgestattet war. Der riesige Kamin war mit rosafarbenem Marmor verkleidet, und in prächtigen Alabastervasen standen blühende Apfelzweige.

Man hatte sie offensichtlich in den Gewächshäusern des Königs gezogen, denn bisher wartete man auch in Paris vergeblich auf das Einsetzen der wärmeren Jahreszeit. Kein Wunder, daß die junge Königin, die aus dem sonnigen Großherzogtum von Toskana kam, um Pelze und warme Mäntel schickte.

»Ihr werdet noch das Geschäft verderben«, schnob Hughes Badoix, während er mit geübtem Griff die schweren Felle über die Bänke und Tische des Raumes verteilte. »Es fehlt Euch an der nötigen Ehrerbietung.«

Aus den dichten Fellen, die matt glänzend im Licht der Kerzen lagen, die zusätzlich zum hellen Licht des Vormittages in silbernen Leuchtern brannten, stieg Valentine der vertraute Duft der Magazine ihres Vaters entgegen. Etwas, das sie an wilde Tiere erinnerte, an warme Höhlen im Winter, an zärtliche Berührungen und orientalische Gewürze. Für sie lebten diese Pelze und waren nicht nur einfach Handelsware wie für den gerissenen Kürschnergesellen, der bei ihrem Anblick lediglich an Goldstücke dachte.

»Papperlapapp!« fuhr sie Hughes in vertrauter Manier über den Mund. »Laßt mich nur machen. Es gibt keine Frau auf der Welt, die diesen Fellen widerstehen kann. Nicht einmal eine Königin!«

»Es ist wider die guten Sitten, daß Ihr im Namen Eures Vaters handelt!« blieb Hughes steif bei seinem Tadel, und die beiden anderen Gesellen warfen sich einen kurzen Blick zu.

Im Hause Maître Pelletiers ging man allgemein davon aus, daß aus Hughes und Valentine früher oder später ein Paar werden mußte. Sie war das einzige Kind des Kürschners und seiner Gemahlin, und demzufolge hätte ihr künftiger Gemahl eines Tages die Möglichkeit, den Zunftbrief des Meisters zu übernehmen.

Kein Mann von klarem Verstande würde eine solche Gelegenheit leichtfertig ausschlagen. Aber es erforderte auch die Geduld eines Engels, mit dem eigensinnigen Kopf und der spitzen Zunge der Jungfer Pelletier zu leben. Wer ließ sich schon gerne Vorschriften machen, noch ehe er vor dem Altar den Bund der Ehe geschlossen hatte. Hughes Badoix war sich der Blicke bewußt und deswegen beharrte er ärgerlich auch auf seinem Verweis.

»Es mangelt Euch an Bescheidenheit und Zurückhaltung, Valentine. Ich ...«

»Ja, wen haben wir denn da? Einen leibhaftigen Engel! Gott zum Gruße, schöne Jungfer! Erlaubt mir, daß ich Euch sage, daß Ihr der erste Lichtblick dieses wahrhaft abscheulichen Tages seid. Verratet mir Euren Namen, damit ich weiß, wem diese göttlichen Züge gehören!«

Das schwere grüne Samtcape, das mit einem wundervollen Weißfuchs gefüttert war, glitt unbeachtet aus Valentines Fingern, während sie den Mann ansah, der durch eine Seitenpforte eingetreten war und nun eine Verbeugung vor ihr machte, die der Königin persönlich angemessen gewesen wäre. Ein Ritter, ein junger Edelmann, unzweifelhaft. Einer jener hoffnungsvollen Söhne aus den ersten Familien Frankreichs, die sich um den König scharten, um an seiner Seite Ruhm und Ehre zu finden.

Sie war nicht fähig, die kleinste Bewegung zu tun. Wie vom Donner gerührt stand sie vor ihm und konnte nicht anders, als diesen Aristokraten zu betrachten, dessen Erscheinung in ihrem Herzen ein Echo hervorrief, das sie ebenso sehr lähmte wie beglückte.

Er war schön. Etwas anderes konnte sie nicht denken oder empfinden. Makellos wie ein goldener Sonnenaufgang über den Dächern der morgendlichen Stadt. Perfekt, wie das schimmernde, warme Braun eines vollkommenen Zobelfells, anrührend wie das Bildnis der sanften kleinen Madonna, der Valentine ihre Gebete in Notre Dame widmete. Bei Gott, sie mußte ihm antworten, sonst würde er sie für eine törichte Gans halten!

»Mein Name ist Valentine Pelletier, Seigneur«, zwang sie sich in die Wirklichkeit zurück und die Erregung verlieh ihrer schönen Stimme den tiefen Klang einer melodischen Glocke. »Tochter des Kürschnermeisters Gaston Pelletier und zu Ihrer Majestät befohlen, um der hohen Dame unsere Pelze zu präsentieren.«

»Ein Beginnen, bei dem Ihr die Jungfer in Frieden lassen solltet, Monsieur de Gramont!« fand die Kammerfrau der Königin, die nun in Begleitung einer Anzahl von Damen das Gemach betrat.

An der geschmeidigen Reaktion des Edelmannes erfaßte Valentine blitzschnell, daß die Königin unter ihnen sein mußte, denn dieses Mal war seine Verneigung noch eine Spur tiefer und von unübersehbarem Respekt.

»Nun scheltet ihn nicht, Madame la Marquise!« Der harte Akzent der Stimme verriet die italienische Abstammung der Herrscherin. »Vielleicht kann uns Monsieur de Gramont mit seinem unfehlbaren Urteil ja helfen, die richtige Wahl zu treffen ...«

»Ich bin Euch stets zu Diensten, Majestät!«

Valentine vernahm den Austausch von Höflichkeiten, während sie geistesgegenwärtig in jene Reverenz sank, die sie der Marquise von Guercheville, der obersten Kammerfrau der Königin, vorher instinktiv verweigert hatte.

Durch den dichten Vorhang ihrer Wimpern betrachtete sie vorwitzig die Frau, die vor zwei Jahren den König von Frankreich geheiratet hatte und im vergangenen Herbst mit dem Thronfolger niedergekommen war. Ihre Mutter und die Mägde würden sie bis auf die letzte Gewandschleife beschrieben haben wollen.

Maria von Medici war weder besonders groß, noch entsprach ihr bräunlicher Teint dem herrschenden Schönheitsideal des französischen Hofes. Die junge Braut, die vor zwei Jahren aus dem Großherzogtum Toskana gekommen war, um die zweite Frau des Königs von Frankreich zu werden, hatte noch den Schmelz der Jugend und den Reiz der Unschuld für den König besessen. Nach der Geburt des Thronfolgers indessen hatte sich ihre gedrungene Gestalt weiterhin gerundet, und auch die kostbarsten Gewänder verliehen ihr keine sonderliche Eleganz. In den tiefliegenden, schwarzen Augen glomm ein neues Mißtrauen, während sich um den fein gezeichneten Mund die Falten von Unzufriedenheit und Zorn gegraben hatten.

Es war nicht leicht für die junge Braut gewesen, in ein Land zu kommen, dessen Sprache ihr als barbarisch galt. Einen König zu heiraten, der doppelt so alt war wie sie und der ihr in ungebändigter Lebenslust auch noch seine Geliebte bei Hofe präsentierte. Trotzdem hielt sie sich mit eisernem Stolz aufrecht und versuchte jene Rolle auszufüllen, die zu spielen man ihr befohlen hatte, ohne sie nach ihrem Willen zu fragen.

Valentine kannte die Gerüchte, welche durch die Stadt flogen, in der die Ausländerin nicht besonders geliebt wurde. Die beachtlichen 600 000 Goldtaler ihrer Mitgift hatten ihr den Spitznamen ›banquière‹ eingetragen. Ob sie sich an ihrem untreuen Gemahl rächte und jenen anmutigen Edelmann mit ihrer Gunst beehrte? Der bloße Gedanke daran vertrieb das Blut aus den Wangen der jungen Frau, und als sich die Königin der Kürschnerstochter annahm, wandte sie ihr ein blasses, angespanntes Antlitz zu.

Doch auch in diesem reglosen Zustand erkannte Königin Marie die feinen exquisiten Züge, die es trug. Von klaren, riesig grünen Augen beherrscht, vom weißen Gebinde der Bürgerhaube eingefaßt, glich es der Alabasterschnitzerei einer Gemme. Ein ungewöhnliches Gesicht für eine Kürschnerstochter. Viel zu faszinierend, um bei Hofe erwünscht zu sein. Sie hatte inzwischen gelernt, daß ihr Gemahl keine Standesunterschiede kannte, wenn ihm ein weibliches Wesen gefiel.

»Zeigt Uns, was Ihr mitgebracht habt«, herrschte sie die junge Frau aus diesem Grunde unwillig an und verbarg ihre Gefühle wie üblich hinter einer eisernen Maske aus stolzem Hochmut.

Auch sie wußte, daß die Pariser sie hinter vorgehaltener Hand eine ›fette Bankierstochter‹ nannten, und diese grazile, bildschöne Handwerkerstochter schien ihr um so ärgerlicher, als sie etwas besaß, nach dem sich ihre Königin vergeblich sehnte. Anmut, Liebreiz und eine angeborene Wohlgestalt, die sogar in ihren einfachen Wollröcken alle eleganten, blaublütigen Damen in den Schatten stellte, die sich um sie scharten.

»Erlaubt«, hauchte Valentine und griff hastig nach dem Weißfuchs-Umhang, der zu ihren Füßen lag. Sie warf ihn in einem spontanen Entschluß wieder in die Truhe zurück. »Er hat den Boden berührt, er ist nicht mehr gut genug für Eure Majestät.«

Das geschickte Kompliment schmeichelte der kleinen Königin, und die Zobelfelle, die ihr Valentine statt dessen reichte, entzückten ihren kritischen Blick. »Wundervoll, was meint Ihr, Monsieur de Gramont, habt Ihr jemals edleres Pelzwerk gesehen?«

Valentines Sinne registrierten ohne ihr Zutun, daß der Edelmann neben sie trat und als er nach den Fellen griff, berührten sich ihre Fingerspitzen. Es durchfuhr sie wie ein Schwerthieb, und auf merkwürdige Weise wurde ihr im selben Augenblick glühend heiß und eisig kalt. Sie versuchte, sich auf die Aufgabe zu konzentrieren, derentwegen sie in den Palast gekommen war.

»Diese Felle kommen aus den Weiten des russischen Reiches, Majestät. Mein Vater hat sie direkt vom Schiff in St. Malo gekauft. Ihr werdet ihresgleichen so schnell nicht mehr finden . . .«

»Ich nehme sie!« entschied die Königin, ohne sie ausreden zu lassen und ohne die Augen von Monsieur de Gramont zu lassen. »Und diesen Weißfuchs dort auch und den Mantel mit dem hellbraunen Biberpelz. Zudem wünsche ich Pelzbesätze für mehrere Roben und . . .«

Valentine hatte Mühe, der hastigen Bestellung zu folgen, die zudem durch den starken Akzent schwer verständlich war. Sie war noch dabei, die Einzelheiten für sich zu repetieren, als die Königin mit ihrem Hofstaat bereits wieder hinausrauschte. Lediglich die strenge Marquise blieb zurück und gab ihre Anweisungen.

»Sorgt dafür, daß die Sachen spätestens Anfang der nächsten Woche im Palast sind. Die fertigen Mäntel und Umhänge werdet Ihr auf die Größe Ihrer Majestät kürzen und noch diese Woche liefern. Eure Bezahlung erhaltet Ihr, wenn ich damit zufrieden bin. Und nun gehabt Euch wohl, die Wache wird Euch hinausbringen.«

Valentine starrte auf die geschlossene Flügeltür, die von schwerem Schnitzwerk verziert die königliche Gesellschaft ihren Augen entzog. Sie unterdrückte den närrischen Impuls, der Gruppe nachzulaufen und sich wie ein Schoßhündchen an die Fersen jenes Mannes zu heften, der augenscheinlich das Herz einer jeden Frau erobern konnte, egal ob sie nun Königin oder Bürgerin war.

»Wollt Ihr uns nicht helfen? Oder seid Ihr Euch zu vornehm geworden, die übliche Arbeit zu tun?« weckte sie Hughes aus ihrem Traum.

Sein verkniffener Mund und der entrüstete Ton verrieten, daß er nicht einmal Genugtuung über das hervorragende Geschäft empfand, das sie soeben gemacht hatten. Ihm war die Reaktion seiner Verlobten auf den attraktiven Edelmann nicht entgangen.

»So hör schon auf zu schimpfen, Hughes«, entgegnete Valentine mit einem tiefen Seufzer, der fast einem Stöhnen glich. »Man wird uns nicht hinauswerfen, wenn's ein paar Augenblicke länger dauert, bis wir alles wieder eingepackt haben. Man könnte meinen, es gefällt dir nicht im Palast des Königs.«

»Das tut es auch nicht«, entgegnete der Kürschner mit so seltsamem Gesicht, daß Valentine sich befremdet nach ihm umwandte. »Es gefällt mir nicht, Euch hier zu sehen. Es bedeutet nichts Gutes, ich kann's geradezu in den Fingerspitzen fühlen. Es macht mir angst.«

»Gütiger Himmel!« Zwischen Empörung und Erstaunen hin- und hergerissen betrachtete das junge Mädchen den Mann, den sie seit so vielen Jahren kannte.

Hughes war mit zwölf Jahren zu ihrem Vater gekommen, um dort das Kürschnerhandwerk zu lernen. Damals war sie ein kleines Mädchen von vier Jahren gewesen, und in all der Zeit hatte sie ihn in einer Mischung aus nachsichtiger Zuneigung und temperamentvoller Ungeduld als einen Menschen kennengelernt, der so unbeugsam und geradlinig lebte und arbeitete wie Maître Pelletier selbst. Der vielleicht sogar noch ehrbarer, trockener und aufrechter zu sein versuchte als sein bewunderter Meister.

Daß ausgerechnet er sich dazu verstieg, von vagen Gefühlen zu sprechen und gar von Angst, konnte sie kaum fassen. Hughes wußte, was Pflicht, Zunftehre und Frömmigkeit bedeuteten. Alles was darüber hinaus menschliche Empfindungen hervorrief, tat er normalerweise mit einem Achselzucken ab.

War es möglich, daß ihn die prächtige Umgebung derart eingeschüchtert hatte, daß er nicht mehr er selbst bleiben konnte? Unwillkürlich sah sich Valentine noch einmal um, während die drei Männer die Pelze zwischen Leinenbahnen bargen und die Eisenschlösser zuschlugen.

Sie wäre zu gerne geblieben. Es verlockte sie, über die geschwungenen Marmorlinien des Kamins zu fahren, die Weichheit der Teppiche unter ihren Füßen zu spüren: Sich auf einen jener gepolsterten Schemel zu setzen, die so himmlisch weich aussahen. Sie wollte die Bilder auf den Wandteppichen in allen Einzelheiten studieren und wissen, was sich hinter den milchigen Glasrauten des Fensters verbarg, das in einen unbekannten Hof hinausführte.

Eine Umgebung, in die jener Edelmann paßte, der sie so nachhaltig beeindruckt hatte. Monsieur de Gramont. Wie schade, daß sie seinen Vornamen nicht kannte. Wie unendlich bedauerlich, daß sie ihn nie mehr wiedersehen würde, denn die Lieferung all jener Kostbarkeiten, welche die Königin bestellt hatte, würde mit Sicherheit der Vater persönlich übernehmen.

»Ihr träumt, Valentine!« mahnte Hughes nun in einer exakten Kopie jener Ermahnung, die auch ihr Vater und ihre Mutter immer wiederholten.

Er hatte recht. Sie träumte. Was blieb ihr schon anderes, als zu träumen? Mit einem weiteren Seufzer schloß sie ihren Mantel, versicherte sich, daß Haube und Gebinde richtig saßen und setzte sich an die Spitze der kleinen Schar, die sich aus den königlichen Gemächern entfernte. Sie mußte sich zu jedem Schritt zwingen.

In der Eingangshalle bedeutete man ihnen jedoch zu

warten, denn eben betrat der König mit seinem Gefolge den Louvre. Er kam offensichtlich von der Jagd, denn die Wangen über dem gesträubten grauen Bart leuchteten rot und frisch, und er glich mit seiner gedrungenen, nicht allzu großen Gestalt mehr einem zufriedenen Bauern als dem Souverän von Frankreich. Er schenkte den Menschen, die ihm Platz machten, keine große Aufmerksamkeit.

Lediglich einer seiner Begleiter, der alle anderen überragte, schaute sich um und entdeckte das Grüppchen mit der Pelztruhe neben der Schloßwache. Für einen Moment sah Valentine in ein schmales, braunes Gesicht. Züge wie aus rauhem Holz geschnitzt, aber nicht von Meisterhand geglättet. Reglos, arrogant und auf seltsame Weise distanziert und zynisch. Unwillkürlich schluckte sie und verschränkte die Arme abwehrend unter dem Mantel.

Welch seltsame Männer den Hof bevölkerten. Wenn Monsieur de Gramont in ihren Augen den strahlenden Erzengel Michael verkörperte, so war jener dort Luzifer. Ein Höllenfürst voller Arroganz und Überheblichkeit. Man mußte nur das Lächeln sehen, das jetzt seine schmalen Lippen kräuselte. Spöttisch, teuflisch ...

So plötzlich wie der König und seine Freunde hereingerauscht waren, so schnell war die Gruppe über die Treppe auch wieder verschwunden. Die Bewaffneten hoben die Hellebarden, und jedermann setzte seinen Weg fort. Nur Valentine blieb einmal mehr stehen, als habe ihr eine geheime Macht die zierlichen Füße festgenagelt.

»Bei Gott, so kommt doch endlich!« mahnte Hughes Badoix und schubste sie vorwärts, als wäre sie noch das Kind, das er kennengelernt hatte.

Valentine merkte es nicht einmal. Sie begriff keineswegs, was geschehen war. Sie suchte nach einer Erklärung, weshalb ihr Herz raste, als ob sie zu weit und zu viel gerannt wäre. Sie konnte nicht ahnen, daß sie an diesem Vormittag ihrem Schicksal begegnet war. Den drei Männern, die ebenso verhängnisvoll wie unnachgiebig über ihr künftiges Leben bestimmen würden.

## 2. Kapitel

»Valentine? Ich möchte wissen, wo dieses Mädchen schon wieder steckt! Ihr müßt mit ihr sprechen, Gaston, so kann es nicht weitergehen! Ihr seid zu nachsichtig mit ihr, alle Welt lacht schon über Euch!«

Madame Lisette Pelletier, die ehrenwerte Bürgerin und Vorsteherin des Hauses in der Rue Groseille, stemmte die Arme in ihre molligen Hüften und suchte Beistand bei ihrem Gemahl, der nur höchst unwillig von seinen Büchern aufsah. Für ihn war das ›Weiberkram‹, wenn sich Gattin und Tochter in den Haaren lagen.

»Weib, was redet Ihr? Weshalb sollte alle Welt über mich lachen?« knurrte er unwillig, als er begriff, daß seine bessere Hälfte nicht nachgeben würde. Wenn sie sich eines Themas mit derartigem Eifer annahm, würde sie darauf beharren.

»Es muß ein Ende damit haben, daß Valentines Heirat mit Hughes noch weiter hinausgeschoben wird. Sie geht ins zwanzigste Jahr. Andere junge Frauen in ihrem Alter haben längst einen Mann und eine Schar Kinder. Ihre ganzen närrischen Torheiten sind nur die Folge Eurer unangebrachten Nachsicht!«

Madame Pelletier machte sich keine Mühe, ihre Stimme zu dämpfen. Um so mehr, als sie sich im Recht glaubte. Die Art, wie Valentine ihren Vater jedes Mal dazu brachte, daß ihre geplante Eheschließung in immer weitere Ferne geriet, mißfiel ihr auf das ärgste. Valentine nützte raffiniert die Tatsache aus, daß Maître

Pelletier im Grunde nicht daran denken wollte, daß er irgendwann sein Gewerbe aufgeben mußte. So sehr ihm die Gicht auch zusetzte, noch konnte er Messer und Nadel halten. Noch fand er es nicht nötig, sich einen Nachfolger zu suchen.

»Du wirst mit ihr sprechen und ihr sagen, daß die Hochzeit in der ersten Maiwoche stattfindet«, verlangte Maître Pelletiers bessere Hälfte in diesem Moment ungewohnt heftig. »Hughes Badoix ist sicher damit einverstanden. Er muß sich längst fragen, ob er von uns zum Narren gehalten wird.«

Maître Pelletier legte mit einem neuerlichen schweren Seufzer die Feder aus der Hand. Die rundliche Gestalt der ehrenwerten Dame Lisette warf im Licht der brennenden Öllampe einen gewaltigen Schatten gegen die schweren Deckenbalken des Kontors. Aus der Art, wie sie ihr energisches Kinn in die Falten des Halses preßte, war unschwer zu ersehen, daß sie sich vorgenommen hatte, einen endgültigen Beschluß von ihm zu erlangen.

»Ihr wißt genau, weshalb es mir widerstrebt, das Kind zu etwas zu zwingen«, brummte er, ungehalten darüber, daß man ihn zu einer Entscheidung zwingen wollte.

»Das Kind!« Madame Pelletier stützte sich mit der flachen Hand auf dem schweren Holztisch ab und beugte ihr rundes, strenges Gesicht mit der gestärkten Haube zu ihrem Gemahl herab. »Valentine ist kein Kind! Sie ist eine alte Jungfer, wenn Ihr es genau wissen wollt, und die Leute fragen sich bereits, welcher Makel sich hinter ihrer Schönheit verbirgt.«

Die Hartnäckigkeit, mit welcher der Kürschner indes die Antwort auf diese Provokation verweigerte, bewies ihr, daß er sie einmal mehr auf etwas hinweisen wollte, das sie selbst lieber vergessen hätte. Wieso ließ er die Dinge nicht so, wie sie waren?

»Nein, Gaston!« Sie dämpfte ihre Stimme, und ihre nächsten Worte blieben so leise zwischen ihnen, daß sie kaum über das Rechteck des Tisches drangen. »Wir haben geschworen zu vergessen! Wollt Ihr Valentine gefährden? Ihr liebt dieses Kind ebenso wie ich, und Ihr werdet den Eid halten, den wir getan haben! Euch bleibt keine andere Wahl! Im Mai ist Hochzeit!«

Die Lauscherin, die ihr Ohr ungeniert gegen das Holz der Tür drückte, war nicht imstande, mehr als das gedämpfte Getuschel leiser Stimmen zu hören. Es sah ganz danach aus, als trüge ihre Frau Mutter an diesem Abend einen Sieg davon, der Valentine so ungelegen wie noch nie kam. Sie mochte Hughes, aber ihre Gefühle glichen in etwa denen, die sie dem alten Hofhund entgegenbrachte oder der Katze, die im Vorratslager die Mäuse fing.

Sie sorgte dafür, daß beide pünktlich zu essen bekamen, kümmerte sich um sie, wenn sie krank waren, und gönnte ihnen ein paar Zärtlichkeiten, wenn ihr der Sinn danach stand. Sie ließ sich die Anhänglichkeit dieser Tiere sogar lieber gefallen, als jene seltsame Mischung aus Zuneigung und Anmaßung, mit der sie Hughes Badoix verfolgte, weil er der Meinung war, er könne bereits über sie bestimmen.

Weshalb mußten Männer überhaupt über Frauen bestimmen? Valentine bezweifelte ernsthaft, daß Gott die Frauen dümmer erschaffen hatte. Allein wenn sie den Versuch unternahm, ihrer Mutter derlei Theorien zu unterbreiten, endete es damit, daß sie stundenlang

Kerzen ziehen oder den Boden des Magazins schrubben mußte.

Eine Hochzeit in der ersten Maiwoche! Bei Gott, das war schon zum nächsten Neumond! Die Mutter hatte recht, es gab wirklich nicht viel vorzubereiten. Ihre Aussteuer füllte bereits die Truhen, und sogar das schwere Samtgewand, das als ihr Hochzeitskleid bestimmt worden war, lag, zwischen reines Leinen gehüllt, für den bedeutenden Tag bereit, an dem sie es tragen würde.

Aber sie wollte nicht heiraten! Heute weniger denn je! Unwillkürlich preßte das junge Mädchen eine Hand auf das Mieder, dort, wo sein Herz in heftiger Unruhe pochte. In einem Rausch, der sie beim ersten Blick in das Antlitz eines Edelmannes befallen hatte und dem sie nicht zu entkommen wünschte, sogar wenn es in ihrer Macht gelegen hätte, es zu tun.

Im Wachen und im Träumen standen die vollendeten Züge des Chevaliers vor ihr. Seine strahlenden, sommerblauen Augen, der warme Glanz seines überwältigenden Lächelns und seine wohl gewählten Worte hatten ein Echo in ihr gefunden, das ihr den Schlummer der Nacht raubte und sie wie eine Schlafwandlerin durch ihre Tage gehen ließ. Kein Wunder, daß der Mutter diese Verwandlung aufgefallen war. Valentine war nicht mehr das gleiche Mädchen, das den Louvre betreten hatte!

Wie konnte sie in diesem Zustand heiraten? Wie vor dem Altar schwören, daß sie Hughes Badoix ein Leben lang lieben und gehorchen würde? Wenn es einen Mann auf dieser Erde gab, dem sie diese Liebe und diesen Gehorsam zu Füßen legen wollte, dann war dies der Ritter de Gramont und kein Kürschnergeselle aus der Rue Groseille! Für Gramont hätte sie sogar der eigenen Seligkeit abgeschworen!

»Heilige Mutter Gottes, hilf!«

Valentine suchte in ihrer Not Zuflucht zum Gebet und huschte so lautlos wie möglich über die knarrende Holztreppe nach unten. Im Erdgeschoß des Hauses befand sich die Werkstätte, in der Maître Pelletier auch seine Verkäufe tätigte, aber um diese Abendzeit waren die Läden vorgeschlagen und die schweren eisernen Riegel zugeschoben. Es gab eine Menge Spitzbuben in Paris, und der Kürschner wollte seinen Wohlstand nicht mit ihnen teilen.

Das junge Mädchen kannte seinen Weg jedoch auch im Dunkeln. Ohne einmal an eine Bank oder einen Tisch zu stoßen, schlüpfte sie durch den sorgsam geordneten Raum, an der Tür des Lagers und jener vorbei, die zur Kammer der Gesellen führte, bis sie die Pforte erreichte, die in den Innenhof des Hauses führte. Hier lagen die Ställe, der Brunnen und jener gemauerte Teil des Hauses, in dem sich die Küche befand. Als Maître Pelletier anläßlich seiner Hochzeit vor vielen Jahren das elterliche Haus erweitert hatte, war er klug genug gewesen, die gefährliche Feuerstätte von den alten Holzbalken des Hauses fernzuhalten.

Valentine fröstelte in der launischen Brise eines nächtlichen Aprilwindes, der in die Gassen und Höfe der großen Stadt fuhr, an den Zunftzeichen rüttelte und die kahlen Bäume zauste, die nur zaghaft begannen, ihre ersten Knospen zu öffnen. Trotzdem kehrte sie nicht um, ihren Mantel zu holen. Sie war froh, der elterlichen Aufsicht entkommen zu sein, und ehe sie nicht die schmale Ausfalltür erreicht hatte, die zum Fluß hinunterführte, wagte sie nicht anzuhalten.

Welch ein Segen, daß das Viertel, in dem der Kürschner wohnte, an jenes der Gerber grenzte, deren Handwerk jede Menge Wasser erforderte, so daß nahezu jedes der Häuser über einen Zugang zur Seine verfügte. Auch die Pelletiers waren in grauer Vorzeit Gerber gewesen, wenn auch die Bottiche und Wasserrinnen seit zwei Generationen nicht mehr benutzt wurden und längst vom Unkraut überwuchert auf dem Uferplatz verrotteten. Die Belagerung der Stadt und die Religionskriege hatten ein übriges getan, um einen unwirtlichen Platz daraus zu machen, den kaum ein Mensch jemals betrat.

Valentine hatte diesen ältesten Teil des Anwesens schon in Kindertagen schätzen gelernt. Niemand war jemals auf die Idee gekommen, sie zwischen dem alten Gerümpel zu suchen, wenn sie sich zurückzog, um ihren eigenen Träumen nachzuhängen. Maître Pelletier war Kürschner, und er hatte die weniger noble Vergangenheit seiner Familie so gründlich vergessen, daß er sich nicht einmal mehr an die alte Tür erinnerte. Valentine hatte erst neulich die Lederangeln heimlich ersetzt.

Heute indes wurde sie, kaum daß sie das Holz hinter sich zugezogen hatte, von einem mächtigen Griff gepackt. Ehe sie auch nur einen Schrei ausstoßen konnte, legte sich eine kräftige, warme Hand über ihren Mund und eine zweite umfaßte ihre Taille. Hilflos zappelte sie mit den Beinen in der Luft und glaubte genau jenen nichtsnutzigen Gaunern in die Finger gefallen zu sein, vor denen ihre besorgte Mutter sie stets warnte.

»Pssst!« drang nach und nach eine leise, gedämpfte Männerstimme an ihr Ohr. »Wenn Ihr mir versprecht, nicht zu schreien, werde ich meine Hand fortnehmen! Ich will Euch nichts Böses, glaubt mir! Es ist mir lediglich an einer Auskunft gelegen.«

Valentine versuchte vergeblich, den Fremden im nächtlichen Dunkel zu erkennen. Der schmale Mond, der von ziehenden Wolken zum größten Teil verborgen wurde, gab nur den Umriß einer großen Gestalt preis. Allein, etwas in der drängenden, kultivierten Stimme zwang sie, heftig zu nicken. Der Mann hielt sein Wort und gab sie umgehend frei. Valentine taumelte, aber sie lief nicht fort. Heftig nach Atem ringend fuhr sie zu ihm herum, erneut die Stimme vernehmend.

»Verzeiht, daß ich grob mit Euch sein mußte, Demoiselle. Aber könnt Ihr mir sagen, ob dies das Anwesen des Kürschners Pelletier ist, ob ...«

In diesem Augenblick hatte die Wolke den Mond passiert, und das bleiche, klare Licht des Trabanten fiel wie aus einer fernen Kerze auf das Antlitz, das sich zu Valentine herabneigte. Es verwandelte das blonde, kinnlange Haar in gleißendes Silber und betonte die edlen Linien der schönen, maskulinen Züge.

»Ihr?« hauchte sie fassungslos und bot dem jungen Mann ihrerseits das Bild der Anmut, das ihn in einer stürmischen Aprilnacht aus dem Licht des königlichen Hofes zwischen die verrottenden Gerberbottiche getrieben hatte. Eine vollends närrische Idee, aber ...

»Valentine!« Zum ersten Mal hörte sie ihren Namen aus seinem Mund. »So hat Euch die Stimme meines Herzens also doch erreicht. Schönste Jungfer, Ihr habt mich verzaubert, wißt Ihr das?«

Ehe sie begriff wie ihr geschah, fand sie sich in einer heftigen Umarmung gefangen, die ihr kaum die Luft zum Atmen ließ. Allein, dieses Mal sträubte sie sich nicht dagegen! Mit einer unschuldigen Selbstverständlichkeit, die ihr die eigenen, kühnen Gefühle diktierten, schmiegte sie sich an die hohe athletische Gestalt und hob ihm das Antlitz entgegen.

»Ihr habt mich gesucht?« wisperte sie halb fragend, halb entzückt.

»Bei Gott, das habe ich!« entgegnete er und betrachtete das Mädchen, dem das Mondlicht eine fast überirdische Schönheit verlieh.

Die Reinheit der feinen Züge, die von dunkelgoldenen Brauen perfekt überwölbt und von einem bebenden verführerischen Mund gekrönt wurden, schien nicht von dieser Welt zu sein. Die grünen Augen funkelten fast wasserklar. Unendlich groß und tief. Zwischen den zarten Lippen glänzte das Schneeweiß der Zähne, und die seidige Haut schimmerte so durchsichtig, daß man den Verlauf der Adern zu erkennen glaubte.

»Wie kann einem biederen Pariser Kürschner ein solcher Engel zum Kind gegeben werden«, murmelte der junge Höfling fasziniert von dieser unverfälschten Schönheit. »Es gibt keine Edeldame bei Hofe, die Euch das Wasser reichen kann, meine Schönste. Ihr seht mich in Euren Fesseln gefangen, der Eure für immer!«

Valentine zitterte, sowohl von seinen Worten wie auch von seiner unmittelbaren Nähe besiegt. Ihr war schwindelig, ihr Herz raste und in ihrem Kopf herrschte eine befremdliche Leere. Sie vermochte nicht zu glauben, was mit ihr geschah. Sie mußte fantasieren. Es konnte nicht sein, daß sie in den Armen jenes wundervollen Mannes lag, von dem sie seit Tagen träumte, und daß er auch noch Worte der leidenschaftlichsten Liebe zu ihr sprach.

»Ich weiß nicht einmal Euren Namen, Seigneur ...« wisperte sie befangen.

»Gontier de Gramont, mein Engel! Seigneur von Gramont und Edelmann Seiner Majestät, König Heinrichs von Frankreich. Ihr seht Euren untertänigsten Diener vor Euch, der nichts anderes wünscht, als Eure Schönheit anzubeten und Eure Liebe zu erringen ...«

Valentine öffnete die Lippen, aber sie brachte keine Silbe darüber. Die höfischen Komplimente und Schmeicheleien verwirrten sie ebenso wie die ungewohnte, körperliche Nähe eines Mannes. Wenn Hughes nach ihrer Hand griff, hatte sie noch nie so etwas empfunden. Auch hatte sie sich den tolpatschigen Küssen des Kürschner-Gesellen stets zu entziehen getrachtet. Seine Berührungen waren ihr mehr unangenehm gewesen. Sie hatten nicht Bruchteile jener Gefühle hervorgerufen, die sie nun empfand, wenn sie sich von Gontier de Gramonts Armen umschlossen fühlte.

»Meine Liebe?« wiederholte sie traumverloren, seinen Anblick wie eine Verdurstende in sich aufnehmend. »Ihr habt sie längst errungen, Seigneur! Wenn's Liebe ist, daß ich jeden Augenblick des Tages an Euch denke und Eure Augen vor mir sehe, dann habt Ihr mich im Vorzimmer der Königin mit diesem Gift verzaubert.«

»Es ist kein Gift, schönste Valentine! Es ist Seligkeit! Pures Entzücken!« widersprach Gontier de Gramont und zog sie noch näher, damit er endlich die bebenden Lippen erobern konnte, die ihn zu diesem tollkühnen Abenteuer verlockt hatten.

Valentine dachte nicht daran, ihm diesen Überfall zu verwehren. Die harten und zugleich warmen, sinnlichen Männerlippen, die ihren Mund erkundeten, vollendeten das Chaos ihrer Gefühle. Sie fühlte, wie sich ihre Brüste, ihr ganzer Körper gegen ihn preßte. Wie seine zärtlichen Hände über diesen Leib glitten, als wollten sie sich jeder Kontur durch eigene sorgfältige Berührung versichern.

Sie glaubte keine Luft mehr zu bekommen, und gleichzeitig stieg eine Hitze in ihr auf, die ihr vollends den Atem raubte. Halb ohnmächtig vor Entzücken fand sie nicht einmal die Kraft, diese hitzige Leidenschaft zu erwidern, die ihr zuteil wurde. Sie gab sich willenlos hin, während der Frühlingswind an ihren Kleidern zerrte und kleine Wellen über den dahineilenden Fluß trieb.

»Wie wunderbar du bist, mein Engel!«

Gontier de Gramont spürte ihre Auslieferung, und er verfluchte das Ungeschick des Wetters und der Umstände. In einer warmen Sommernacht hätte er das Mädchen ins Ufergras betten können, aber dieser Teufelswind machte jeder Leidenschaft ein kühles Ende. So mußte er sich damit begnügen, ihre Miederschnüre zu lösen, damit er die Geheimnisse ihrer seidigen Brüste erkunden konnte, die ihr züchtiges Gewand so vorzüglich verbarg.

»Du bringst mich um den Verstand, Valentine! Du mußt die Meine werden! Schwöre es mir!«

Der kühle Wind auf nackter Haut brachte Valentine wieder so weit zur Besinnung, daß sie sich den kühnen Liebkosungen verlegen entzog. Hastig zog sie das Hemd hoch und das Mieder zurecht.

»Ich bitte Euch, Seigneur . . .«

»Du hast recht.« Gontier de Gramont verstand es vortrefflich, den betrübten Liebhaber zu spielen. »Ich bin ein Rüpel. Du hast Besseres verdient, als die rauhe Liebe eines Kriegers. Es liegt nur daran, daß du mich betörst und verführst. Ich weiß nicht mehr, was ich tue, wenn ich in deiner Nähe bin. Verzeih ...«

»Psst!« Valentine legte zwei sanfte Fingerspitzen auf seine Lippen. Sie atmete hastig, und ihr ganzer Körper schien zu brennen. »Es gibt nichts zu verzeihen. Ich bin dankbar für Eure Liebe, und ich kann sie nur von ganzem Herzen erwidern!«

»Werdet Ihr zu mir kommen, wenn ich nach Euch schicke?« raunte Gontier und küßte die zarten Mädchenfinger in traumverlorener Zärtlichkeit.

»Wie kann ich das?« Endlich erinnerte sich Valentine wieder an die unliebsame Wirklichkeit. Sie lebten in völlig verschiedenen Welten! »Meine Eltern werden es nicht erlauben. Sie bereiten meine Hochzeit für die erste Maiwoche vor ...«

»Unmöglich!«

Gontier riß sie an sich und barg sie an seinem Herzen und unter seinem Umhang, denn der Wind frischte weiter auf. Eine Heirat? Welch Unsinn!

»Das lasse ich nicht zu! Ich erlaube nicht, daß du dich an einen spießigen Handwerksgesellen fortwirfst! Du bist zu schade für ein solches Leben! Verlaß dich auf mich! Es gibt nichts, worüber du dir je wieder Sorgen machen mußt, meine schöne Geliebte!«

Der stürmische Ritter schien zum böigen Wind zu passen, und Valentine, die ohnehin nicht an Widerstand dachte, war nur zu bereit, jedes seiner Worte zu glauben. Gontier de Gramont war das Wunder, um das sie gebetet hatte! Der Erzengel, der sie aus dem düsteren Kürschnerhaus in den glanzvollen, strahlenden Palast des Louvre bringen würde.

Sie verschwendete keinen Gedanken an Hughes oder ihre Eltern, sie hatte sie im Geiste längst verlassen. Davongeweht von einem Schicksal, dem sie sich freudig entgegenwarf.

Ihre Lippen trafen sich zu einem leidenschaftlichen Kuß, der dieses Abkommen besiegelte.

## 3. Kapitel

Das Gezeter der Hausherrin hallte bis unter die Dachsparren des Kürschnerhauses in der Rue Groseille. Madame Lisette, ohnehin nicht gerade das Ebenbild einer gehorsamen Gattin, bezichtigte ihr Ehegespons lauthals, seinen Verstand verloren zu haben.

»Genügt es Euch nicht, was Valentines letzter Besuch im überspannten Kopf dieses dummen Kindes angerichtet hat?« schrie sie, ohne sich um mögliche Zuhörer zu kümmern. »Es kommt nicht in Frage, daß sie der Königin diese Pelze bringt. Ich verbiete es!«

»Das könnt Ihr nicht«, warf Meister Pelletier ein, als sie notgedrungen eine Pause machen mußte, um zwischendurch Luft zu holen. »Der königliche Bote hat ausdrücklich verlangt, daß die Jungfer Valentine Pelletier diesen Mantel in den Louvre bringen soll. Vermutlich hat Königin Marie Gefallen an Valentine gefunden.«

»Die Königin, pah! Eine dicke kleine Italienerin, der man erlaubt hat, die Staatsfinanzen zu sanieren«, schnaubte die ebenfalls nicht gerade schlanke Dame wütend. »Woher nimmt diese Ausländerin das Recht, unsere Familie zu drangsalieren?«

»Drangsalieren?« Maître Pelletier dachte an die Goldstücke, die seinen Beutel füllen würden, und fand das Wort schlecht gewählt. Der ständige Wechsel des Wetters schien seine Gemahlin um ihren gewohnten Verstand zu bringen. Er sprach ein Machtwort, um der Sache ein Ende zu machen. »Es fehlt Euch am Respekt für unsere Souveränin, Madame! Habt Ihr schon vergessen, daß Ihr einmal der Tochter einer Italienerin gedient habt und daß Euch diese Dienste gut vergolten wurden?«

Lisette Pelletiers rundes Gesicht unter der makellosen Leinenhaube lief puterrot an. Es gab Dinge, an die sie nicht gerne erinnert wurde, und ihr Gemahl tat es auch nur, wenn er sich gar nicht mehr anders gegen ihre scharfe Zunge zur Wehr setzen konnte.

»Valentine wird diesen Auftrag erfüllen und Hughes kann sie begleiten, damit Ihr beruhigt seid«, traf der Maître seine Entscheidung. »Und damit will ich nichts mehr von der Sache hören!«

»Es ist nicht gut«, murmelte seine Gemahlin, aber sie dämpfte ihre Stimme. »Es wird nicht gut enden«, verbesserte sie nach einer Pause und verschwand unter dem leisen Rascheln ihrer wollenen Röcke.

Niemand schien in diesem Hause auf sie hören zu wollen. Auch Valentine nicht, die vor unterdrückter Erregung fieberte, seit der Bote sie in den Palast befohlen hatte. Sie glaubte zu ahnen, wem sie diese ausdrückliche Anforderung ihrer Person zu verdanken hatte. Gontier de Gramont, ihrem Liebsten!

»Gütige Madonna! Was ist in dich gefahren, Kind! Wie siehst du aus?«

Die Dame Pelletier stützte sich auf den kleinen Tisch, der in Valentines Kammer neben einem hölzernen Stuhl, dem schweren Pfostenbett und einer Truhe für die Gewänder das einzige Mobiliar darstellte. Die Truhe stand offen, und ihre Tochter trug ein Gewand aus kostbarer smaragdfarbener Seide, dessen spitzer Ausschnitt ebenso wie die weit herabfallenden Ärmel mit erlesenem, schmalen Zobel gesäumt war. Ein Gürtel aus geflochtenen Goldkordeln umspannte die schmale Taille und kündete vom Reichtum ihres Vaters.

Die Blicke von Mutter und Tochter trafen sich. Der von Valentine klar und funkelnd, sich der Tatsache bewußt, daß sie ein Sakrileg begangen hatte. Der von Madame, wässerig und müde, aber nicht bereit aufzugeben. Noch war sie die Herrin dieses Hauses!

»Du ziehst sofort dieses Kleid aus«, sagte sie, sobald sie wieder zu Atem gekommen war. »Wer hat dir erlaubt, dein Hochzeitsgewand zu tragen?«

»Die Königin hat mich in den Louvre befohlen, Mutter«, trotzte Valentine. »Meint Ihr nicht, daß es schon der Respekt gebietet, sich für diesen Besuch so prächtig wie möglich zu gewanden?«

Die junge Frau überragte ihre kleine rundliche Mutter wie eine Weide den Haselbusch, und wenn sie diesen hochfahrenden Ton anschlug, dann schien sie noch einen Kopf größer zu werden.

Allein es hatte eine Zeit gegeben, da hatte Lisette Pelletier es mit ganz anderen Damen aufgenommen als mit einer aufsässigen Tochter. Sie dachte nicht daran, sich auf derlei Debatten einzulassen. Sie ragte wie eine Mauer vor der Kammertür auf. Ein unüberwindliches Hindernis, das Befehle erteilte.

»Du wirst diesen Raum erst verlassen, wenn du wie eine züchtige Jungfer aussiehst. Wenn dich nach dem Gewand einer Braut gelüstet, dann sag es Hughes Badoix! Er wartet nur darauf!«

Valentines Aufsässigkeit sank in sich zusammen. Sie kannte ihre Mutter gut genug, um zu wissen, daß sie notfalls Stunden vor dieser Türe stehen würde. Eine Zeit, in der Gontier de Gramont vergebens auf sie wartete! Sie schlug die Augen nieder, um ihren Zorn und ihre Enttäuschung zu verbergen.

Sie hatte den Streit gehört, sie wußte, daß ihre Mutter diese Lieferung nicht verhindern konnte. Aber sie konnte sie verzögern. Aufhalten, während Gontier de Gramont vor Ungeduld ebenso brannte wie sie selbst! Valentine wußte, wann ein Rückzug mehr Gewinn brachte als ein störrischer Angriff.

»Wie Ihr wünscht, Mutter«, murmelte sie gehorsam, aber Lisette kannte jenen rebellischen Unterton, der in diesen Worten mitschwang. Valentine war keine fügsame Tochter. Sie war es nie gewesen. Trotzdem verzichtete Lisette auf eine weitere Rüge. Sie half lediglich dabei, das reich geschmückte Hochzeitskleid aufzuschnüren, dann verstaute sie es sorgsam wieder in der Truhe.

Erst als Valentines gefährliche Schönheit wieder unter dem unauffälligen schwarzen Wollgewand verborgen war, das lediglich mit dunkeln Satinbändern an Ärmeln und Saum verziert war, gab sie zufrieden den Weg frei. Die schweren Zöpfe lagen sittsam geflochten unter der weißen Haube mit dem Kinnband, und keine Strähne verriet ihre ungewöhnliche Farbe. Trotzdem war die Meisterin mit dem Ergebnis ihrer Musterung nicht ganz glücklich.

Da lag etwas in der stolzen Haltung des Kindes, in seinen grazilen Bewegungen und dem Blick der frühlingsgrünen Augen, das alle Bescheidenheit Lügen strafte. Das einem angst machen konnte, wenngleich man nicht klar zu sagen vermochte, wovor.

»Mach deinem Vater und mir keine Schande«, begann sie die Aufzählung ihrer üblichen, sittenstrengen Ermahnungen. »Überlaß Hughes das Reden und gib dich bescheiden und züchtig!«

»Hughes?« warf Valentine stirnrunzelnd ein. »Was hat Hughes damit zu schaffen?«

»Er wird dich begleiten. Es ...«

»Es genügt doch, wenn mich Mariette begleitet.«

»Unsinn! Dein Verlobter ist genau der richtige Mann für diese Aufgabe. Und nun spute dich, er wartet bereits unten!«

Valentines Augen funkelten, aber sie zwang sich trotzdem zu jener gehorsamen Reverenz, die ihre Mutter von ihr erwartete. Daß sie Hughes beileibe nicht als ihren Verlobten betrachtete, würden ihre Eltern noch früh genug erfahren.

Sie eilte dem schlaksigen Kürschnergesellen, der das Leinenbündel mit dem kostbaren Umhang trug, mit so flinken Schritten davon, daß er ihr kaum folgen konnte. Als Valentine dieses Mal ihren elegantesten Knicks vor der einschüchternden Marquise von Guercheville machte, atmete er so kurz, daß er sich lediglich mit hochrotem Kopf verneigen konnte.

»Folgt dem Diener!« wies die Marquise Valentine an. »Er bringt Euch in das Ankleidezimmer Seiner Majestät. Ihr könnt hier warten!«

Letzteres galt dem schnaufenden Hughes, der sich eben wieder aufrichtete und nur noch verdattert hinter seiner Verlobten hersah, die einem Lakaien in den königlichen Farben folgte.

Valentine hatte das Bündel mit dem schweren Mantel an sich genommen. Sie verspürte trotz ihrer freudigen Erregung eine Spur von Mitleid mit Hughes Badoix. Die Ereignisse gingen über seinen Verstand hinweg. Sie wollte ihm nicht weh tun, aber sie fand sich schon längst nicht mehr imstande, das drehende Rad aufzuhalten, das sie vorwärts trug.

Wie sie halb und halb erwartet hatte, wurde sie über zahllose Gänge und Treppen geführt, ehe sich endlich eine weitere geschnitzte Tür vor ihr öffnete.

»Ihr werdet erwartet, Demoiselle!« verkündete der Lakai förmlich und ließ sie eintreten.

Valentine fand sich in einem spärlich möblierten Kabinett, das nichtsdestotrotz durch die Bemalung seiner Wände und die beiden schönen Wandteppiche entzückend heimelig wirkte. Das Muster der Efeuranken auf dem weißen Stuck wiederholte sich in der Stickerei der Bettvorhänge, und die Polster in den beiden Fensternischen waren wie geschaffen dazu, in ihnen ein wenig zu träumen. Während sich die Tür hinter ihr schloß, legte sie den Umhang auf den Tisch, der mitsamt einem Stuhl vor dem Kamin stand, und ließ sich auf einem der Kissen nieder.

Die gläsernen Rauten des Fensters waren in der Mitte mit einem Medaillon aus sternenförmigem gelben Glas geschmückt, und die kahlen Baumäste, die sie dahinter wahrnahm, blieben unscharf und verschwommen. Durch das Medaillon fiel sonniges Licht, obwohl der Himmel über Paris auch an diesem Tag von grauen Wolken verhangen war.

»Valentine!«

Sie fuhr herum und stürzte sich heißblütig in die ausgebreiteten Arme des Seigneurs de Gramont. Ihre Lippen fanden sich zu einem Kuß, der all die Sehnsucht und Ungeduld der vergangenen drei Tage enthielt, in denen sie einander nicht gesehen hatten.

»Bei Gott, du bist noch schöner, als ich dich in Erinnerung habe!«

Gontier küßte die blasse Stirn, die hoch angesetzten Wangenknochen und die bebenden Lider, die sich überwältigt vor ihm schlossen. »Ich kann nicht schlafen, nicht essen, nicht existieren, ehe du mein bist, weißt du das? Ich komme um vor Verlangen!«

Da es Valentine ganz ähnlich erging, zweifelte sie keinen Augenblick an der Ehrlichkeit seiner feurigen Worte. Die überreizte Leidenschaft, die er ihr einflößte, versetzte sie in einen Zustand völliger Überspanntheit. Sie öffnete die Augen, um das Bild ihres Liebsten an Stelle von Schlaf und Nahrung in sich aufzunehmen. Von ihm wenigstens konnte sie zehren!

Ein zarter Duft von Moschus und Kräutern umwehte seine elegante Erscheinung. Das Wams aus braunem Samt betonte auf das vorteilhafteste sein blondes Haar. Ein modischer Spitzenkragen lag wie ein schneeiger Hauch über seinen breiten Schultern. Dieselben Spitzen schmückten auch die Schärpe, die seinen Zierdegen hielt, und die schmiegsamen Stiefel mußten aus feinstem spanischen Leder sein, so eng umspannten sie seine schlanken Waden.

Wie konnte er sie lieben? Sie, eine schlichte Kürschnerstochter? Wo er doch edel und schön genug war, um die Königin selbst und alle Fürstinnen des Hofes mit seinem Charme zu erobern?

»Ich müßte sterben, würdet Ihr eine andere lieben!« machte sie keinen Hehl aus ihren Gefühlen.

»Meine Liebste, du wirst leben! Leben in meinen Armen und existieren durch meine Liebe!«

Gontiers Handflächen glitten über den schlanken, biegsamen Körper, dessen Wärme und Wohlgestalt ihn den Kopf verlieren ließ. Unmerklich versuchte er Valentine zu dem Alkoven zu drängen, der fast das halbe Kabinett ausfüllte. Warum nicht die Gelegenheit endlich nutzen?

Sie erschauerte unter den fordernden, unschicklichen Zärtlichkeiten, die Empfindungen in ihrem Leib weckten, von denen sie keine Ahnung gehabt hatte. Ihre Kleider erschienen ihr plötzlich zu eng. Das Mieder zu straff geschnürt, die Röcke zu knapp. Am liebsten hätte sie sich von allem befreit, um diese schlanken, gepflegten Finger auf ihrer Haut zu spüren, so wie es schon einmal in jener Nacht der Fall gewesen war.

»Komm, setz dich. Laß dir helfen ...«

»Gontier! Verdammt noch mal, Gontier! Habt Ihr völlig den Verstand verloren? Ist dies das Mädchen, das dieser närrisch gewordene Tolpatsch von Kürschner überall sucht? Ihr könnt von Glück sagen, daß er mir in die Arme gelaufen ist, ehe er die Königin persönlich mit seinem Geschwätz belästigt hat!«

Valentine erzitterte. Gontier hatte sie so plötzlich freigegeben, daß sie sich kaum auf den eigenen Beinen halten konnte. Das Kabinett drehte sich vor ihren Augen, und die wütende, rauhe Männerstimme traf sie wie ein Eimer eiskalten Flußwassers.

»Yvain? Verdammt sollt Ihr sein!« hörte sie plötzlich Gontier antworten, und seine wütenden Worte klangen so fremd und arrogant, daß sie nicht glauben konnte, daß er sie ausgesprochen hatte. »Was erdreistet Ihr Euch? Ihr stört, merkt Ihr das nicht? Hinaus mit Euch! Kommt wieder, wenn ich fertig bin!«

»Bei Gott, ich wünschte, Ihr wärt nicht mit mir verwandt«, knirschte der andere grimmig. »Aber das Maß Eurer Tollheit kann auch mir schaden. Hättet Ihr Euch nicht wenigstens zügeln können, bis die Königin ihren Mantel erhalten hat? Sie ist keine Frau von Geduld, und ein toll gewordener Kürschner, der seine Verlobte sucht, wird ihr vermutlich zu denken geben, nicht wahr?«

Die wütende Rede hatte Valentine endlich Zeit gegeben, sich zu fassen. Unter halb gesenkten Wimpern betrachtete sie den Eindringling, der mit verschränkten Armen vor der Tür stand und Gontier de Gramont mit einem Zorn musterte, der in jeder einzelnen Falte seines Gesichts nistete. Sie erinnerte sich, daß sie ihn schon einmal gesehen hatte. An der Seite des Königs.

Aus der Nähe wirkte er noch beunruhigender. Häßlich fast in seiner dunklen Männlichkeit, mit der scharfen Narbe, die quer über seine Stirn lief und der hageren Gestalt. Ganz in schwarzes Leder gekleidet, ohne jede modische Feinheit, die Gontier auszeichnete, trug er einen Kriegsdegen an der Hüfte. Seine rabenschwarzen Haare lagen wie ein kurzes, gewelltes Fell um den markanten Schädel. Es fehlte nur noch der Pferdefuß. Ein Teufel. Der zweite Eindruck bestätigte nur den ersten.

»Die Königin erwartet Euch, Mädchen!« beschied er ihr knapp und deutete auf das Bündel, das vom Tisch auf den Boden gerutscht war. »Sputet Euch und unterlaßt es künftig auf eigene Faust auf Abenteuer auszugehen!«

Sein hochfahrender Befehlston ließ keine Ausflucht zu. Hilfesuchend wandte sie sich nach Gontier um und wurde mit einem Lächeln belohnt, das bis in ihr Herz drang. Sie konnte gar nicht anders, als es zu erwidern.

»Geht, Liebste, er hat recht! Wir wollen keinen Skandal verursachen. Meine Leidenschaft für dich hat mich zum Leichtsinn verleitet, wir werden einen anderen Weg finden ...«

Valentine sah auf den gebeugten blonden Kopf, der sich über ihre Hand neigte, und sie spürte mit einem erregten Frösteln den verbotenen Kuß, den er in ihre Handfläche drückte. Die Berührung einer Zunge. Vielversprechend und lustvoll. Doch ehe sie etwas sagen konnte, hatte ihr Luzifer bereits den Umhang in die Hand gedrückt und die Tür geöffnet.

»Geht, Mädchen!«

»Ihr könnt mir keine Befehle erteilen!« trotzte sie in aufflammendem Zorn.

»Ich werde Euch persönlich eskortieren, wenn Ihr nicht binnen des nächsten Atemzuges mit dem Lakai verschwunden seid, der Euch vor der Tür erwartet, werte Demoiselle!« entgegnete er kalt.

Valentine erschauerte, aber dieses Mal aus anderen Gründen. Unwillkürlich umfaßte sie den Mantel fester und eilte hinaus. Der Blick jener glühenden Kohlenaugen ließ keinen anderen Ausweg zu.

Wo Gontier Schönheit, Freude und Glück verkörperte, war dieser hier Gewalt, Krieg, Zwang und Arroganz. So sehr sie es bedauerte, den Seigneur de Gramont zu verlassen, diesem hier den Rücken zu kehren, bedeutete pure Erleichterung. Sie konnte nur hoffen, nie wieder seinen Weg kreuzen zu müssen.

Eine Hoffnung, die sich indes bereits zerschlug, sobald sie die Gemächer der Königin wieder verlassen wollte. In dem kleinen Saal, wo eine Reihe von Höflingen und Bürgern auf Audienz wartete, trat aus einer Fensternische eine schwarze Gestalt auf sie zu.

Valentine reckte unwillkürlich das Kinn eine Spur energischer in die Luft, und ihre vollendeten Brauen hoben sich in angeborener Anmaßung. Sie wappnete sich für den Kampf. Sie ahnte nicht, wie wenig sie in diesem Moment einer schlichten Kürschnerstochter glich.

So wenig, daß der Mann, der sie betrachtete, sogar den gespenstischen Eindruck einer Ähnlichkeit vertreiben mußte, die er nicht einordnen konnte. Das fehlte noch, das ihm das eigensinnige Kind eines Pariser Handwerkers Paroli bot!

»Auf ein Wort, Demoiselle!« hielt er sie auf und griff zu, als sie nicht sofort gehorchte.

Valentine sah auf die Hand auf ihrem Arm, dann in das scharfe, braune Gesicht, das aus der Nähe auch eine zweite Narbe auf dem rechten Jochbogen trug. Alles an diesem Mann kündete von Zwang und Gewalt.

»Laßt mich los!« forderte sie scharf.

Ein grüner und ein düsterer Blick kreuzten sich im kurzen Duell, ehe er seine Finger löste. Die unerwartete Mischung aus Mut und Schönheit war bezwingend. Er wollte ihr eine Lehre erteilen, aber sie nicht brechen.

»Sagt mir, was hat Euch der Seigneur de Gramont für Eure Gunst geboten?« forschte er knapp.

»Meine Gunst ist kein Gut, das feilgeboten wird, Seigneur«, entgegnete sie kalt und hielt seinen Augen stand, obwohl sie ein heimliches Zittern nicht unterdrücken konnte.

»Dann behaltet sie um Himmels willen auch für Euch, soweit es meinen Herrn Vetter betrifft«, knurrte er mit gedämpfter Stimme, damit ihre Unterhaltung keine fremden Ohren erreichte.

»Habt Ihr darüber zu befinden?«

Valentine wußte selbst nicht, was sie dazu trieb, diesen gefährlichen Mann zu provozieren. Vielleicht weil sie sich darüber ärgerte, daß er über Gontier de Gramont bestimmen wollte und sich in Dinge mischte, die ihn nichts angingen.

»Zum Henker, Ihr seid die Tochter eines ehrbaren Handwerkers, eines Kürschnermeisters, müßt Ihr Euch wie eine lüsterne Dirne an einen Edelmann werfen, der nur sein Vergnügen im Sinn hat? Hat Euch Euer Vater keinen Verstand und Eure Mutter keine Moral gelehrt?«

Erst als Valentine ihr Handgelenk in einem eisernen Griff gefangen fand, wurde ihr bewußt, daß sie Anstalten gemacht hatte, diesen Rüpel zu ohrfeigen. Ohne Rücksicht auf die Menschen um sich herum und ohne Rücksicht auf die Tatsache, daß sie sich im Vorzimmer der Königin von Frankreich befanden.

»Laßt mich los!« forderte sie mit zusammengebissenen Zähnen und zerrte an ihrem Handgelenk, obwohl es schmerzte. »Ihr habt kein Recht, mich zu beleidigen. Ihr sprecht mit der künftigen Gemahlin Eures Vetters! Er wird nicht zulassen, daß Ihr mich demütigt.«

»Mit seiner . . .?«

Der Teufel brach ab, und eine merkwürdige Bewegung seines Oberkörpers vermittelte ihr den Eindruck, als unterdrücke er ein Auflachen. Ein zynisches Auflachen. Valentines Augen sprühten Feuer.

»Ist es Sitte im Vorzimmer der Königin, ehrbare Frauen zu beleidigen?« zischte sie lautlos.

»Bei Gott, seid Ihr so gutgläubig oder so dumm?« unterbrach er seine stumme, amüsierte Pantomime.

Valentine fühlte sich in die Fensternische gezogen, die er eben verlassen hatte, und dann dem Blick aus zwei so unendlich wütenden, schwarzen Augen ausgesetzt, daß sie kaum zu atmen wagte.

»Gontier de Gramont ist ein Windhund! Ein leichtsinniger Spieler, der seinem Vergnügen nachläuft, wo er es finden kann. Und in erster Linie ist das jenes flüchtige Vergnügen, das er in den Armen einer willigen Dirne findet. Er wird sich mit Euch amüsieren und Euch dann vor die Tür setzen, mein schönes Kind. Er folgt dem Beispiel unseres Königs in diesem Spiel, und niemand wird ihn an diesem Hof deswegen tadeln, solange sich die schöne Henriette ungestraft über die Königin lustig machen darf.«

Valentine schluckte angestrengt.

»Ihr lügt!« wisperte sie tonlos. »Ihr wollt mir weh tun, mich schmähen.«

»O nein!« Ein tiefer Atemzug weitete die lederbedeckte Brust. »Macht Euch keine Illusionen, meine Schöne. Gontier de Gramont wird nie die Tochter eines Kürschners heiraten. Wenn er wirklich vor den Altar tritt, dann wird er es mit einem Edelfräulein tun, dessen Ahnen bis in graue Vorzeiten zurückreichen und das über eine Mitgift verfügt, die sogar ein notorischer Spieler nicht verschwenden kann. Macht Euch nicht unglücklich, Kind! In unseren Familien legt man wert auf eine einwandfreie Blutlinie!«

»Ihr ... Ihr seid abscheulich!« zischte Valentine. »Ich werde nicht eine einzige Eurer Lügen glauben.«

Sie wandte ihm den schmalen Rücken zu und strebte dem Ausgang entgegen, ohne sich weiter um ihn zu kümmern. Daß er ihr nach anfänglichem Zögern folgte, bemerkte sie zwar, aber sie übersah es demonstrativ. Hätte sie ihn mit einem Blick töten können, sie hätte es ohne die geringsten Skrupel getan!

»Ihr findet Euren Verlobten in der Wachstube am Haupttor«, teilte er ihr mit, sobald sie die breite Treppe hinuntereilte, die zum Innenhof führte. »Gehabt Euch wohl, Demoiselle, und wenn Euch Euer Ruf und Eure Zukunft etwas wert sind, dann meidet künftig Gontier de Gramont! Heiratet Euren Kürschner und laßt nicht zu, daß der Ehrgeiz nach mehr Euren törichten kleinen Kopf vernebelt.«

Der törichte kleine Kopf verriet mit keiner Bewegung, ob er den Rat annahm. Er schwebte wie ein Vogel mit seinen weißen Haubenflügeln voraus.

Der Seigneur begleitete sie bis zur Wachstube und verabschiedete sich dort von ihr mit einer Verneigung, die ihr seltsamerweise sehr elegant erschien. Sie erwiderte seinen Gruß nicht. Sie winkte Hughes, der wie ein verlorenes Häufchen Elend zwischen zwei Soldaten saß, und eilte voraus, ohne sich zu versichern, daß er ihr folgte.

Es war die pure Wut, die sie davontrieb. Der glühende Wunsch, diesen unverschämten Teufel mitsamt seiner Selbstherrlichkeit und Arroganz in der Seine zu versenken. Was trieb ihn dazu, das Glück seines Cousins mit Schmutz zu bewerfen? Der Neid? Konnte er es nicht ertragen, daß Gontiers Wohlgestalt ihm eine Frau schenkte, wie er sie bei seiner schartigen Visage selbst nie erlangen würde?

Valentine hatte sich nie als besonders schön empfunden, aber sie hatte sich auch daran gewöhnt, von Kindesbeinen an von aller Welt bewundert zu werden. Sie wußte, daß sie sich von den meisten anderen Frauen unterschied. Freilich hatte ihre Mutter dafür gesorgt, daß ihr dieser Umstand nicht zu Kopfe stieg. »Ein Gottesgeschenk ist es, aber kein Verdienst!« pflegte Madame Lisette bei jeder passenden und unpassenden Gelegenheit zu sagen.

Jeden Anflug von Hochmut oder Eitelkeit hatte bereits die kleine Valentine mit soviel Arbeit und Entbehrung bezahlt, daß nicht das kleinste Quentchen davon in ihrem Körper mehr existierte.

Was nützte ihr auch das überreiche Maß an Schönheit, wenn es am Ende doch nur einem Tolpatsch wie Hughes Badoix zufallen sollte. Einer braven Vogelscheuche, die vielleicht einen Marderpelz von einem Weißfuchs unterscheiden konnte, aber mit Ausnahme von Tüchtigkeit und Ehrlichkeit keine noch so kleine Eigenschaft besaß, die eine Frau bezaubern konnte.

Gontier de Gramont hingegen besaß derlei Eigenschaften im Überfluß. Valentines Schritte verlangsamten sich beim Gedanken an ihn. Ihre Lippen erinnerten sich an seine Küsse, ihr Körper an seine streichelnden Hände. Er war ein Edelmann, ein Ehrenmann. Hatte er nicht gesagt, daß er für sie sorgen würde, daß sie sich um ihre Zukunft keine Gedanken machen mußte? Natürlich würde er sie zur Frau nehmen. Was sonst konnten seine Worte bedeuten?

Bei Gontier war sowohl ihre Ehre, als auch ihre Schönheit bestens aufgehoben! Zum Kuckuck mit seinem teuflischen Vetter, man mußte ihn vergessen!

# 4. Kapitel

Die Sonne blendete Valentine, als sie an diesem Sonntag hinter ihrer Mutter aus dem Haus in der Rue Groseille trat. Mit einem Schlag war es über Nacht Frühling geworden. Das Konzert der Vögel hatte sie kurz nach Sonnenaufgang geweckt, und nicht einmal das Morgenläuten der zahllosen Glocken von Paris hatte die gefiederten Sänger übertönen können. Gemeinsam mit den Vögeln schien auch das Grün seinen Einzug in der Stadt gehalten zu haben.

Die Äste trugen die zarten Schleier der aufbrechenden Knospen, und zwischen dem Schlamm der Gassen und in den Gärten tauchten die zarten Spitzen frischer Gräser und erster Blüten auf. In der Wärme des sonntäglichen Morgens schien sich nicht nur die Rue Groseille, sondern die ganze Stadt dem Frühling zu öffnen.

»Was für ein herrlicher Tag!« verkündete Madame Lisette und warf ihrer Tochter einen prüfenden Blick zu. Sie war Valentine beim Ankleiden selbst zur Hand gegangen, denn von Zeit zu Zeit gefiel es ihr immer wieder, sich an ihre einstige Zofengeschicklichkeit zu erinnern.

Das Mädchen trug ein hochgeschlossenes Wollkleid in tiefem Grün. Eine schmale gefältelte, reinweiße Spitzenkrause umschloß eng den Hals, während die Ärmel von der Schulter bis zum Ellbogen bauschig gerafft in engen Manschetten endeten. Glänzende Seidenbänder von hellem Grün schmückten längsverlaufend das Mieder, und ein breites Band derselben Farbe lief um den weiten Rock.

Auf den hochgesteckten Zöpfen schwebte lediglich ein weißes Spitzenhäubchen, und die Sonne weckte goldene und kupferne Reflexe in den schweren Flechten. Valentine hielt sittsam ein Gebetbuch in der Hand. Eine Kostbarkeit, die sowohl den Reichtum ihres Vaters verkündete, wie die ungewöhnliche Tatsache, daß sie lesen und schreiben konnte. Maître Pelletier hatte darauf bestanden, daß sie es bei den Scholaren lernte.

Lisette Pelletier war mit ihrer Tochter zufrieden, wenngleich ihr die Blässe des schmalen Gesichts ein wenig mißfiel. Aber vielleicht war das auch genau die richtige Farbe für eine junge Braut, deren Hochzeit heute nach dem Hochamt in der Kirche verkündet werden sollte. Ein wenig Aufregung konnte ihrer allzu selbstsicheren Tochter nicht schaden.

Die Prozession aus dem Kürschnerhaus wurde von Maître Pelletier, seinem ersten Gesellen und den anderen Burschen, die für ihn arbeiteten, sowie dem restlichen Hauspersonal beschlossen. Alles in allem ein stattliches Grüppchen, dem die anderen Bürger respektvoll Platz machten und neugierig nachblickten, als es sich anschickte, das Gotteshaus zu betreten und die Plätze einzunehmen, die es Sonntag für Sonntag belegte.

Valentine war nicht der Ansicht, daß es ein herrlicher Tag war, auch wenn sie sich über die Sonne und den Gesang der Vögel freute. Die Eile, mit der ihre Mutter die bevorstehende Hochzeit betrieb, ängstigte sie mit jedem Tag mehr. So sehr sie Gontier de Gramont auch vertraute, aber je länger sie vergeblich auf eine Nachricht oder ein Zeichen von ihm wartete, um so ängstlicher und unruhiger wurde sie. Was sollte sie nur tun? Sie konnte Hughes Badoix nicht heiraten, um keinen Preis!

Eine Berührung an ihrer Schulter ließ sie aus dem Gebet aufsehen, und wie eine Antwort auf ihr Flehen erblickte sie das edle Antlitz Gontiers, der sich im Schatten einer Säule an ihre Seite geschlichen hatte. Sein Zeichen war einwandfrei, er wollte sie sprechen. Allein, wie sollte sie der Aufsicht ihrer Eltern, ihres Verlobten und aller anderen Kirchenbesucher entkommen?

In ihrer Verzweiflung griff sie nach dem nächstbesten Mittel, das ihr einfiel. Sie hielt sich die Hand vor den Mund und krümmte sich in gespielter Übelkeit. Ihre Blässe paßte dazu.

»Was ist?« zischte Madame Lisette.

»Mir ist übel, Mutter. Ich muß sofort an die frische Luft . . .«

Madame Pelletier runzelte die Stirn, aber die geisterhaften Züge Valentines sahen in diesem Moment tatsächlich so erbärmlich aus, daß ihre Bedenken verflogen. »Ich begleite dich . . .«

»Bleibt, Mutter! Ich komme sofort zurück, wenn es mir besser geht . . . Nur einen Augenblick . . .«

Valentine huschte zum Seitenschiff, ohne die neugierigen Blicke zu bemerken, die ihr folgten. Sie ahnte nicht, daß ihre vermeintliche Übelkeit von den bösen Zungen sofort in Zusammenhang mit der angekündigten Hochzeit gebracht wurde, aber es wäre ihr ohnehin egal gewesen.

Im schmalen Durchgang zwischen dem windschiefen Haus des Kerzenziehers und dem des Kirchenspiels wagte sie in Gontiers Arme zu sinken. Normalerweise wurde hier das Holz für das Pfarrhaus angeliefert, und um diese Zeit leistete ihnen nur ein altersschwacher Kater Gesellschaft, der sich vor den Belästigungen seiner kräftigeren und rauflustigeren Brüder in Sicherheit gebracht hatte.

»Meine Schöne! Mein Engel!« Gontier küßte das blasse Gesicht, wohin seine Lippen trafen. Er zog Valentine überschwenglich an sich. »Ich ertrage diese Heimlichkeiten nicht länger.«

Valentine erwiderte die fiebrigen Zärtlichkeiten. Sie verstand den eigenartigen Rausch nicht, in den sie Gontier versetzte. Sie begriff lediglich, daß sie nur noch in seiner Gegenwart zu leben schien. Alles andere war lediglich Dahinkümmern und Sehnsucht.

»Ihr müßt mir helfen«, wisperte sie hastig. »Ich will Hughes nicht heiraten! Schon in der nächsten Woche soll die Hochzeit sein!«

»Das lasse ich nicht zu!« Gontier de Gramont umfing sie noch fester. »Du gehörst mir! Mir allein! Am besten verläßt du noch heute das Haus deines Vaters. Ich werde dich zu einer Freundin bringen. Einer guten Bekannten, die dir Herberge gibt, bis ich die Dinge geregelt habe, die uns beide betreffen!«

Für Valentine war klar, daß er in diesem Moment von einer Heirat sprach. So wie ein Geselle die Zustimmung des Zunftvorstandes für seine Ehe benötigte, würde ein Edelmann sicher jene des Königs brauchen. Lieber Gott, würde der König eine solche Ehe erlauben? Unwillkürlich erinnerte sie sich an die bösen Worte des Teufels.

»Ich habe Angst«, stammelte Valentine von ihren vielfältigen Bedenken und Gefühlen bestürmt. »Meine

Eltern verlangen, daß ich Hughes heirate. Mein Vater sieht ihn als seinen Nachfolger im Handwerk.«

»Dann soll ihn dein Vater doch selbst heiraten«, spottete Gontier de Gramont herablassend.

Valentine glaubte ihren Vater verteidigen zu müssen. »Er weiß es nicht besser. Er könnte nie verstehen, daß ich ihm nicht gehorche.«

»Du mußt keine Angst haben, mein Herz!« versuchte Gontier das zitternde Mädchen zu beruhigen. »Ich bin dein Ritter, dein Geliebter, dein Schutz und dein Herr. An meiner Seite kann dir nichts geschehen.«

Valentine wollte es nur zu gerne glauben. In seiner Gegenwart fürchtete sie keine Schwierigkeiten. Sie klammerte sich an ihn.

»Was soll ich tun?« fragte sie so gehorsam, daß ihre eigene Mutter ihren Ohren nicht getraut hätte.

»Komm heute abend sobald es dunkel ist ans Flußufer, dort wo wir uns zum ersten Male getroffen haben. Ich werde dich in Sicherheit bringen.«

»Zu jener Freundin, die uns helfen kann?« So gutgläubig Valentine auch war, ein Funke Eifersucht sprang sie an, den sie nicht verbergen konnte.

»Keine Angst, mein Herz!« lachte Gontier, dem dieser Anflug von Temperament die vollendete Krönung ihrer Schönheit zu sein schien. »Ich spreche von der Marquise de Verneuil. Sie schenkt ihre Zuneigung nur ihrem Bruder und dem König, das weiß ganz Paris. Ihr müßt nicht eifersüchtig sein. Sie wird uns helfen. Sie hat ein Herz für Liebesgeschichten, denn sie leidet selbst unter den unglücklichen Umständen ihrer Lage.«

Sogar eine Jungfer wie Valentine wußte, daß die Marquise de Verneuil die kapriziöse Geliebte des Königs war. Henriette d'Entragues, die Heinrich nur einen Monat nach der Königin ebenfalls einen Sohn geschenkt hatte. Wenn sie in der Stadt war, residierte sie in einem entzückenden Palast in der Nähe des Louvre, den Seine Majestät sogar zu Fuß erreichen konnte.

»Wie sollte sie uns helfen können?« fragte sie ratlos. Die seltsamen Sitten des Hofes, die Ehe und Treue mißachteten und die Dirnen in Amt und Würden brachten, konnte sie nicht begreifen.

»Wenn sie dem König von uns erzählt, wird er uns wohlgesonnen sein«, erklärte er, genau mit jener überzeugenden Mischung aus Überredungskunst und Zärtlichkeit, der die junge Frau nicht widerstehen konnte.

Natürlich, hier hatte sie die Lösung des Rätsels, das sie vorhin so bedrückt hatte. Sie benötigten die Unterstützung des Königs. Nun, dafür würde sie sogar in die Hölle ziehen! Sie gab sich einen Ruck und lauschte alarmiert auf die Glocken, die zur heiligen Wandlung läuteten. Die Messe würde bald vorbei sein, sie mußte zurück.

»Ich werde kommen! Heute abend nach Einbruch der Dunkelheit!« schob sie bedenkenlos alle möglichen Einwände zur Seite. Sie gehörte schon nicht mehr in die Rue Groseille.

»So ist's gut, mein Herz!« raunte Gontier und überschüttete die schöne Bürgerstochter aufs neue mit seinen verwirrenden Küssen. »Du wirst es nicht bereuen, ich schwöre es dir!«

Als Valentine an die Seite ihrer Mutter zurückkehrte, leuchtete ihr Gesicht rosig, und ihre Lippen schienen wie von Zauberhand berührt, voller und glühender geworden zu sein. Lisette Pelletier nahm Zuflucht zu einem hastigen Stoßgebet, während der Priester verkündete, daß die ehrenwerte Jungfer Valentine Pelletier am kommenden Sonntag den Kürschnergesellen Hughes Badoix heiraten würde.

Sie konnte nur hoffen, daß kein Unglück über sie alle hereinbrach, ehe das Kind in eine sittsame Bürgersfrau verwandelt worden war. Valentine benötigte einen Mann, daran konnte es keinen Zweifel geben. Wenn sie jemals ein Mädchen gesehen hatte, das nur aus Gefühl und Sehnsucht bestand, dann war dies ihre Tochter!

Zu einer ähnlichen Einschätzung der Lage kam auch Maître Pelletier, als er an der Mittagstafel seinen Silberbecher auf das Wohl des Brautpaares hob. Die lange Tafel vereinte alle Hausbewohner nach Rang und Stellung. Hughes Badoix saß bereits seit geraumer Zeit zur Linken des Hausherrn, schräg gegenüber von seiner jungen Braut, die ihre Mutter flankierte und nun keine Anstalten machte, ebenfalls ihren Becher zu heben.

Ein Stoß ihrer Mutter brachte sie jedoch wieder zur Besinnung. »Es schickt sich nicht zu träumen, während dein Vater Euch beiden Glück wünscht!« rügte sie das Mädchen scharf.

Valentine schrak zusammen und nippte wie befohlen an dem mit Wasser verdünnten Wein. Sie merkte kaum, was sie trank, und noch viel weniger nahm sie Anteil an den Scherzen, die hin und her flogen.

»Es ist wahrhaftig an der Zeit, daß unsere Valentine merkt, daß das Leben nicht nur aus Träumen besteht«, bestätigte der Meister, ehe er sich zu seinem wohlverdienten Mittagsschlaf niederlegte, der jeden Sonntag für ihn krönte. »Ein Gatte wird ihr die Flausen aus dem Kopf treiben und ihrem Alltag einen Sinn geben.

Wir werden Enkelkinder bekommen, Weib, wie findest du das?«

»Ebenfalls an der Zeit«, verkündete die Meisterin, bevor sie das eheliche Schlafgemach verließ, aus dem schon bald sonores Schnarchen drang.

Valentine hingegen fand sich von einer Nervosität befallen, die sie bei keiner Arbeit verharren ließ. Sie legte die angefangene Stickerei fort, fand keine Ruhe darin in ihrem Stundenbuch zu lesen und ertappte sich letztendlich dabei, daß sie ihre Kleidertruhe sortierte. Was sollte sie mitnehmen? Das seidene Hochzeitsgewand?

Es war vermutlich das einzige Kleid, das in das Haus passen würde, in das Gontier sie bringen wollte. Aber eine seltsame Scheu hielt sie davon ab, es aus seiner Hülle zu nehmen. Zudem sah sie keinen Grund, sich vor der Marquise für ihre einfache Herkunft zu schämen. Sie war die Tochter eines ehrbaren Bürgers. Sie lebte weder in Schande mit einem Manne zusammen, noch hatte sie ihm einen Bastard geboren. Sie konnte ihren Kopf hoch tragen!

Was mochte das für eine Frau sein, die ihre Ehre und ihren Namen für den König aufgegeben hatte? Für einen Mann, dessen grauer Bart und gedrungene Erscheinung nur entfernt an den jugendlichen Béarner erinnerten, der vor vielen Jahren die schöne Marguerite von Valois geheiratet hatte und dessen Hochzeit jenes entsetzliche Massaker gefolgt war, von dem die Pariser nur flüsternd sprachen.

Man sagte, die Marquise sei schön, jugendlich, sehr elegant, kapriziös und von heftigem Temperament. Man sprach auch davon, daß sie ehrgeizig war und davon geträumt hatte, selbst Königin von Frankreich zu werden. Aber gegen die Mitgift von Marie de Medici hatte nicht einmal mehr das schriftliche Eheversprechen des Königs gezählt.

»Wollt Ihr mit mir ein wenig spazieren gehen?« störte sie Hughes Stimme aus ihren Träumen. »Auf der Cité sind die Gaukler und Händler eingetroffen!«

»Was?« Valentine fuhr erschrocken herum. »Was habt Ihr in meiner Kammer zu suchen, Hughes?«

»Je nun«, er trat sogar noch einen Schritt näher. »Wir werden künftig viel mehr miteinander teilen als nur eine Kammer, Valentine. Je eher Ihr Euch daran gewöhnt, um so leichter wird es Euch fallen.«

Sie wich vor ihm zurück, bis die gedrechselte Säule ihres Bettes in ihrem Rücken Einhalt gebot. Der Raum war kaum fünf Schritte im Quadrat, keine Möglichkeit, einem zudringlichen Manne zu entkommen, der sich im Besitz nagelneuer Rechte glaubte.

»Noch sind wir nicht verheiratet, Hughes!« versuchte sie sich mit Worten zu wehren. »Ich wäre Euch dankbar, wenn Ihr das respektiert!«

»Ziert Euch nicht«, lachte Hughes, der ihre Abwehr für ein weibliches Manöver hielt. »Ihr werdet noch sehen, was es für ein Vergnügen macht, einen Mann zu haben. Kommt, gebt mir einen Kuß und laßt uns an die Sonne gehen. Ganz Paris ist auf den Beinen!«

Valentine bezweifelte dieses Vergnügen in bezug auf Hughes gewaltig. Sie versuchte sich fruchtlos gegen seine Umarmung zu wehren, aber unter dem einfachen braunen Wams steckten ein paar kräftige Arme, und sie zappelte vergeblich in ihrem Griff.

»Ich schreie, wenn Ihr mich nicht augenblicklich loslaßt! Grobian, der Ihr seid!« schimpfte sie und trommelte mit den Fäusten gegen seine Brust.

»Komm, mein Kleines, einen Kuß für deinen künftigen Mann. Das kannst du mir schon gönnen! Was hast du gegen einen Kuß?«

Valentine mußte die Berührung der trockenen, spröden Lippen dulden. Der Druck des Mundes, der nach Wein und Knoblauch schmeckte, rief nicht einen Bruchteil jener überwältigenden Sehnsucht in ihr hervor, die Gontier entfachen konnte. Eher Abscheu, Widerwillen und den Wunsch, ihn sofort wieder loszuwerden!

Wenn sie noch einen Anstoß für ihren Entschluß benötigt hätte, hier hatte sie ihn! Und zugleich verlieh ihr die Erbitterung auch die Energie, die für jene klatschende Ohrfeige nötig war, die unmittelbar danach in seinem verblüfften Gesicht landete.

»Da habt Ihr, was ich Euch gönne, Hughes Badoix!« fauchte sie atemlos. »Wagt es nie wieder, mich gegen meinen Willen anzufassen!«

Hughes berührte mechanisch seine schmerzende Wange mit der Hand und schaute fassungslos auf die wütende Valentine. Er begriff offensichtlich nicht, was sich eben ereignet hatte.

»Hinaus!«

Die junge Frau deutete unmißverständlich auf die Tür ihrer Kammer. Sie bebte am ganzen Leib, und nur mit allergrößter Beherrschung vermied sie es, ihm auch noch zu sagen, daß sie nie und nimmer seine Frau werden würde. Daß er sich eine andere suchen sollte!

»Valentine …« begann Hughes, aber nach einem weiteren Blick in ihr Gesicht zog er sich zurück.

Sie nahm schon an, daß er gegangen wäre, als sie noch einmal seine Stimme hörte.

»Ihr werdet mich nicht zum Narren halten, Jungfer Valentine! Wenn Ihr erst meine Frau seid, werde ich Euer närrisches Temperament schon zügeln! Es schickt sich nicht, daß eine Frau den Mann schlägt. Ebenso wenig, wie es sich schickt, daß sie von Dingen träumt, die nicht ihres Standes sind!«

Jetzt war es an Valentine, ihn fassungslos anzustarren. Konnte es denn sein, daß sie ihn richtig verstand? Daß der ruhige, bedächtige und tolpatschige Hughes mehr gesehen und gemerkt hatte, als sie annahm?

Sie bekam keine Antwort auf diese Frage, denn nun ging er tatsächlich, wie sie es gefordert hatte. Seine Schritte polterten die Stiege hinab, und die Tür auf die Gasse quietschte in den eisernen Beschlägen, als sie geöffnet und wieder geschlossen wurde.

Valentine schlang die Arme um den Oberkörper und versuchte sich zu fassen. Sie durfte sich nicht verraten! Wenn ihre Mutter dahinterkam, was sie plante, würde sie Mittel und Wege finden, es zu vereiteln. Sie würde nie und nimmer zulassen, daß all die sorgfältig geschmiedeten Pläne durchkreuzt wurden. Hatte sie ihrer Tochter nicht von Kindesbeinen an eingeprägt, daß sie innerhalb ihres Standes zu bleiben hatte? Daß es von Übel und zudem Sünde war, sich zu hoch erheben zu wollen?

Valentine schwindelte vor den eigenen Plänen. Zum ersten Male begriff sie, was sie tun wollte. Wenn sie heute abend ihr Elternhaus verließ, trennte sie sich für immer von seinen Bewohnern. Sie kannte Maître Pelletier und seine Gemahlin gut genug, um zu wissen, daß sie ihr diesen Schritt niemals verzeihen würden. Wenn sie ging, war sie nicht länger ihre Tochter.

War es das wert? Den Verlust des Elternhauses?

Welch eine Frage. Natürlich war Gontier de Gramont alles wert. Seine Liebe würde sie für alles entschädigen! Daran konnte es keinen Zweifel geben.

Valentine löste ihren verkrampften Griff und schlug die Kleidertruhe zu. Sie würde nur ihren Umhang und den silbernen Kamm mitnehmen, den sie zu ihrem letzten Geburtstag erhalten hatte. Wenn es schon einen so harschen Schnitt geben mußte, dann wollte sie ihn mit allen nötigen Konsequenzen tun.

Gütiger Himmel, wie lange dauerte es denn noch, bis es endlich Abend wurde?

## 5. Kapitel

Der Mond stand voll am Himmel, als Valentine, bis zur Nasenspitze in ihren dunkelsten Mantel gehüllt, das elterliche Haus auf Zehenspitzen verließ. Noch nie war ihr ein Sonntag so lang und schrecklich erschienen. Hughes hatte bei der Nachtmahlzeit glücklicherweise gefehlt, so daß sie ihm nicht noch einmal unter die Augen treten mußte.

Ihre Mutter hatte ein paar herbe Sätze über junge Bräutigame von sich gegeben, die ihr Glück mit zuviel Rotwein feierten, aber ansonsten hatte es weder Fragen noch weitere Anspielungen gegeben. In den Augen der häuslichen Welt war Valentine bereits so gut wie verheiratet.

Zur üblichen Abendzeit hatte sie ihren Eltern eine gute Nacht gewünscht, ihren Vater geküßt und vor ihrer Mutter geknickst. Ein Abschied für immer, der in diesem Moment nahezu über ihre Kräfte gegangen war. Am liebsten hätte sie sich an den üppigen Busen Madame Lisettes geworfen und jene Mischung aus heißem Glück und fiebriger Nervosität ausgeweint, die sie aus dem Haus trieb.

Sie hatte der Versuchung widerstanden und sich erst wieder aus ihrer Kammer entfernt, als auch das letzte Licht in der Rue Groseille erloschen war und der Nachtwächter mit hallender Stimme die dunkelste Stunde verkündete. Hatte sie zu lange gewartet?

Zwischen den zerfallenden Wasserleitungen und den zerschlagenen Bottichen war keine Menschenseele zu entdecken. Valentine holte zitternd Luft und strich sich eine Haarsträhne aus der Stirn. Im Dunkeln hatte sie es nicht fertiggebracht, die steife Haube aufzusetzen. Sie hatte lediglich ihre langen Haare zu Zöpfen geflochten und unter der Kapuze des Umhanges versteckt.

»Bei Gott, da bist du ja endlich!«

Die ungeduldige Stimme ließ sie herumfahren, und sie fand sich in zärtlichen Armen geborgen. Gontier! Aus seinen Kleidern stieg dieses feine Aroma gepflegter Gewänder und gut gelüfteter Truhen. Mit einem Schluchzen warf sie sich heftig an seine Brust, und ihre angespannten Nerven gaben nach.

»Schscht! Nicht weinen, es ist alles vorbei. Komm mit, wir müssen zum Fluß hinunter. Dort wartet ein Boot auf uns. Komm, ehe man uns entdeckt ...«

Valentine überließ ihm erleichtert die Anführerrolle bei ihrer heimlichen Flucht. Solange Gontier die Dinge in die Hand nahm, war alles in Ordnung. Bei ihm fühlte sie sich behütet.

Der hölzerne Nachen wurde von zwei stummen, massigen Gestalten gerudert, die sich gegen den Lauf des Flusses in die Riemen legten, sobald der Seigneur und seine Begleiterin auf dem Bankbrett Platz genommen hatten. Die Lautlosigkeit, mit der sie die Blätter eintauchten, fiel Valentine trotz ihrer Anspannung merkwürdig auf. Es mutete an, als würden diese Männer derlei geheime Aufträge öfter erledigen. Für wen?

Wie seltsam, daß ihr in diesem unpassenden Moment ein dunkles narbiges Antlitz einfiel. Wenn es neben ihren Eltern einen Menschen gab, den sie jetzt nicht sehen wollte, dann war es Gontiers teuflischer Vetter. Sie wußte, daß er schärfstens mißbilligen würde, was sie tat, und sie ärgerte sich darüber, daß sie auch nur einen Gedanken an ihn verschwendete. Immerhin war er wie geschaffen dazu, zum Narren gehalten zu werden. Sie sollte Schadenfreude fühlen und keine Furcht.

Gontier griff nach ihrer eiskalten Hand, und jede Rastlosigkeit verflog. Die magische Berührung schickte Wärme in ihre Adern und Zuversicht in ihr Herz. Mit dieser neuen Kraft versuchte sie sich zu orientieren. Täuschte sie sich, oder waren das dort die Umrisse von Saint Gervais und St. Portrais? Die schlanken Türme verschwanden jedoch so schnell wieder aus ihren Augen, daß sie sich nicht mehr sicher war. Sie hätte gerne gefragt, aber sie wagte es nicht. Alle drei Männer hielten so strenges Schweigen, daß es seinen Sinn haben mußte.

Kurz darauf indes wurde das Boot an einem schmalen Steg vertäut, wie er sich vor vielen großen Häusern am Fluß befand. Es war einfacher, Holz und Vorräte, Wein und andere Handelsgüter über das Wasser zu transportieren, statt durch die engen und stets vollgestopften Straßen der übervölkerten Stadt.

»Nehmt meinen Arm«, hörte sie Gontiers gedämpfte Stimme, und vertrauensvoll kletterte sie mit seiner Hilfe aus dem Boot.

Sie roch das Brackwasser in den Pfützen am Ufer, den Gestank von Unrat und Abfall und über allem den penetranten Geruch von Stockfischen. Anscheinend gehörte der Steg zum Lagerhaus eines Fischhändlers. Valentine rümpfte im Dunkeln die Nase und bemühte sich durch den Mund zu atmen.

Immerhin schien Gontier den Weg zu kennen. Er führte sie mit absoluter Sicherheit an den Wasserlachen vorbei und zwischen einer mannshohen Mauer hindurch, in eine Ufergasse, wo die Häuser mit ihren Giebeln so eng zusammenstanden, daß nicht einmal der Mond einen Weg zwischen ihnen hindurch fand. Um diese Stunde waren die Schenken längst geschlossen, und das leise Rascheln und Fauchen, das ihre Schritte ab und zu begleitete, kam lediglich von den Ratten und Mäusen, die sich um die Beute dieser vielversprechenden Jagdgründe stritten.

Valentine verließ sich blind auf ihren Führer, und sie prallte gegen ihn, weil sie gar nicht gemerkt hatte, daß er seine Schritte plötzlich verlangsamt hatte. Er öffnete eine Pforte in einer kleinen Mauernische, und ehe sie sich für ihre Ungeschicklichkeit entschuldigen konnte, hatte er sie durch die Höhlung gezogen. Ein leises Knirschen verriet, daß er den Riegel vorlegte, der für ihn offengelassen worden war.

In einem Eisenring neben der Pforte hing eine blakende Laterne. Gontier griff danach, als sei sie eigens dort für ihn bereitgestellt worden.

»Kommt, mein Herz! Wir sind am Ziel«, wandte er sich an Valentine und hob das Licht so hoch, daß sie sein einladendes Lächeln erkennen konnte. »Die Marquise nimmt Euch in der Sicherheit ihres Hauses auf, und niemand wird Euch hier suchen!«

Geblendet vom unerwarteten Licht fand Valentine keine Möglichkeit, sich zu orientieren. Lediglich ihre empfindliche Nase verriet ihr, daß die Wolke aus Stockfisch und Morast hinter der Pforte zurückgeblieben war. Hier lag der Duft von frischer Erde und Frühling in der Luft, und als Gontier eine weitere Türe öffnete, kam jener eines geordneten Haushaltes hinzu.

Von ihrer Mutter angeleitet, einen Hausstand zu

führen, vermochte Valentine die meisten der Aroma-Zutaten zu erkennen. Das Bienenwachs, mit dem die Möbel eingelassen wurden, die Lauge, mit der man die Böden geschrubbt hatte, die Kräuter, die Steinquader bedeckten, und den Weihrauch, den man vor einem Heiligenbildnis verbrannt hatte. Daß die Marquise eine fromme Frau sein sollte, überraschte Valentine ein wenig. Das Haus indes lag bereits im tiefen Schlaf, und der Schein von Gontiers Laterne geisterte über polierte Steintreppen, geschnitzte Möbel und prächtige Standbilder.

»Folgt mir!« dämpfte er seine Stimme und brachte sie über eine weitere Treppe endlich in ein kleines Gemach, das augenscheinlich für sie vorbereitet worden war. Hinter dem Kaminschirm glomm noch Glut, und in einem eisernen Ständer warteten frische Kerzen darauf entzündet zu werden. Gontier tat es und warf einen prüfenden Blick durch den Raum, der auf Valentines angespannten Zügen endete, die im Schatten ihrer Kapuze wie Alabaster leuchteten.

»Ängstige dich nicht«, deutete er ihre Anspannung völlig richtig. »Madame wird dich morgen empfangen. Sie ist auf unserer Seite, und du bist ab jetzt ein Mitglied ihres Haushaltes.« Valentine fühlte einen deutlichen Stich der Enttäuschung. Sie wollte kein Mitglied von Madames Haushalt werden, sie wollte Bestandteil von Gontiers Leben sein! Sie wollte ihren eigenen Hausstand haben!

»Wohnt Ihr ebenfalls in diesem Haus?« erkundigte sie sich scheu.

»Ich bin Hauptmann der königlichen Garde, meine Schöne«, beschied ihr Gontier voller Stolz. »Mein Platz ist im Louvre. Ich bewohne dort zwar nur eine sehr kleine Kammer, aber es ist unter dem Dach des Königs.«

»Ihr wollt mich allein lassen?« Valentine hatte nur das eine gehört und klammerte sich in einer kindlichen Regung an seinen Umhang.

»Von Wollen kann keine Rede sein«, besänftigte sie Gontier und schloß das bebende Mädchen in seine Arme. »Ich muß, schönste Valentine! Ich muß! Ein Hauptmann der Garde hat auch Aufgaben. Der König erwartet, daß ich unter den Männern bin, die ihn morgen früh auf die Jagd begleiten! Ich kann nicht bei dir bleiben, so arg es mir ist. Sei versichert, daß ich mich selbst am meisten darüber ärgere, mein Engel ...«

Da er diese Rede mit zahllosen Küssen begleitete, die Valentine ebenso ersehnte wie erwiderte, sank ihr Protest haltlos in sich zusammen. In Gontiers Armen setzte seltsamerweise ihre Fähigkeit zu logischem Denken aus, und sie vermochte nur noch zu fühlen. Er öffnete die Schlaufen ihres Umhanges und löste mit solcher Geschicklichkeit ihre schweren Flechten, daß sie es erst fühlte, als die Flut ihrer Haare bis auf die Taille niederfiel.

»Welch eine Pracht!« bewunderte Gontier das schimmernde Haar, das im Schein der Kerzen irgendwo zwischen altem Gold und rötlichem Kupfer leuchtete, jedoch auch dunkle Strähnen aufwies und helle, flachsfarbene Löckchen, die sich an den Schläfen Valentines wellten.

Der junge Mann umfaßte den feinen Kopf, der für die Last dieses Schmucks fiel zu fragil schien, und vergrub die Finger in den seidigen Locken.

»Bei Gott, ich möchte dich sehen, wenn du nur diesen Mantel trägst«, murmelte er gierig und riß ungeduldig an den Schnüren ihres Mieders. Eine Naht zerplatzte, und Valentine stemmte ihre Handflächen ängstlich widerstrebend gegen seine Brust.

»Nicht, Seigneur, ich bitte Euch ...« murmelte sie erschreckt. »Ihr tut mir weh!«

Irgendwo im Haus fiel krachend eine Tür ins Schloß, und Valentine erfuhr nie, ob es dieses Geräusch oder ihre Bitte gewesen war, die Gontier de Gramont wieder zur Besinnung brachte.

Für einen Augenblick erstarrte er und sah auf die seidige Wölbung der verführerischen Brüste, die er zur Hälfte freigelegt hatte, dann in die weit aufgerissenen, verwirrten Frühlingsaugen des jungen Mädchens. Ein eigenartiges Lächeln geisterte um seinen Mund, ehe er seine Hände um die schlanke Säule ihres Halses legte und einen geradezu keuschen, sanften Kuß auf ihre Lippen drückte, die von den gewaltsameren Zärtlichkeiten zuvor üppig und feucht schimmerten.

»Verzeih!« murmelte er rauh. »Ich verliere meinen Verstand, wenn ich an die Herrlichkeiten denke, die du mir schenken wirst. Du hast recht, dies ist nicht die Nacht dafür. Wir wollen es genießen, wenn es soweit ist. Ich kann es kaum erwarten!«

Valentine fühlte eine eigenartige Mischung aus Enttäuschung und Erleichterung durch ihren aufgeputschten Körper rieseln. Er hatte sie erschreckt in seiner unerwarteten Gier und Hemmungslosigkeit, aber jetzt war er wieder der Seigneur. Der Held, dem sie Leib und Leben schenken wollte. Sie erwiderte den Kuß mit unerwarteter Glut und fühlte sich seltsam leer und zurückgestoßen, als er die Hände von ihrer Haut nahm und Abstand zwischen sie legte.

»Es ist besser, wenn du dieses Zimmer nicht verläßt,

bis ich wiederkomme«, riet er ihr. »Man wird dir zu essen und zu trinken bringen, und nur wenn Madame d'Entragues persönlich nach dir verlangt, sollst du diesem Befehl folgen. Hast du mich verstanden? Ihr mußt du gehorchen, denn sie hält unser Glück in Händen. Gehab dich wohl, meine wunderbare Schöne! Ich werde zu dir eilen, sobald es meine Zeit erlaubt.«

Valentine kam nicht dazu, diese vage Angabe zu hinterfragen. Die Tür fiel hinter Gontier zu, und sie war allein in diesem fremden Haus. Erst jetzt nahm sie ihre Umgebung näher in Augenschein. Es schien ihr das einzige Mittel zu sein, die Faust zu ignorieren, die sich wie eine eiserne Klammer plötzlich um ihr Herz legte. Sie wollte keine Angst haben!

Der Raum war reinlich und bescheiden ausgestattet. Er erinnerte sie an ihre Kammer zu Hause. Das Bett war indes nur ein Schragengestell, ohne schützenden Vorhang. Ein reines Laken bedeckte einen Strohsack, und die beiden Decken waren sauber, aber nicht luxuriös. Daheim hatte Valentine unter einem Plumeau geschlafen, das mit feinsten Gänsedaunen gefüllt war.

Eine Bank, ein kleiner Tisch, ein Krug Wasser und ein schlichtes hölzernes Kruzifix an der Wand, mehr gab es nicht zu sehen. Lediglich das Fenster, das mit runden, milchigen Scheibchen dicht an dicht verschlossen war und nicht mit gespannten Häuten, deutete darauf hin, daß sie sich in einem reichen Haus befand.

Valentines Augen blieben an dem Kreuz haften, und ihre Hände falteten sich zu einem Gebet. Es gab eine Menge Sünden, die sie plötzlich zu beichten hatte. Jene der Hoffart war noch die kleinste davon. Griff eine Kürschnerstochter, die einen Edelmann zum Gatten wünschte, nicht nach den Sternen? Zudem hatte sie gelogen, ihren Eltern nicht gehorcht und sich in ein Abenteuer gestürzt, dessen Ausgang ihr mit einem Male sehr ungewiß erschien.

»Verzeiht mir«, wisperte Valentine und meinte damit sowohl den Herrn im Himmel wie alle anderen auf der Erde, denen sie mit ihrer Flucht Kummer bereitet hatte. »Ich kann nicht anders. Ich muß es tun! Ich liebe ihn so sehr! Er ist alles, was ich ersehne und begehre.«

Das war vermutlich nicht die Art von Gebet, die der Himmel von einer frommen Jungfer erwartete, und Valentine hielt es für eine gerechte Strafe, daß sie sich danach nur noch ratloser und einsamer fühlte. Allein, vielleicht verschaffte sie sich mit dem Erdulden dieser Pein das Recht auf ein wenig Glück.

Eine Kaufmanns-Philosophie, die sie schmerzlich an ihren Vater erinnerte, der am morgigen Tag eine herbe Enttäuschung erleben würde. Sie hatte keine Botschaft hinterlassen, denn sie hätte nicht gewußt, was sie schreiben sollte. Er würde sich selbst einen Reim auf die Ereignisse machen müssen, und vermutlich tat er es. Valentine hatte die Erfahrung gemacht, daß ihr Vater mehr sah und weiter dachte als ihre Mutter.

Sie bückte sich nach ihrem Umhang, faltete den Stoff sorgsam und legte ihn über die einfache Bank. Danach löste sie lediglich die ohnehin schon geöffneten Schnüre ihres Oberteiles und streifte die flachen Lederschuhe ab, die sie an den Füßen trug. Sie hatte kein Nachtgewand, und es widerstrebte ihr, sich in diesen fremden Mauern auszuziehen. Sie löschte die Kerzen und legte sich nieder, obwohl sie wußte, daß sie keinen Schlaf finden würde.

»Steh auf, Mädchen!«

Die helle Frauenstimme klang ebenso kultiviert wie befehlsgewohnt. Valentine fuhr hoch und strich sich mit beiden Händen die wilde Flut der offenen Haare aus dem Gesicht. Sie hatte vergessen, sie neuerlich zu flechten, und so bot sie Henriette d'Entragues das Bild einer verwirrten, heidnischen Schönheit, die in das Rotgold eines morgendlichen Sonnenaufgangs gehüllt war. Ein blasses Antlitz von höchster Feinheit der Züge, riesige Augen im Grün eines leuchtenden Maientages und ein bebender, wohlgeformter Mund, der sogar jenen der Maitresse des Königs an Zartheit und Ausdruck bei weitem übertraf.

Die Marquise de Verneuil war klug genug, eine Gefahr in allen Einzelheiten zu erkennen und blitzschnell einzuschätzen. So entging ihr weder die Schnelligkeit, mit der Valentine sich faßte, noch die Anmut, mit der sie von ihrem Lager aufstand und sich vor ihr verneigte.

»Recht hübsch — für eine Kürschnerstochter«, sagte sie indes mit einem hörbaren Unterton von Verachtung, der dem jungen Mädchen das Blut in die Wangen trieb. »Ich kann verstehen, daß der Seigneur de Gramont wegen dir den Kopf verloren hat. Er hat mir versichert, daß du mir eine ergebene Dienerin sein wirst, und wir werden sehen, welche Aufgaben wir für dich finden.«

Valentine biß die Lippen aufeinander. Nur die Erinnerung an Gontier verhinderte, daß sie eine Antwort gab, die weder respektvoll noch passend gewesen wäre. Auch sie hatte die Marquise überprüft. Eine zarte blonde Schönheit von unerhörter Eleganz, funkelnd blaue Augen und eine Figur, der man nicht ansah, daß sie bereits unter einer Fehlgeburt gelitten und einen Bastard zur Welt gebracht hatte. Woher nahm die Hure des Königs das Recht, auf eine ehrbare Bürgerstochter herabzusehen?

»Vorerst kannst du der Amme zur Hand gehen, solange ich keine anderen Pflichten für dich habe«, befahl die Marquise kalt. »Es ist an der Zeit, daß der Dauphin nicht nur von ihr umsorgt wird.«

Der Dauphin? Der Thronfolger von Frankreich lag in seiner Wiege in den Gemächern des Louvre! Diese Frau hatte dem König einen Bastard geboren und kein Kind, das die Krone von Frankreich tragen würde! Valentines Zähne gruben sich noch tiefer in die volle Unterlippe, anders vermochte sie ihre ungebärdige Zunge nicht im Zaum zu halten.

»Spute dich und zieh dich ordentlich an. In meinem Haus herrscht Zucht und Ordnung. Eine Magd wird dich dann in die Kinderstube bringen!«

»Ab ...«

Die junge Frau kam nicht einmal dazu, das Wort zu beenden. Die hochfahrende Dame rauschte hinaus, ohne sich darum zu kümmern, was sie ihr entgegnen wollte. So mußte sie sich allein den bangen Fragen stellen, die ihr Herz bedrängten.

Das Benehmen der Marquise paßte nicht zu dem, was ihr der Seigneur versprochen hatte. Valentine hatte nicht erwartet, an die Seite der Hausherrin gebeten zu werden, aber als Dienstbotin wollte sie sich auch nicht verdingen. Allein, bei wem sollte sie gegen diese falsche Einschätzung protestieren? Wen um Rat fragen? Sie hatte sich freiwillig außerhalb allen Rates und aller Rechte begeben, nun mußte sie für sich selbst sorgen.

Wenig später eilte sie hinter einer wortkargen, schmallippigen Frau her, die in schwarzes Barchent und eine weiße Schürze gekleidet das Amt einer Haushofmeisterin versah. Sie hatte Valentine eine Schale frischer Ziegenmilch und ein paar warme Brioches gebracht und sie danach aufgefordert, ihr zu folgen. Ihr Ton glich so sehr den knappen Aufforderungen von Lisette Pelletier, daß die junge Frau stumm gehorcht hatte.

Der kleine Marquis Henri, Gaston de Verneuil fand sich mitsamt seiner Amme in einer Kammer, in der Nähe der großen Küche des Hauses. Bis zur Nasenspitze in Leinenbinden gewickelt war er dennoch erkennbar das zarte schöne Kind seiner hinreißenden blonden Mutter. Die Amme hingegen schien eher nach dem Fluß ihrer Muttermilch ausgesucht worden zu sein als nach der Fürsorge und Herzlichkeit, mit der sie ein Kind behandelte.

Sie war eine derbe, rotwangige Bauersfrau, deren Faulheit nur noch von ihrer überwältigenden Gefräßigkeit übertroffen wurde. Sie überließ es Valentine, sich um den wimmernden Säugling zu kümmern und das Kind, bei dem die Feuchtigkeit aus den Binden heraustropfte, auszuwickeln und zu säubern. Sie hatte sich in einen gepolsterten Lehnstuhl zurückgezogen, der das einzige komfortable Möbelstück des Raumes war, und die Hände über ihrem Bauch gefaltet. Jetzt sank sie mit jedem ruhigen Atemzug tiefer in den Schlaf.

Valentine warf ihr einen empörten Blick zu und badete das schmutzige Kind in einem kleinen Bottich mit warmem Wasser, den ihr eine Küchenmagd gebracht hatte. Allerdings erst, nachdem die Amme diese Anweisung bestätigt hatte. Mürrisch zudem, da sie aufgeweckt worden war und ferner keinen Sinn darin gefunden hatte, ein Kind zu waschen, das sich ohnehin in Kürze wieder beschmutzen würde. Die Bauernsitte, den Nachwuchs im kurzen Hemd auf Stroh zu legen, fand sie weniger mühsam und bei weitem praktischer.

Valentine hingegen entdeckte eine unverhoffte Zuneigung zu dem unschuldigen kleinen Wesen, das in ihren Händen zappelte. Dieser winzige Mann würde wachsen und einmal groß und stark wie Gontier werden. Ein Krieger, der Schlachten schlug und Frauen eroberte. Wer konnte schon sagen, wohin ihn der Ehrgeiz seiner schönen Mutter trieb?

Allerdings nur, wenn er die rüde Fürsorge überlebte, die ihm in diesem hohen Hause zuteil wurde. Das entzündete kleine Hinterteil und die Schrunden von Schmutz und Vernachlässigung, die sich unter den feinen Leinenbinden verborgen hatten, sprachen ihre eigene Sprache.

»Armer Kleiner!« murmelte sie und hüllte das Kerlchen in ein vorgewärmtes Tuch, ehe sie es auf den Arm nahm und an sich drückte. »Du bist das Mittel zum Zweck, von dem sich alle in diesem Hause die Erfüllung ihrer Träume erhoffen!« Ein Schnarchton der Amme verriet, daß sie das leise Murmeln Valentines ebenfalls beruhigend fand. »Deine Mutter erhofft sich eine Krone von dir, deine Amme ein bequemes Leben, und ich? Ich ein Ohr, dem ich meine Ängste und Nöte mitteilen kann.«

Das Kind blieb stumm. Verblüfft von der ungewohnten Trockenheit und Wärme, von der sanften Haut, die sich an seine Wange drückte. Von der leisen Stimme, die wie ein Wiegenlied klang, von dem Duft nach

Veilchen, der sich von dem gewohnten nach Rotwein und Knoblauch unterschied, den seine Amme umgab. Es schloß erschöpft die Augen und schlief an Valentines Schulter ein.

Das junge Mädchen behielt den Säugling im Arm. Sie fand einen unerwarteten Trost in seiner warmen Gegenwart. Seinen Schlaf bewachend beobachtete sie das zarte Gesicht und vergaß für eine kostbare Zeitspanne die eigene Beklommenheit.

## 6. Kapitel

»Wer ...? Zum Henker, die schöne Kürschnerstochter! Was habt Ihr hier zu suchen?«

Valentine hätte um ein Haar vor Schreck den Korb mit dem Kind fallen lassen. Da sie sich ohnehin nicht klar darüber war, ob sie das Recht hatte, im Garten zu sein, reagierte sie so deutlich verlegen auf die unverhoffte Konfrontation, daß sich Yvain de Tornai in allen seinen Befürchtungen bestätigt fühlte. Man sah ihm an, daß er sich über das unverhoffte Wiedersehen nicht freute. In seinen nachtschwarzen Augen stand blanker Zorn.

»Habt Ihr die Sprache verloren? Bei Gott, wer hat Euch in dieses Wespennest aus Intrigen und Verrat gesetzt? Gontier? Natürlich, das sieht ihm ähnlich. Deshalb läuft er mit dieser verdammten Miene eines zufriedenen Katers durch die Gegend.«

Auch ohne Valentines Bestätigung fand er die richtige Antwort. Seine einschüchternde, dunkle Persönlichkeit wurde durch die Wut, die er verströmte, nicht verbindlicher. Im Gegenteil, Valentine hatte das deutliche Gefühl, daß er seine Fäuste öffnete und schloß, weil er sich bereits vorstellte, ihren schlanken Hals zwischen seinen Fingern zu zerquetschen.

»Ich wußte, daß dieser Taugenichts etwas im Schilde führt. Es sieht ihm nicht ähnlich, die Messe in einer Bürgerskirche zu besuchen, und seine nächtlichen Exkursionen galten Euch, nicht wahr?«

Valentine wiegte den Säugling, der durch die barsche Stimme geweckt worden war. Sie machte keinen Versuch, die Beschimpfungen zu unterbrechen. Denn das waren sie, auch wenn er sich nun bemühte, Flüche und Beleidigungen zu vermeiden. Dafür beherrschte der Teufel die Kunst, sogar ein Kompliment wie eine Verwünschung klingen zu lassen.

»Ihr werdet dieses Haus auf der Stelle verlassen, habt Ihr mich verstanden?« fauchte er nun, seine Stimme immerhin so dämpfend, daß sie nicht bis zum Haus hinüber drang. Ja, er drängte sie sogar in den Windschatten der Mauer, damit man sie beide vom Haus aus nicht sehen konnte.

Auch er schien durch jene Pforte gekommen zu sein, die Gontier benutzt hatte und die offensichtlich öfter gebraucht wurde als der Haupteingang des prächtigen Hauses. Vielleicht war das der Grund dafür, daß man ihr so angelegentlich befohlen hatte, in der Kinderkammer, im Haus zu bleiben. Jetzt war es zu spät, den Ungehorsam zu bereuen.

Allein, sie hatte es neben der schnarchenden Amme nicht mehr ausgehalten. Der überwältigende Wunsch, den blauen Himmel zu sehen und frische Luft zu atmen, hatte sie dazu verleitet, mit dem Kind nach draußen zu gehen. Die Köchin, die offensichtlich von den Anweisungen nichts ahnte, hatte ihr freundlich die Hinterpforte geöffnet, die zu den Kräuterbeeten führte. Ihre Neugier hatte sie dann weiter nach vorne getrieben, zu den säuberlichen Buchsbaumrabatten und gekiesten Wegen, zu dem Brunnen und den Statuen, wo sie davon träumen konnte, eines Tages einen ähnlichen Garten zu besitzen. Die barschen Vorwürfe hatten sie unsanft aus diesen Träumen gerissen.

»Ihr könnt mir nichts befehlen!« Valentine versuchte

ihrer Stimme dieselbe Überheblichkeit zu verleihen, wie sie Gontiers Vetter besaß. »Der Seigneur de Gramont hat mich hierher gebracht und mir befohlen, hier auf ihn zu warten. Eben das werde ich tun und nichts anderes.«

»Bah! Der Seigneur de Gramont ist ein Dummkopf, der sich und seine Familie ins Unglück stürzen wird. Ihm zu gehorchen ist purer Unsinn. Ich bringe Euch in die Rue Groseille zurück! Kommt!«

»Nein!«

Der Edelmann stutzte. Die Mischung aus Trotz und Tapferkeit machte aus der schönen Bürgerstochter eine Kriegerin. Sie gehörte augenscheinlich nicht zu jenen weiblichen Wesen, die sich von einem bösen Wort einschüchtern ließen. Sie schien aus härterem Holz geschnitzt. Und sie verdiente es nicht, in jene idiotische Intrige verwickelt zu werden, auf die sich Gontier de Gramont seiner Vermutung nach eingelassen hatte.

»Euch bleibt im Grunde gar keine andere Wahl!« entgegnete er barsch.

»Ich muß das Kind ins Haus bringen, es ist kühl. Es wird sich erkälten.«

Instinktiv wußte Valentine, daß es keinen Sinn hatte, sich mit diesem Mann auf Debatten einzulassen. Sie schützte ihre Pflichten vor, die ihr mittlerweile gar nicht mehr so schlimm erschienen. Immerhin hielten sie ihren Kopf von nutzlosem Grübeln ab.

Sie wandte sich zum Küchengarten, aber ehe sie zwei Schritte getan hatte, fand sie ihren Arm in der eisernen Klammer eines Griffes gefangen, dessen Härte sie schon einmal kennengelernt hatte.

»Ich begleite Euch!« verkündete er.

Valentine warf einen wütenden Blick in seine unergründlichen, schwarzen Augen. Wäre da nicht jene Ader, die an seiner Schläfe zuckte, man hätte meinen können, es gäbe kein Leben in diesem Manne. Eine Eisengestalt, die sich gegen alle Widerstände durchsetzte.

»Ihr tut mir weh!« schleuderte sie ihm ihre Herausforderung entgegen.

»Dann befolgt meine Befehle, damit ich nicht zu diesen Mitteln greifen muß, Jungfer!«

Valentine schnappte entsetzt nach Luft, aber in diesem Moment hatte Gontiers Vetter einen Lakaien entdeckt, der eine freie Minute dazu hatte nützen wollen, mit der schönen neuen Kindermagd zu plaudern. Ehe sie begriff, was er vorhatte, nahm er ihr den Korb mit dem Kind aus dem Arm und winkte dem Manne zu, die Last an sich zu nehmen.

»Bringt den Jungen zu seiner Amme! Die Magd, die mit seiner Aufsicht betraut war, muß anderen Obliegenheiten nachgehen. Sputet Euch, es ist zu kalt, um länger Maulaffen feilzuhalten.«

Bei Gott, was hatte dieser Mann nur an sich, daß niemand in seiner Gegenwart zu widersprechen wagte? Valentine mußte hilflos mit ansehen, wie ihr winziger Schützling ins Haus getragen wurde, während sich die Tür dieser Zuflucht vor ihrer Nase schloß.

»Kehrt in das Haus Eures Vaters zurück und ehelicht jenen Kürschner, der sich im Louvre als Euer Beschützer aufgespielt hat«, knurrte er nun in ihre Richtung und zog sie herrisch aus dem Garten, durch die Pforte auf die Gasse hinaus. »Vielleicht ist auch kein Schaden passiert, als Ihr Euch Gontier zugewandt habt! Und wenn, wird sich Euer Gatte eben über ein besonders gelungenes Achtmonatskind freuen können! Dergleichen kommt schließlich in den besten Familien vor.«

Valentine stolperte vor Empörung über die eigenen Füße. Sie wäre gefallen, wenn ihr Begleiter sie nicht immer noch mit jenem Klammergriff umfangen hätte. Sie hatte es unendlich satt, von ihm ständig gekränkt und herumdirigiert zu werden.

»Ihr seid unerträglich!« siegte ihr Zorn über ihre Beklommenheit. »Ihr ergeht Euch in Andeutungen, erteilt Befehle, zerrt mich herum und findet es nicht einmal der Mühe wert, mir mitzuteilen, wer Ihr überhaupt seid und ob Ihr das Recht habt, in mein Leben einzugreifen, mit dem Ihr doch nichts zu schaffen habt!«

Er stutzte und verharrte mitten im Schritt. Er schaute in die lodernden grünen Augen und ertappte sich zu seinem eigenen Verwundern bei einem sparsamen, anerkennenden Lächeln.

»Schau an, das Kätzchen zeigt seine Krallen. Nun, Jungfer Pelletier, Ihr sprecht mit Yvain de Tournai, dem Marquis von Brosse und dem Gefährten Seiner Majestät, König Heinrichs von Navarra. Werdet Ihr Euch jetzt bereit finden, meinen dringlichen Anweisungen zu folgen?«

»Ihr könnt mich nicht zwingen, in die Rue Groseille zurückzukehren«, wehrte sich Valentine gegen seinen hochfahrenden Befehlston. »Niemand kann mich zwingen, Hughes Badoix zum Mann zu nehmen! Heiratet ihn doch selbst, wenn er Euch so gut gefällt!«

Die Mischung aus tapferer Verteidigung und unerwartetem Spott veranlaßte Yvain de Tournai zu einer Geste, über die er sich in diesem Moment selbst keine genaue Rechenschaft abgeben mochte. Jenes vage Gefühl der Vertrautheit, das ihn stets in der Gegenwart dieser ungewöhnlichen jungen Frau befiel, sagte ihm, daß sie tatsächlich keine geeignete Gefährtin für einen biederen Kürschner war.

Eine solche Ehe würde beiden Teilen höchstwahrscheinlich nur Unglück bringen. Woher nahm er eigentlich das Recht, ihren Entschluß zu kritisieren? Nur weil er wußte, daß sie naiv genug war, auf Gontier hereinzufallen? Weil es ihn ärgerte, daß soviel Schönheit mit soviel argloser Gutgläubigkeit gepaart war?

»Beruhigt Euch, kleine Megäre«, murmelte er und beschleunigte das Tempo seiner Schritte. »Es ist nicht meine Angelegenheit, über Eure Zukunft zu entscheiden. Wenn Ihr nicht nach Hause wollt, so werde ich versuchen, Euch in einem Haushalt unterzubringen, der Eurem unabhängigen Geist vielleicht mehr Nahrung bietet, als dieses bösartige Vipernnest, in dem sich mein Herr Vetter so gerne bewegt.«

Valentine hörte eigentlich nur, das ihr die schmachvolle Rückkehr und die strenge Mißbilligung ihrer Mutter erspart bleiben würde. Sie wußte, daß sie in einem solchen Fall nichts vor der augenblicklichen Ehe mit Hughes retten würde. Ihre Mutter war imstande, sie höchstpersönlich an den Zöpfen vor den Altar zu schleppen. Das junge Mädchen hatte in den vergangenen Jahren genügend Beispiele dafür erlebt, wie wenig diese energische Meisterin von einem einmal gefaßten Plan abwich.

Schon aus diesem Grund bemühte sie sich, ihre Schritte den weit ausholenden des Seigneurs anzupassen. Sie mußte es zudem tun, denn er gab ihr Handgelenk nicht ein einziges Mal frei. Bei Tageslicht glaubte sie auch endlich zu erkennen, wo sie sich befand. Gontier hatte sie in die Nähe der Stadtmauer von Philippe August gebracht, und sie sah zwischen den Gassen die Umrisse der Seineinseln im Fluß. Das prächtige Palais der Bischöfe von Sens ragte bereits nach kurzer Zeit vor ihnen auf.

Valentine hatte es noch nie aus der Nähe gesehen, denn ihr Weg führte sie selten in dieses abgelegene Viertel. Die Kunden Maître Pelletiers lebten bevorzugt in der Cité oder in den Palästen in der Nähe des Louvre.

Um so mehr wunderte sie sich nun, daß der Seigneur de Tournai diesen Palast durch einen Seiteneingang betrat, der ihm nach einem kurzen, eigenartig rhythmischen Klopfzeichen aufgetan wurde.

»Ihr bringt mich zum Bischof?« fragte sie in grenzenloser Verblüffung.

»Nein, wahrhaftig nicht!«

Das Lachen, das in dieser Antwort mitschwang, veränderte die rauhe herrische Stimme für einen Moment so sehr, daß Valentine unwillkürlich in sein Gesicht sah. Die maliziös verzogenen Mundwinkel verstärkten den diabolischen Zug der Lippen, und in den tiefschwarzen Augen glitzerte pure Heiterkeit.

»Es ist der Wunsch Seiner Majestät des Königs gewesen, daß Madame unter der Obhut der Bischöfe residiert, aber sie steht ihrem eigenen Haushalt vor und Ihr werdet sie höchst interessiert an Eurem Schicksal finden.«

»Madame?« wiederholte Valentine fragend.

»Die Königin«, ließ sich Tournai zu einer weiteren Erklärung herab. »Die Königin Margot. Seine Majestät hat ihr erlaubt, wieder in Paris zu leben. Sie hat die Auvergne verlassen und sich hier eingerichtet. Sie schätzt es, ungewöhnliche Menschen um sich zu versammeln. Ich nehme an, Ihr werdet ihr gefallen.«

Valentine schluckte. Wie nahezu jedes Kind von Paris war sie mit den abenteuerlichen Geschichten über Marguerite von Valois aufgewachsen. Die schönste Prinzessin des Königreiches, deren Hochzeit mit Heinrich von Navarra in der Bartholomäusnacht vor vielen Jahren im Blut ertrunken war. Die brillante, kluge und hochgebildete und lebenslustige Königstochter, die dem Prinzen von Navarra keine Kinder schenken konnte und deren leidenschaftliche Liebesaffären mit anderen Männern dem Klatsch reichste Nahrung gaben. Man hatte sie sogar verdächtigt, eine Affäre mit dem eigenen Bruder zu haben!

Wie es hieß, hatten sich Henri und Marguerite niemals geliebt, und die Bereitschaft, mit der die Königin zustimmte, ihre Ehe vom Papst wegen Kinderlosigkeit annullieren zu lassen, hatte zu neuerlichem Tratsch Anlaß gegeben. Damals war alle Welt noch der Meinung gewesen, Heinrich würde nun seine langjährige Geliebte, die schöne Gabrielle d'Estrées heiraten, mit der er drei Kinder hatte. Allein, der plötzliche Tod der Herzogin von Beaufort hatte diesen Plänen ein Ende gemacht.

Nun war der König mit Maria von Medici verheiratet, und sowohl seine ehelichen Kinder wie seine Bastarde bezeugten, daß die Schuld an der Kinderlosigkeit nicht bei ihm gelegen hatte. Seinen jüngsten Sohn hatte Valentine schließlich eben erst in den Armen gehalten.

»Was, bei allen Heiligen, soll ich bei Marguerite von Valois?« fragte Valentine, sobald sie sich von ihrer ersten Verblüffung erholt hatte.

»Sie ist eine kluge Frau«, entgegnete Yvain de Tournai reichlich kurz angebunden. »Sie wird wissen, was mit Euch zu tun ist!«

Valentine öffnete den Mund, um zu widersprechen. Ihr genügte es, wenn sie selbst wußte, was mit ihr zu tun war. Allein, da sie in diesem Augenblick die prächtige Halle des Palais betraten und der Prunk der bischöflichen Residenz sich vor ihren Augen entfaltete, schloß sie die Lippen in unerwarteter Befangenheit. Wenige Augenblicke später neigte sie das Knie in einem kostbar möblierten Kabinett vor einer Dame, die mit dem Rücken zum Fenster saß und deren Züge dessentwegen im Gegenlicht verschwammen.

Kostbare Juwelen blitzten in den Haaren, an den Händen, auf der Haut und im Gewand. Marguerite von Valois mochte zwar nicht mehr die rechtmäßige Königin von Frankreich sein, aber die Königin des Geschmacks und der Modefragen war sie geblieben. Niemand verstand es so unnachahmlich, sich zu kleiden und die eigenen Vorteile durch geschickte Nachhilfe noch blendender zu präsentieren.

Als junge Prinzessin war sie das Entzücken der Chronisten und Höflinge gewesen. In immer neuen hymnischeren Floskeln hatten die Herren ihr rabenschwarzes Haar, ihren hinreißenden Mund, ihre von dunklen Wimpern beschatteten Augen und ihre elfenhafte Figur gerühmt. Eine Schönheit, die merkwürdigerweise nie das Herz des jungen Königs berührt hatte, der sich in zahllosen Liebesabenteuern den Ruf eines Herzensbrechers geschaffen hatte. Vermutlich war sie dem eher bodenständigen Prinzen aus Navarra zu schön und zu raffiniert gewesen.

Valentine versuchte ihre Neugier zu beherrschen,

aber sie konnte nicht verhindern, daß ihre Augen eine Spur zu lange auf der prächtigen Gestalt lagen. Daß ihr argwöhnischer Blick Einzelheiten suchte, die gerne verborgen worden wären.

»Dieser Blick, bei Gott, Yvain! Wer ist die Jungfer? Wen bringt Ihr mir da?«

Valentine hörte die melodische, sanfte Stimme und senkte beschämt den Kopf. Schon ihrer Mutter hatte es stets mißfallen, wenn sie die Lider nicht senkte und Gegenüberstehende prüfend ansah. Sie hatte es nie fertiggebracht, jenes Maß an Wohlerzogenheit an den Tag zu legen, die sie von ihr forderte.

»Darf ich Euch die Demoiselle Valentine Pelletier vorstellen, Madame«, erfüllte nun der Seigneur die Forderung. »Sie hat die Aufmerksamkeit Gontier de Gramonts auf sich gezogen, und mein unverschämter Cousin wußte nichts Besseres zu tun, als sie aus ihrem Elternhaus und von ihrem Verlobten zu entführen.«

»Gegen Euren Willen?«

Es dauerte einen Herzschlag, bis Valentine begriff, daß diese Frage an sie gerichtet war. Unwillkürlich hob sich ihr energisches kleines Kinn wieder aus der demütigen Haltung.

»Nein«, sagte sie so knapp und vielsagend, daß niemand entgehen konnte, daß sogar diese eine begrenzte Silbe einen herben Tadel für Yvain de Tournai und sein Verhalten enthielt.

Madame Margots Lachen flirrte durch das Kabinett. Das Lachen eines jungen Mädchens, obwohl sie selbst in Kürze ein halbes Jahrhundert alt sein würde.

»Wie es scheint, habt Ihr das Mißfallen dieser Demoiselle errungen, mein guter Yvain«, amüsierte sie sich.

»Ich vertraue sie Eurer Obhut an, Madame«, neigte sich der Seigneur geschmeidig. »Sie ist schön wie eine Rose und besitzt Dornen wie eine ganze Hecke. Sie verdient es nicht, von einem Gontier de Gramont ins Unglück gestürzt zu werden, deswegen stelle ich sie unter Euren Schutz.«

»In der Tat, das sehe ich auch so«, stimmte die edle Dame zu. »Erhebt Euch, mein Kind, und hört auf, den Seigneur de Tournai mit Blicken zu erdolchen. Ich stimme Euch zu, daß er abstoßend, arrogant, viel zu sehr von sich selbst eingenommen und völlig unerträglich ist. Aber er besitzt die Treue und den Edelmut eines wahren Ritters, ich würde ihm unbesehen mein Leben anvertrauen. Ihr könnt von Glück sagen, daß er sich Euer angenommen hat.«

Valentine befolgte den Rat, soweit es ihre äußere Haltung betraf. Ihre innere indes, den Seigneur de Tournai betreffend, änderte sie um kein Jota. Sie trat manierlich zur Seite und wartete schweigend, während Madame Margot und der teuflische Ritter eine schnelle Unterhaltung in gedämpftem Tone begannen.

Sie glaubte den Namen Henriette d'Entragues zu hören, aber sie erfaßte keinen Zusammenhang. Ob die erste Frau des Königs auch diese Geliebte billigte, so wie sie es zu ihrer Zeit mit allen Frauen getan hatte, die Heinrichs Bett wärmten?

Wie seltsam sich doch die Mächtigen und ihre Damen benahmen. Für sie schienen die normalen Regeln von Sitte und Anstand nicht zu gelten. Unwillkürlich verschlang Valentine die Hände in den Falten ihres Rockes. Der einfache, braune Wollstoff sah in diesem Kabinett mit seinen seidenen Wandbehängen, den polierten, geschnitzten Möbeln und dem Silberzierat nur noch bescheidener aus.

Marguerite von Valois trug Weiß. Knisternde weiße Seide, mit schwarzen Atlasbändern verziert und von Perlenrauten bestickt. Die dunklen Haare, die noch keinen Silberstreif erkennen ließen, waren in einem silbernen Haarnetz geborgen. Sie sah wesentlich mehr wie eine Königin aus als die rundliche, dunkle Italienerin im Louvre.

»Ihr traut den d'Entragues derartiges zu?« Die Stimme Margots hob sich ein wenig, und Valentine konnte dem Gespräch endlich folgen.

»Sie hat sich für ein schriftliches Heiratsversprechen und 100 000 Goldstücke in das Bett eines alternden Königs gelegt. Eine solche Frau kann keine Skrupel besitzen«, fällte Yvain de Tournai ein vernichtendes Urteil. »Männer wie Gontier sind Wachs in ihren Händen.«

»Ihr habt recht, mein Freund. Sie hat sich diesen Sohn aus königlichem Blut gekauft, anders ist es nicht zu erklären. Armer Henri, ihre Schönheit macht ihn blind. Haltet für uns die Augen auf, Yvain, und wenn Ihr meine Hilfe benötigt, um dieser Person das Handwerk zu legen, so wendet Euch unverzüglich an mich. Und was diesen hübschen Jungen betrifft, Euren Gontier ...«

»Den überlaßt nur mir!« fiel Yvain der ehemaligen Königin so grimmig ins Wort, daß Valentine ein Schauder der Angst überlief. »Ich werde ihm klarmachen, wo seine Pflicht liegt.«

»Um so besser, wir werden auf Nachrichten von Euch warten, mein Freund!«

Ohne Valentine mehr als ein knappes Nicken zu gönnen, zog sich der Seigneur zurück. Unwillkürlich atmete sie auf, als er fort war, und sie fand sich den prüfenden Blicken der königlichen Frau ausgesetzt.

»Valentine Pelletier«, sagte sie nachdenklich. »Wer sind deine Eltern, Kind?«

»Maître Gaston Pelletier, der Vorstand der Kürschnerzunft von Paris«, antwortete Valentine mit einem Anflug von Stolz in der Stimme. »Der Kürschner der Königin, Madame. Meine Mutter heißt Lisette, aber sie stammt nicht aus Paris. Mein Vater hat sie geheiratet, als er zum Pelzkauf zum Frühjahrsmarkt nach Lyon gefahren ist. Ich bin ihr einziges Kind.«

»Du bist verlobt, habe ich gehört. Warum willst du nicht zu diesem jungen Mann zurück?«

»Ich liebe ihn nicht!« entgegnete Valentine mit zunehmendem Trotz. »Ich habe mich dem Seigneur de Gramont versprochen!«

Marguerite von Valois trat auf sie zu und umfaßte ihr Kinn, ehe sie es zum Licht drehte. Der helle Schein der Frühlingssonne beleuchtete durch weiße Rauten gefiltert Valentines angespannte, feine Züge.

»Ausgerechnet Gontier de Gramont? Ich sehe, du glaubst an die Wunder der Liebe«, murmelte sie gedankenverloren. »Ich wollte, ich hätte noch einmal deinen Mut und deine Herzenskraft. Wir werden dafür sorgen müssen, daß man dir nicht weh tut, mein Kind.«

Sie ließ Valentine wieder los und ging zur Tür, wo sie an einem bestickten Band zog und eine Kammerfrau herbeiklingelte.

»Die Demoiselle wird bei uns wohnen, Claude!« verkündete sie und ließ eine ganze Reihe von weiteren Befehlen folgen, die bis hin zu einer Schneiderin reichten, die Maß für ein Gewand nehmen sollte.

»Und nun geh mit Claude, Valentine«, beendete die hohe Frau ihre Aufzählung. »Ich wünsche dich bei der Abendmahlzeit in der kleinen Halle zu sehen.«

Verwirrt sank Valentine in eine weitere Reverenz, und erst die Berührung der Kammerfrau an ihrer Schulter brachte sie auf die Beine und aus dem königlichen Gemach. Fast wäre sie dabei auf ihre Säume getreten. Es ging über ihr Begreifen, weshalb sie plötzlich für alle Welt von solcher Wichtigkeit war. Sie wollte für Gontier de Gramont wichtig sein und für niemand sonst!

## 7. Kapitel

»So steht doch still, Mädchen! Wie soll ich meine Arbeit tun, wenn Ihr zappelt wie der Teufel in einem Weihwasserkessel!« schimpfte die schnaufende Schneiderin und verlor die beiden Nadeln, die sie in ihren Mundwinkel gesteckt hatte, damit sie nicht verlorengingen.

»Entschuldigt«, seufzte Valentine und versuchte reglos auf der breiten Bank zu verharren, während die Frau den Saum eines minzefarbenen Atlasgewandes absteckte, das auf ihre Größe geändert werden sollte. Ein so bezauberndes Gewand, wie sie es noch nie besessen hatte.

Das Rascheln des Stoffes blieb für einen Augenblick das einzige Geräusch in der Nähstube, in der sich noch fünf weitere Mägde über Hauswäsche und Kleidung beugten und sie neugierig aus den Augenwinkeln beobachteten, obwohl keine von ihnen zu arbeiten aufhörte. Valentine war sich des Tratsches bewußt, den sie verursachte. Man begegnete ihr mit oberflächlichem Respekt, aber im Grunde stand in jedem Gesicht die Frage, was sie eigentlich hier zu suchen hatte, weshalb ihr Marguerite von Valois diese geradezu mütterliche Fürsorge erwies.

Eine Frage, auf die Valentine selbst gerne eine Antwort gehabt hätte. Das ›ausgerechnet Gontier de Gramont‹ hallte in ihrem Kopf nach. O nein, sie war nicht töricht. Es hatte sich beileibe nicht anerkennend angehört. In diesem Hause war man ihrem Liebsten nicht wohlgesonnen, dazu bedurfte es keiner großen Fantasie.

Von dieser Erkenntnis bis zum nächsten Entschluß war es nur ein winziger Schritt. Sie würde nicht bleiben. Sie würde zu Madame d'Entragues zurückkehren und dort auf Gontier warten. Er war die einzige Sicherheit, der einzige Halt in ihrem Leben. Egal was Madame Margot von der Maitresse des Königs hielt, nur über ihren Einfluß auf den Monarchen konnte sie sich erhoffen, ein Leben an Gontiers Seite führen zu dürfen.

Die Möglichkeit zu dieser neuerlichen Flucht ergab sich schneller, als Valentine zu hoffen gewagt hatte. Niemand bewachte sie. Alle Welt nahm an, daß sie beglückt im Hôtel de Sens bleiben würde.

Eigentlich hatte sie auch wirklich in ihre Kammer gehen wollen, als sie aus der Nähstube kam. Allein die verwinkelten Gänge, Treppen und Flure des riesigen Palastes führten sie in die Irre. Sie kam an der Wachstube der Palastgarde vorbei, schlüpfte eben noch in einen kleinen Gang, ehe sie einem der Sergeanten in die Arme lief, und stand plötzlich zu ihrer eigenen Überraschung vor einer schmalen Pforte, die direkt in einen Hof führte, der von den Ställen des Hauses gesäumt wurde.

Wo Ställe waren, mußte auch ein Torbogen sein, der nach draußen führte. Ein kurzer Blick in die Runde zeigte Valentine, daß sie sich nicht getäuscht hatte. Am Brunnen wurde ein Fuhrwerk ausgespannt, und zwei Stallknechte tränkten die schweren Gäule bei dieser Gelegenheit. Diener, Bewaffnete und Mägde gingen ihren vielfältigen Aufgaben nach, und niemand schenkte dem einfach gekleideten Mädchen einen zweiten Blick, das nun mit gesenktem Kopf schnell auf den Ausgang zustrebte. Jeder wollte vor Einbruch der Dämmerung mit seiner Arbeit fertig werden.

Sie raffte ihre braunen Röcke und eilte an dem hoch beladenen Heufuhrwerk vorbei nach draußen. Danach war alles ganz einfach, sie mußte sich nur zum Fluß wenden und an der richtigen Häuserfront in die Gasse einbiegen, die zwischen den Lagerhäusern und den ersten Gärten der besseren Häuser hindurch führte.

Es war das erste Mal, daß sie allein durch die Stadt lief, ohne die Begleitung einer Magd, eines Knechtes oder ihrer Mutter. Sie hatte keine Angst, trotzdem kam ihr zum ersten Male seit ihrer Flucht die Tragweite dieses leichtsinnigen Entschlusses zu Bewußtsein.

Wenn sie in diesem Moment in die Hände irgendwelcher Schurken fiel, niemand würde jemals wieder etwas von ihr hören. Ihre Eltern nicht, Gontier nicht und schon gar nicht sein düsterer Vetter. Sie würde ausgelöscht werden, wie ein Stück Glut, das in den Fluß fiel.

Die untergehende Sonne warf bereits rötliche Reflexe über den Fluß, als sie ihm den Rücken kehrte. In den kupfernen Dachtraufen der Paläste spiegelte sich das Licht, und in den Gassen, wo die überkragenden Dächer das Farbenmeer aussperrten, begann es zu dunkeln. Aber hier, das mußte die Pforte sein! Valentine nahm ihren ganzen Mut zusammen und drückte gegen die Bohlen.

Im ersten Moment blieb ihr Herz fast stehen, als sich nichts bewegte. Dann setzte sie die Kraft der Verzweiflung ein, und es zeigte sich, daß die Holztür lediglich leicht klemmte. Der gepflegte Garten des kleinen Palastes der königlichen Maitresse lag vor ihr. Auf dem Weg hierher hatte sie genügend Zeit gehabt, sich ihre nächsten Schritte zu überlegen.

Mit Ausnahme des Hausknechts, der den kleinen Vicomte zu seiner Amme zurückgebracht hatte, wußte niemand davon, daß sie mit dem Seigneur de Tournai diesen Ausflug gemacht hatte. Sie wollte einfach so tun, als habe sich nichts ereignet. Es war kein besonders kluger Plan, aber sie fand keine andere Lösung für ihr Problem.

Sie konnte sich nur Gontier de Gramont anvertrauen, und bis jener kam, mußte sie sich so gut es ging im Verborgenen halten. Sie hoffte inständig, daß sie auch für Madame Marguerite nicht von solcher Wichtigkeit war, daß diese wegen ihres Verschwindens an Tournai eigens eine Botschaft schickte.

Die Amme zeigte sich lediglich erleichtert über ihr Auftauchen, und sie überließ es Valentine, den Säugling in das Spitzenkissen zu schnüren, auf dem er seiner Mutter jeden Abend präsentiert wurde. Eine hochnäsige Kinderfrau erschien zu diesem Zweck in der Kinderstube, ließ sich naserümpfend das schlummernde Kind geben und brachte es bereits nach der Spanne eines schnell herabgeleierten Rosenkranzes wieder zurück. Wie es schien, überzeugte sich Henriette d'Entragues zwar vom Wohlergehen des kostbaren Sohnes, verschwendete aber keine sonderlichen Muttergefühle an ihn.

Bei seiner Rückkehr greinte der königliche Bastard und beruhigte sich erst wieder an den gewaltigen Brüsten seiner Amme.

»Du kannst mir das Essen aus der Küche holen«, schickte diese Valentine zu weiteren Dienstleistungen, und als sich das junge Mädchen endlich in seine Kammer begeben durfte, war es erschöpft und von den vielfältigen Ereignissen der letzten Stunden mitgenommen.

Da der kleine Palast jedoch nicht über die Weitläufigkeit des Hôtel de Sens verfügte, fand sie wenigstens das Bett, das ihr gehörte, und sank mit hämmernden Schläfen auf die Decken.

Valentine hatte keine Ahnung, wieviel Zeit vergangen war, als sie von einer ungeduldigen Hand wachgerüttelt wurde. »Bei Gott, da bist du ja! Welch ein Glück, daß ich erst in dieser Kammer nachgesehen habe, ehe ich Madame belästigt habe ...«

Valentine fuhr hoch und blinzelte in das Licht der Kerzen, die flackernde Helligkeit über ihr Lager warfen und den Schatten des Mannes an die Decke zeichneten, der sich über sie beugte. Goldene Haare und ein zärtlicher Mund. Gontier! Endlich!

»Seigneur, Ihr ...«

»Was ist geschehen?« unterbrach er sie vorwurfsvoll. »Wie kommt es, daß Tournai weiß, daß ich dich in dieses Haus gebracht habe? Habe ich dir nicht gesagt, daß du in dieser Kammer bleiben mußt? Yvain ist verdammt lästig mit seinem dummen Geschwätz von Familienehre und den ritterlichen Tugenden eines Edelmannes. Man möchte meinen, dieser Satan habe noch nie den Hauch irgendeiner Leidenschaft verspürt.«

Die Worte fluteten wie eisiges Wasser über Valentine hinweg. Sie versuchte sich zu fassen, die Reste des erschöpfenden Schlummers zu überwinden, der sie immer noch umfangen hielt und ihre Denkkraft lähmte.

»Er hat mich zufällig im Garten gesehen, als ich das Kind an die Luft brachte. Er hat mich zur Königin gebracht«, rechtfertigte sie sich gegen seine Anklagen. »Zu Königin Margot in den Palast der Bischöfe von Sens. Aber niemand hat mich bewacht, ich konnte entfliehen, noch ehe der Nachmittag vorbei war ...«

Mit wenigen Fragen erfuhr Gontier de Gramont Einzelheiten ihres seltsamen Abenteuers, und der bedrohliche Ausdruck seines schönen Gesichtes ängstigte Valentine. Hatte sie sich falsch verhalten?

»Verzeiht, ich wußte nicht, was ich tun sollte. Ihr wart fort, und es gab niemand den ich fragen konnte ... Ihr habt mir versprochen, mich zu schützen.«

Der unterschwellige Vorwurf trug nicht dazu bei, die gereizte Laune des attraktiven Seigneurs zu verbessern.

»Der Teufel soll Yvain und seine ständigen Einmischungen holen«, knurrte er unwillig. »Wäre er nicht ein derartiger Eisblock, ich müßte annehmen, er hat ein persönliches Interesse an Eurem Schicksal ... So wie ihr ausseht ...«

Valentine errötete, als sie bemerkte, in welche Richtung seine Blicke gingen. Sie hatte das Mieder gelockert, ehe sie sich schlafen legte, und der seidige Schimmer zärtlich gewölbter Haut zeigte sich, vom Schlummer rosig überhaucht, im Ausschnitt ihres Hemdes. Im Verein mit den großen, fragenden Augen und dem verlockenden Mund bot sie genau den Anblick, bei dem Gontier de Gramonts aufflammender Jähzorn wie ein Strohfeuer in sich zusammenfiel. Über die lästigen Bevormundungen seines älteren Cousins konnte er sich auch ein anderes Mal ärgern.

»Verzeih, meine Liebste!« sagte er täuschend sanft und griff nach den schmalen Händen Valentines. »Ich benehme mich wie ein Rüpel. Ich war außer mir, als

Yvain zu behaupten wagte, ich hätte dich verloren. Ich hätte es nicht ertragen ...«

Valentine vernahm in seinen Worten das Echo ihrer eigenen heftigen Gefühle. Sie hatte all ihre Wünsche, ihre Träume und ihr Hoffen so ausschließlich auf Gontier de Gramont konzentriert, daß sie nicht einen Herzschlag lang an der Ehrlichkeit seiner Empfindungen zweifelte. Sie liebte ihn, und deswegen glaubte sie ihm!

»Aber warum tut Euer Cousin das?« hauchte sie trotz allem fragend. Nicht zu zweifeln bedeutete für sie längst nicht, alles Fragen einzustellen.

Der Blick des Seigneurs verdüsterte sich für einen kurzen Moment, dann zeigte er Valentine eine jungenhafte Komödiantengrimasse.

»Wir sind keine Freunde. Kannst du dir zwei Menschen vorstellen, die weniger verbindet als Yvain und mich? Er ist ein finsterer Krieger, ein freudloser Barbar ohne Kultur. Ausgerechnet ein solcher Mann maßt sich an, mir Vorschriften zu machen. Vergessen wir ihn, meine Schöne, denken wir lieber an uns ...«

Valentine mußte ihm recht geben, die beiden Cousins waren wie Feuer und Wasser, wie Nacht und Tag, wie Wärme und Eis. Auf Gontiers Seite waren das Lachen, die Zärtlichkeit, die Liebe und die Sonne! Dinge, nach denen sie sich mit aller Kraft ihres unschuldigen Herzens sehnte.

Ihre Gedanken vertrieben die Andeutung einer Falte auf ihrer Stirn, verliehen den feinen Mundwinkeln Verführungskunst und dem Blick einen Glanz, dem Gontier de Gramont nicht zu widerstehen vermochte.

»Du gehörst mir!« sagte er heiser. »Mir allein! Kein

anderer Mann darf dich besitzen! Du bist mein, mein Eigentum, mein Entzücken!«

Valentine erwiderte den leidenschaftlichen Kuß, der ihre Lippen teilte und sie bis in die tiefste Höhlung ihres Mundes eroberte. Halb erschrocken, halb fasziniert gab sie der fremden Zunge Raum und lieferte sich aus. Atemlos, überwältigt und mit jeder Berührung schwächer werdend. Dieser Kuß zog alle Kraft aus ihrem Körper und machte sie zum willfährigen Opfer der Hände, die über sie glitten, die ihren Körper durch Schichten von Stoff hindurch erweckten und verwandelten.

Hitze schlug über ihr zusammen und sie merkte kaum, daß sie geschickte Männerhände von den Resten ihrer Kleidung befreiten. Da gab es keine Schlaufe, keine Schlinge, die Gontier de Gramont ein Geheimnis gewesen wäre. Das Zimmer verschwamm vor Valentines Augen, und die stetigen Flammen der Kerzen wurden zu fernen Sternen. Sie war den raffinierten Zärtlichkeiten Gontiers hilflos ausgeliefert.

Sie hatte seiner Unersättlichkeit und seinem Verlangen nur zärtliche Liebe entgegenzusetzen, und ihre schwachen Versuche, sich allzu gieriger Berührung zu entziehen, ihn um Aufschub zu bitten, amüsierten ihn mehr, als daß sie ihn abhielten.

»Psst, laß mich«, raunte er an ihrem Ohr, und seine Zunge schlängelte sich über die rosige Muschel, so daß Valentine erzitterte. »Du bist wunderschön, ich habe gewußt, daß du einzig bist. Ein wahres Juwel zartester Weiblichkeit. Wie geschaffen für einen Mann!«

Ihre Seufzer verloren sich im Rascheln seiner Kleider, als er seine Kniehosen abstreifte, und Valentine spürte das heiße männliche Begehren an ihrer Leiste.

Fremd und viel zu groß. Die Angst vertrieb schlagartig jede Glut aus ihren Adern. Sie hatte keine Ahnung, was er damit machen würde, aber es war zu gewaltig. Zu kriegerisch für sie. Er würde sie zerstören!

Krampfhaft preßte sie die Oberschenkel zusammen, aber Gontier lachte lediglich. Sie war zu schwach, um den rohen Männerhänden Widerstand zu leisten, die sie aufstemmten und festhielten. Wie von ferne drangen die triumphierenden Kommandos an ihr Ohr. Warum zwang er sie zu Dingen, die ihr zuwider waren? Er würde ihr weh tun!

Sein Gelächter ließ sie erschauern. Es gefiel ihr nicht. Es war das Lachen eines rücksichtslosen Siegers, der sich nimmt, was ihm zusteht. Die Genugtuung eines Mannes, der berührt, was vor ihm noch kein Mann gesehen oder gefühlt hat, egal ob man es ihm erlaubt hat oder nicht.

»Komm, sperr dich nicht länger, meine Süße! Du willst es doch auch! So ist's recht, hör auf zu zappeln! Laß mich ...«

Befehle, die ihr zwar roh und gewöhnlich erschienen, aber die Berührung war seltsamerweise nicht so unangenehm. Warm, feucht und von einem vagen, sehnsüchtigen Gefühl begleitet, das ganz tief aus ihrem Inneren kam und nun wie Honig in die Adern lief.

Sie begann sich eben zu entspannen, als sie der unerwartete Schmerz traf! Erbarmungslos, heftig und so überraschend, daß sie förmlich erstarrte. Valentines Schrei erstickte unter einer Hand auf ihrem Mund. Sie keuchte, bäumte sich auf und wurde durch jede Bewegung noch mehr gepeinigt. Instinktiv versuchte sie sich ruhig zu halten, während Gontier mit mächtigen

Stößen in ihre Qual drang und sie gegen den Strohsack preßte.

Rote Wellen der Qual flimmerten vor ihren Augen, und die Tränen liefen über die Schläfen und netzten die Haare. Durch ihren Schleier sah sie sein verzerrtes, angestrengtes Gesicht. Ein Fremder, der ihr Gewalt antat! Nur wenige Herzschläge, ehe sie ohnmächtig wurde, brach er mit einem wilden Aufschrei über ihr zusammen.

Eine schwere Masse Mensch, die ohne jede Regung auf ihr lag und keuchte. Es dauerte einige Zeit, bis Valentine fähig war, zu begreifen, was über sie hereingebrochen war. Sie bekam kaum Luft unter Gontier, und aus den Augenwinkeln sah sie, daß auch er erschöpft die Lider geschlossen hatte.

Auf seiner Stirn standen Schweißperlen, und ein paar feuchte blonde Haare klebten dazwischen. Sein halb geöffneter Mund stieß den Atem in langen Zügen aus. Die einzige Regung eines Körpers, der ebensogut hätte tot sein können, so wenig Leben fühlte sie in ihm.

Dafür gab es um so mehr, wogegen ihr geschundener Leib protestierte. Das war es also, wovor ihre Mutter sie mit vagen Worten gewarnt hatte. Die Schmerzen, die jede Frau in Demut erleiden mußte, wenn sie sich einem Manne anvertraute.

Valentine kam sich vor, als wäre tief innen in ihr etwas zerbrochen. Sie weinte nicht der Jungfernschaft nach, die Gontier beendet hatte. Ihre Tränen galten den zerstörten Illusionen von Liebe und Zärtlichkeit. Würde es immer so sein, wenn er ihr beiwohnte? Anfangs Liebe und Sanftmut, der zaghafte Beginn von etwas Wunderschönem. Dann Schmerz, der eine Frau voller Sehnsucht und Enttäuschung zurückließ, wenn der Mann in kriegerischer Gewalt seine Erfüllung suchte?

»Das Gerangel im Alkoven ist es nicht wert, daß eine Frau ihren Stolz und ihre Ehre dafür opfert!«

Auch das hatte ihre Mutter erklärt, als sie Valentine vor den gefährlichen Aufmerksamkeiten der Gesellen warnte. Die Schönheit ihrer Tochter hatte ein solches Gespräch erfordert, denn die Art, wie die halbe Kürschnerzunft versuchte, bei Maître Pelletier zu arbeiten, hatte der klugen Dame zu denken gegeben. Damals hatte Valentine darüber gelacht, denn es war ihr absurd erschienen, auch nur einen einzigen der glotzenden jungen Männer zu lieben, die stolpernd und ungeschickt um ihre Aufmerksamkeit warben.

Was hatte sie nur veranlaßt zu denken, daß ein Edelmann aus anderem Stoff wäre? Auch Gontier war ein Mann. Wenn jemand einen Fehler gemacht hatte, dann nur sie selbst. Es war an der Zeit, daß sie von ihren kindischen Träumen Abstand nahm und sich der Wirklichkeit stellte. Es blieb genügend, das ihr Kraft geben würde. Sie war jetzt Gontiers Gemahlin! Sobald der König sein Einverständnis erklärte, würden sie getraut werden. Dies war nicht der Augenblick, sich in Selbstmitleid zu ergehen!

Eine unmerkliche Bewegung in Gontiers Körper zeigte ihr, daß er wieder zu sich fand. Er rollte sich von ihr und richtete sich stöhnend auf.

»Bei Gott!« Er strich sich die wirren Haare aus der Stirn und schenkte ihr ein nachsichtiges Lächeln, das Valentine zitternd erwiderte. »Du saugst mir das Mark aus den Knochen, Weib! Wer hätte gedacht, in der schüchternen Jungfrau eine solche Tigerin zu finden!«

Valentines Lächeln verschwand. Sie hatte ein Wort der Liebe erwartet, eine Bestätigung, daß sie für immer einander gehörten. Mit diesem eher lässigen Kompliment wußte sie nichts anzufangen.

»Ihr habt mir weh getan …«, murmelte sie vorwurfsvoll.

»Das gibt sich«, entgegnete Gontier und strich mit besitzergreifender Hand über den blassen, schönen Leib, den er als sein Eigentum betrachtete. »Beim nächsten Mal ist es vorbei. Du wirst es sehen!«

Beim nächsten Mal? Valentine erschauerte. Sie wollte an kein nächstes Mal denken. Hastig griff sie nach der groben Decke und zog sie bis zu den Schultern. Jetzt bot sie nur noch den Anblick ihres schmalen, ernsten Antlitzes, das von wilden, seidigen Haaren umrahmt wie das einer Marmorstatue wirkte.

Gontier indes fand diese intensive Schönheit plötzlich einschüchternd. Es lag etwas in der Haltung dieser Kürschnerstochter, das ihn betroffen machte. Das ihn daran erinnerte, daß er sie wie ein Landsknecht entjungfert hatte, ohne Rücksicht auf ihre Schmerzen. Seine Leidenschaft hatte ihn übermannt, denn noch keine Frau hatte ihm eine derartige Lust geschenkt. Er würde die Jungfer doch länger behalten, als er es geplant hatte, wenn sie ihm solche unerwarteten Freuden schenkte. Diesen Stolz allerdings, den würde er ihr noch austreiben müssen.

»Ich werde sehen, daß ich ein Quartier für dich finde, das näher dem Louvre liegt«, verkündete er aus diesen Gedanken heraus, während er seine Hose neu schnürte und in das Hemd schlüpfte. »Es mißfällt mir, dich so fern von mir zu wissen, und es ist auch damit zu rechnen, daß Yvain sich neuerlich einmischt, wenn er erfährt, daß du das Hôtel de Sens verlassen hast. Marguerite von Valois steht immer auf seiner Seite. Sie hatte schon eine närrische Zuneigung zu ihm gefaßt, als sie noch Königin war.«

Valentine schwieg weiterhin. Unter halb gesenkten Wimpern sah sie zu, wie Gontier das Hemd in den Hosenbund stopfte und sein goldbetreßtes Wams darüber zog. Danach folgte das Degengehänge. Die geschmeidigen Stiefel hatte er nicht einmal ausgezogen, als er bei ihr lag. Er hatte lediglich die Beinkleider nach unten gestreift. Wieso kränkte sie diese Erkenntnis noch im nachhinein? Weil sie nicht wußte, ob es aus blinder Leidenschaft vergessen oder aus Mißachtung unterlassen worden war?

»Ich bitte Euch, wann werdet Ihr wieder kommen?« Ihre tonlose, angestrengte Stimme hielt ihn an der Kammertür zurück.

Gontier lächelte geschmeichelt. Für ihn war es die Frage einer besiegten Frau. Einer Liebenden, die sich schon nach ihm sehnte, ehe er gegangen war.

»Bald, mein Täubchen! Ruh dich aus, damit du frisch und schön bist, wenn ich dich das nächste Mal besitze! Gehab dich wohl!«

Kein überflüssiges Wort der Zärtlichkeit. Nur Besitzanspruch. Valentine zog die Unterlippe zwischen ihre Zähne und sank gegen die weiß gekalkte Mauer zurück, die das Bett seitlich begrenzte.

War es das, was die Männer Liebe nannten? Jenes gewalttätige, unangenehme Eindringen in ein anderes Wesen? Jene rücksichtslose, begierige Unterwerfung? Die junge Frau schmeckte Blut und biß trotzdem noch stärker zu. Es lenkte sie von schlimmeren Schmerzen ab. Von einer Pein, die jedoch nicht von jener Stelle aufstieg, wo Gontier sie besessen hatte, obwohl sie das Blut auf ihren Schenkeln gesehen hatte.

Jener Schmerz hatte sich in ein dumpfes Pochen verwandelt. Frisch und brennend war dagegen die Wunde in ihrem Herzen. Die Erkenntnis, daß sie einer dummen Schimäre nachgejagt war. Sie hatte wie ein einfältiges Kind versucht, die Sterne vom Himmel zu pflücken. Sie durfte sich nicht darüber beschweren, daß sie unsanft auf der Erde gelandet war. Nur Kinder und Narren wagten derlei Abenteuer ungestraft.

## 8. Kapitel

»Du wirst diese Nachricht auf der Stelle in den Louvre bringen!« Die Marquise von Verneuil reichte Valentine ein mehrfach gefaltetes, schweres Pergament, das ein Wachssiegel ohne Wappen trug. »Sie ist für den Herzog von Biron bestimmt und darf nur in seine persönlichen Hände gelangen. Du bist mir dafür verantwortlich, daß sie weder bei einem Lakaien noch bei einem Wachhabenden landet. Am besten sagst du, daß dich dein Vater, der Kürschner schickt, weil er eine neue Lieferung schönster Zobelfelle erhalten hat. Es ist bekannt, daß seine Gnaden eine Vorliebe für diesen Pelz hat, niemand wird Verdacht schöpfen!«

Der Brief in Valentines Händen war mit jedem Wort von Madame d'Entragues schwerer geworden. Die junge Frau kannte den mächtigen Marschall nicht, aber sie hatte von ihm gehört. Er war Pair des Königreiches Frankreich, Gouverneur der Bourgogne, einer der mächtigsten Männer des Hofes. Weshalb sollte sie lügen, damit er diese Botschaft unverzüglich erhielt? Sie wußte nicht, was die Marquise geschrieben hatte, aber ihre detaillierten Anweisungen ließen nur eine Vermutung zu: Es handelte sich um eine höchst gefährliche Nachricht.

»Und nun tummel dich, worauf wartest du? Melde dich bei mir, wenn du wiederkommst!«

Valentine zögerte, aber die Marquise nahm dieses Zögern nicht zur Kenntnis. Sie winkte ihr nervös zu verschwinden, und die junge Frau gehorchte. Hatte sie denn eine andere Wahl? Sie war mehr denn je auf das Wohlwollen dieser Dame angewiesen. Nur sie konnte den König beeinflussen, daß er die Genehmigung zu ihrer Heirat mit Gontier gab. Wenn sie ihr mit der Überbringung dieser Nachricht einen Gefallen erwies, würde sie dies um so lieber tun.

Valentine brachte die kritischen Stimmen in ihrem Inneren zum Verstummen, die sie darauf hinwiesen, daß die Marquise ausschließlich sich selbst irgendeine Gunst erwies. Es fiel ihr mit jedem Tag schwerer, ihre Zuversicht zu bewahren. In den Armen Gontiers hatte sie nicht nur ihren Glauben an das Märchen von Liebe und Zärtlichkeit verloren, sondern auch ihre Unschuld in bezug auf die Richtigkeit ihrer eigenen Handlungen.

Freilich, was konnte sie an den einmal geschehenen Dingen schon ändern? Im Grunde blieb ihr nur eines. Den Stolz zu wahren und den Weg weiterzugehen, den sie in ihrer romantischen Arglosigkeit für den einzig richtigen gehalten hatte. Es war zu spät zum Umkehren.

In den vergangenen Tagen hatte der Frühling mit Macht seinen Einzug gehalten. Die Sonne stand über den Dächern der Stadt, und ein klarer, seidig blauer Himmel bot den Schwalben Raum, die vom nahenden Sommer kündeten und noch höher stiegen als die Möwen über dem Fluß. Valentine sah den Vögeln nach, als sie an der Seine entlangging. Eine schlanke Bürgerstochter im bescheidenen braunen Gewand, die schweren Zöpfe unter der Leinenhaube versteckt, den Umhang geöffnet, die mit weit ausholenden Schritten lief, damit niemand auf die Idee kam, das Gesicht im Schatten der Haube genauer anzusehen.

Je näher sie der Cité kam, um so größer war die Gefahr, daß sie erkannt wurde. Die schöne Jungfer Valentine. Die so rätselhaft verschwundene Tochter des Kürschners. Ob ihr Vater die Wachen von ihrem Fortlaufen unterrichtet hatte? Hielt man nach ihr Ausschau? Würde man sie mit Gewalt nach Hause schaffen, wenn man sie fand?

Oder hatte sie die Eltern so tief verletzt, daß sie vergessen wollten, daß sie eine Tochter besaßen? Valentine vermochte es nicht zu sagen. Ihre Menschenkenntnis hatte sie ebenfalls eingebüßt. Wer war schon das, was er nach außen zu sein schien?

Sie wandte die Augen von den Vögeln ab und senkte den Scheitel tiefer. Jeder Schritt weckte ein Echo in ihrem mißhandelten Körper und erinnerte sie an die eigene Torheit. Gontier de Gramont war nicht der goldene Ritter und Poet der Liebe, den sie in ihm gesehen hatte. Er war ein Mann, der sich nahm, wonach ihm gelüstete. Vielleicht bestand nicht einmal so viel Unterschied zwischen ihm und dem einfachen Hughes Badoix.

Sie wagte keinen Blick zur massigen Silhouette der Kathedrale von Notre Dame hinüber, und sie eilte auch schnell am Pont Neuf vorbei, wo die Steinmetze und Bauarbeiter schufteten, damit die neue schöne Brücke, die sich der König ohne die lästigen Häuserzeilen wünschte, endlich fertig wurde.

Die gigantischen Mauern des königlichen Palastes tauchten vor der jungen Frau auf. Als sie jedoch in die Rue du Louvre einbiegen wollte, die zum Hauptportal führte, zögerte sie plötzlich. Vor die Garde unter den beiden Wachtürmen zu treten, würde bedeuten, daß sie auch ihren Vater in das leichtsinnige Wagnis verwickelte, das sie aus törichter Neigung eingegangen war.

Gaston Pelletier hatte es wahrlich nicht verdient, noch zusätzlich unter dem Mutwillen seiner Tochter zu leiden. Wenn sie in Schwierigkeiten geriet, würde dies mit Sicherheit ihm zum Vorwurf gemacht werden. Alles in ihr sträubte sich gegen dieses Unterfangen. Es mußte einen anderen Weg geben, den Palast zu betreten. Sie mußte nur gründlich darüber nachdenken.

Sie änderte die Richtung und wandte ihre Schritte erst der Ufergalerie zu. Dort, in und vor den kleinen Läden und Werkstätten, vor den Verkaufsständen und fliegenden Händlern, drängten sich die Menschen. Der Ufergang, den Madame Marguerites Mutter, die Königin Katharina, hatte erbauen lassen, um ungehindert vom Louvre in ihren Tuilerienpalast zu eilen, war auf ebener Erde zu einem Treffpunkt der Pariser geworden. Man fand dort den neuesten modischen Tand ebenso wie die hübschesten Goldschmiedearbeiten und die ausgefallensten Parfüms.

Die Händler, die sich noch vor Jahren in den Brückenhäusern des Pont Neuf gedrängt hatten, waren zum Teil in die Ufergalerien gezogen, und jede Frau von Paris liebte es, hier spazierenzugehen. Edeldamen und Bürgersfrauen, züchtige Demoiselles, fromme Nonnen und leichtfertige Dirnen mischten sich ebenso unter das Volk wie die Stutzer und Neugierigen, die jungen Ritter und feisten Lebemänner. Man sah und wollte gesehen werden.

Valentines strenge Mutter hatte ihr nur selten Atempausen für derlei Müßiggang gegönnt, und so fand sich die junge Frau für kurze Zeit von ihrem Auftrag abgelenkt. Sie bestaunte die zierlichen Fächer und Hauben, die auf den Tischen lagen, ebenso wie die Bänder in allen Farben des Sommers und die frommen Stundenbücher eines ehrwürdigen Bibliothekars. Sie entzückte sich an den filigranen Meisterwerken eines Goldschmiedes und schnupperte den Veilchendüften aus einer Parfümerie nach.

»Macht Platz für die Kammerfrau der Königin! So geht doch zur Seite!«

Die befehlsgewohnte Stimme eines königlichen Leibgardisten trieb das bunte Volk der Bummler aus dem Weg, und Valentine fand sich plötzlich Seite an Seite mit ein paar dunkel gekleideten Mägden, die Körbe und Pakete trugen. Sie eilten hinter einer vornehmen Dame her, die nach links und rechts ihre Befehle erteilte, ohne ein einziges Mal daran zu zweifeln, daß sie auch ausgeführt wurden.

»Du da, du trägst diesen Korb mit den Pralinés für Ihre Majestät. Aber laß ihn nicht fallen, sonst sorge ich persönlich dafür, daß du fünf Stockhiebe bekommst! Was stehst du noch herum?«

Valentine sah sich um, wer gemeint sein mochte, aber in diesem Moment drückte ihr der Patissier schon den erwähnten Korb in die widerstrebenden Hände.

»Und daß du mir nicht naschst, Mädchen!« fügte er drohend hinzu. »Ich merk mir dein hübsches Lärvchen! Wenn ich Ärger mit der Dame dort vorne bekomme, werde ich dich zu finden wissen! Und nun lauf zu!«

Valentine ergriff das Glück des Zufalls ohne langes Zögern. Sie reihte sich unter den Mägden ein und sah, daß es ihr Gewand war, dem sie diesen Auftrag verdankte. Alle trugen schlichte Kleider aus einem ähnlichen braunen Wollstoff, und ihre Hauben waren so exakt gefaltet, wie Valentine es von ihrer Mutter gelernt hatte. Sogar die einfachen Umhänge glichen wie ein Ei dem anderen.

Danach war alles ganz einfach. Sie mußte nur in der Gruppe bleiben und die Süßigkeiten der Königin wie ihren Augapfel hüten. Wenig später schritten sie durch das Hauptportal in den Innenhof des Schlosses, ohne daß auch nur eine Wache es gewagt hätte, die Gruppe aufzuhalten. Sie passierten die hohe Halle und gelangten über eine schmale Dienstbotenstiege und mehrere hallende Flure zu den Gemächern der Königin.

Valentine erkannte die breite Flügeltür mit den reglosen Wachen. Es kam ihr vor, als sei es Jahre und nicht erst wenige Tage her, als sie eifrig, ahnungslos und töricht durch diese Tür geschritten war, um der Königin die schönsten Pelze der ganzen Stadt zu präsentieren. Nein, es mußte sogar ein anderes Mädchen in einem anderen Leben gewesen sein.

Sie durfte nicht in diese Räume treten. Die Gefahr, daß sie von einer der königlichen Ehrendamen erkannt wurde, war zu groß. Valentine wußte, daß sie nicht zu jenen Frauen gehörte, die andere Frauen vergaßen, wenn sie ihr Gesicht einmal gesehen hatten. Sie traf einen hastigen Entschluß und packte das geflochtene Spankörbchen, das mit einem feinen Leinentuch ausgelegt war, das schützend über die Lieblings-Süßigkeiten Ihrer Majestät geschlagen war, der Magd neben sich auf einen schmalen Ballen feinster venezianischer Spitze.

»Nimm, ich muß zum Abtritt, es geht nicht anders ...« murmelte sie drängend und machte auf dem

Absatz kehrt, ehe ihre verblüffte Begleiterin auch nur eine Silbe herausgebracht hatte.

In der allgemeinen Bewegung war niemand aufgefallen, daß Valentine im nächsten Quergang verschwand. Hastig schaute sie in alle Richtungen. Eine Reihe von hohen Fenstern wies auf den Innenhof hinaus, und unwillkürlich hielt sie sich näher an der Wand mit den Türen. Sie hatte Angst, vom Hofe aus gesehen zu werden. Ob es hier irgendeinen Raum gab, in dem sie erst einmal durchatmen und einen Plan machen konnte?

Sie legte ihr Ohr an eine Tür, und als sie keinen Laut hörte, drückte sie sachte die Klinke nach unten, jeden Augenblick damit rechnend, eine Frage oder einen wütenden Protest zu hören. Nichts.

Sie befand sich in einem Vorzimmer, das offensichtlich zu einem Appartement gehörte. Ein prächtiger Schauschrank mit Silbergerät, gepolsterte Fensternischen, zwei geschnitzte Stühle und ein schwerer Tisch in der Nähe des steinernen Kamines. Der polierte Holzboden war in einem komplizierten Muster eingelegt und glänzte frisch gewachst wie ein Teich, den kein Windhauch bewegt.

Ganz in der Nähe knallte eine Tür. Schritte wurden laut. Valentine wollte fliehen, doch die Stimme, die durch die angelehnte Tür des Nebenzimmers drang, bannte sie wie gelähmt auf ihren Platz.

»... Eure geilen Spiele! Habt Ihr vergessen, daß eine Braut auf Euch wartet? Denkt Ihr, daß Monsieur de Flambert seine einzige Tochter einem Manne geben wird, der seinen Ruf und seinen Namen in närrischen Intrigen für eine ehrgeizige Gräfin ruiniert?«

Yvain de Tournai! Bei allen Heiligen, ausgerechnet ihm wollte sie wirklich nicht über den Weg laufen. Valentine berührte bereits die Klinke, als die Antwort des anderen Mannes sie wie der Hieb einer unerwarteten Streitaxt in den Rücken traf.

»Spart Euch Eure sittsamen Predigten, Yvain! Ihr könnt mir nichts befehlen, wann begreift Ihr das endlich? Ihr seid mein Vetter, aber nicht mein Beichtvater. Und was diese Verlobung betrifft, ich werde Estelle de Flambert zum Altar führen, wenn ich es für angebracht halte und keinen Tag früher, ist das klar?«

»Gontier, macht Euch nicht lächerlich! Wann ist dieser Tag? Wenn Ihr alle kleinen Handwerksmädchen von Paris in Eurem Bett gehabt habt? Wenn Ihr Euch endlich daran entsinnt, daß der Sitz des Verstandes hinter der Stirn ist und nicht im Hosenbeutel?«

Valentine hatte längst die Hand vor den Mund geschlagen, um einen Aufschrei zu unterdrücken. Sie sank hilflos gegen das Holz der Tür. Nicht fähig, vor dem zu fliehen, was in diesem bösen Streit über sie hereinbrach.

»Ihr seid nur wütend, daß ich Euch die schöne Kürschnerstochter wieder entführt habe, stimmt's? Ihr wollt sie selbst haben!« höhnte Gontier herablassend. »Aber Ihr kommt zu spät, mein Freund! Sie gehört mir, und ich kann Euch versichern, sie ist das niedlichste Frauenzimmer, das seit langem mein Lager gewärmt hat. Eine heiße kleine Dirne mit prächtigen Brüsten und einem unersättlichen Schoß. Habt Geduld, vielleicht werde ich sie Euch überlassen, wenn ich ihrer müde bin!«

»Ihr seid ein lüsternes Schwein! Was habt Ihr mit der Kleinen gemacht? Hab' ich Euch nicht gesagt, Ihr sollt die Finger von ihr lassen?«

Valentines Herz wurde mit jedem erlauschten Wort

schwerer. Es brachte kaum noch die Kraft auf, das Blut durch ihre Adern zu stoßen. Das prächtige Gemach flirrte vor ihren Augen, und ihre armen Ohren mußten sich anhören, wie ihre Gefühle und ihre Ehre von Gontier de Gramont mit Füßen getreten wurden.

»Was werde ich schon mit ihr gemacht haben? Ich habe mir ihre Jungfernschaft genommen, und ich muß schon sagen, sie ist eine muntere Geliebte. Hielt nicht einmal still, als es zur Sache ging. Sie kann einen Mann wirklich um den Verstand bringen!«

»So er einen hätte und nicht nur dumme Geilheit und abscheuliche Landsknechtsmanieren«, kommentierte sein Cousin die Ereignisse zynisch. »Ihr kotzt mich an, Gontier. Macht Ihr Euch eigentlich nie sonderliche Gedanken darüber, was aus diesen Kindern wird, an denen Ihr Eure Gelüste stillt?«

»Was schon? Sie wird diesen häßlichen Kürschner heiraten und ihren Enkelkindern von dem schönen Edelmann erzählen, den sie einmal geliebt hat. Weiber sind sentimental, solltet Ihr das nicht wissen?«

Yvain knurrte wie ein gereizter Wolf, und Valentine hielt sich vergeblich die Handflächen über die Ohren. Seine Stimme drang mühelos durch jedes Hindernis.

»Das Mädchen ist keine gewöhnliche Küchenmagd, Gontier! Sie ist die Tochter eines angesehenen Bürgers und Handwerkers. Wenn Ihr sie entehrt habt, wird kein ehrlicher Mann sie mehr zum Weibe nehmen, und sogar der liebendste Vater kann sie nur noch in das nächste Kloster stecken! Ihr habt ihr Leben ruiniert! Ihr seid ein Schuft, Gontier de Gramont!«

»Kreuzdonnerwetter, ich möchte wissen, was schlimmer ist. Eure sentimentalen Predigten oder Eure unerträgliche Einmischung, Tournai! Laßt mich in

Frieden, ich werde Estelle de Flambert ja heiraten. Aber erst dann, wenn ich Lust dazu verspüre, kein Grund ... Was war das?«

Beide Männer hatten gleichzeitig das leise Geräusch gehört, und beide wandten sich alarmiert der halboffenen Türe zu.

»Verdammt!«

Yvain de Tournai sah das ohnmächtige Mädchen neben der Tür. Wie eine Jahrmarktspuppe, deren mit Stroh gefüllte Glieder seltsam verdreht abstanden. Die tödliche Reglosigkeit der schönen Züge ließ ihn sogar an ihrem Leben zweifeln.

»Wie kommt sie hierher?«

»Weiß ich's!« knurrte Gontier de Gramont wütend und sah seinem Vetter dabei zu, wie er die leblose junge Frau ins Nebenzimmer trug, wo er sie auf der Samtdecke des Alkovens niederlegte, der mit offenen Vorhängen in einer Nische stand. »Vielleicht ist sie mir gefolgt? Man weiß ja nie, auf welch närrische Ideen verliebte Weiber kommen. Ich sagte Euch, daß sie mir ergeben ist ...«

»Wenn sie auch nur die Hälfte Eurer Worte gehört hat, dürftet Ihr dem Mädchen seine Verliebtheit restlos ausgetrieben haben«, knirschte de Tournai und öffnete Valentines Kleid am Halsausschnitt, damit ihr das Atmen leichter fallen würde.

Bei dieser Gelegenheit stieß er gegen die harte Kante eines Briefes, der in ihrem Mieder steckte. Im Nu hatte er ihn an sich gebracht. »Kein Wappen, kein Empfänger«, faßte er die Umstände zusammen. »Nur sie kann wissen, für wen dieser Brief bestimmt ist.«

»Gebt her!« Gontier riß ihm alarmiert das Pergament aus der Hand. »Ich nehme an für mi ...«

Er brach mitten im Wort ab, denn er hatte nicht nur das wappenlose Siegel gebrochen und zu lesen begonnen, sondern auch die zierliche Schrift erkannt. Die leichte Bräune seiner Haut wurde von kalkiger Blässe unterlegt, und er wirkte so fassungslos, daß Yvain de Tournai nach der Botschaft griff und sie ebenfalls überflog.

›... So sehe ich mich gezwungen, Euch um die Beseitigung dieser lästigen, jungen Person zu bitten, die mir möglicherweise als Spionin ins Haus gebracht wurde. Sollte dies nur auf Kosten des Seigneurs de Gramont möglich sein, würde ich es zwar bedauern, aber zu akzeptieren wissen. Unser hübscher junger Freund scheint mir ein wenig zu sehr von sich selbst und seiner Bedeutung eingenommen. Ich möchte nicht, daß der König auf seine Anbetung meiner Person eifersüchtig wird, das ist die Sache nicht wert. Wie mir mein lieber Bruder versichert, sind Eure spanischen Verhandlungen soweit gediehen, daß wir uns kein Risiko mehr leisten sollten. Ich zähle auf Euch.‹

»Keine Unterschrift, aber Ihr kennt die Schrift!« durchschaute Yvain die Tatsachen.

»Sie gab sich den Anschein, als wäre sie in mich verliebt«, murmelte Gontier de Gramont entgeistert. »Da sie mir jedoch alle Intimitäten verweigert hat, mußte ich mich anderweitig umsehen. Ich bin schließlich ein Mann und kein Mönch!«

»Ihr seid ein Narr!« entgegnete sein Vetter hart. »Sie hat Euch eiskalt zum Tode verurteilt, seid Ihr Euch dessen immer noch nicht bewußt?«

Die beiden jungen Männer sahen sich schweigend an und keiner von beiden bemerkte, das Valentines Lider flatterten. Sie hörte jedes Wort.

»Wollt Ihr noch mehr Beweise?« Yvain de Tournai dämpfte unwillkürlich seine Stimme. »Wenn sich unsere intrigante Freundin mit Biron zusammengetan hat, ist höchste Gefahr im Verzug. Ihr habt die schöne Henriette mit Eurem Techtelmechtel geärgert. Sie möchte das Mädchen loswerden, denn sie duldet keine Konkurrenz, egal auf welchem Gebiet. Was wißt Ihr über diese spanischen Verhandlungen, die Biron führt?«

Gontier war noch eine Spur blasser geworden. Das Komplott, das er für so geheim gehalten hatte, schien mit einem Male keine Heimlichkeit mehr zu sein.

»Sie hat mir versichert, daß ich einer ihrer ersten Ratgeber sein würde, wenn sie für den Dauphin regiert!« stammelte er tonlos und merkte nicht einmal, daß er seinem Vetter damit eine Antwort gab, die noch ärger war, als jener gefürchtet hatte.

»Ihr seid noch ein größerer Idiot, als ich es gedacht habe«, knurrte Yvain de Tournai wütend. »Was glaubt Ihr, weshalb ich Euch gewarnt habe? Maximilien de Rosny, der erste Minister des Königs, ist kein Narr. Er läßt sowohl die Marquise von Verneuil wie auch den Rest ihrer Familie überwachen. Es ist nur eine Frage der Zeit, wann er zuschlägt. Wenn diese Botschaft ihren Empfänger erreicht, ist das wie ein Signal!«

»Woher wißt Ihr ...?«

Tournai schnaufte angeekelt. »Denkt Ihr, ich habe das Haus dieser Dame freiwillig aufgesucht? Es hat mir keinen Spaß bereitet, mich unter die Narren einzuordnen, die sie umschwirren, aber es diente einem guten Zweck.«

Unter halb gesenkten Lidern sah Valentine, wie das stolze, attraktive Gesicht Gontier de Gramonts zu einer schäbigen Maske der Angst zerfiel. Offensichtlich wurde ihm erst in diesem Moment klar, daß er ausweglos in der Falle saß.

»Ich bin sicher, diese Botschaft sollte entdeckt werden«, fügte Yvain in gnadenloser Logik hinzu. »Madame hat sich eine harmlose Botin dafür ausgesucht, die normalerweise schon am Haupttor in die Fänge der Wache geraten wäre. Sie wollte Biron und Euch und das Mädchen loswerden. Drei auf einen Schlag. Wahrhaft genial. Weiß der Himmel, wie es die Kleine fertiggebracht hat, bis hierher und in meine Gemächer zu kommen. Anscheinend ist sie klüger, als alle von ihr angenommen haben.«

»Aber das würde ja bedeuten ...« Der blonde Edelmann brach ab und biß sich auf die Unterlippe.

»Es hätte bedeutet, daß sowohl der Marschall Biron wie auch der Seigneur de Gramont aufgrund dieses Briefes verhaftet und mitsamt ihrer hübschen Botin wegen Hochverrat dem Henker überantwortet worden wären. Als dreifaches Bauernopfer für eine kluge Frau, die damit lästige Mitwisser beseitigt.«

»Ich bin verloren ...« ächzte Gontier de Gramont, und Valentine wußte nicht, ob sie ihn mehr haßte oder mehr verachtete.

»Hört auf zu jammern!« Yvain de Tournai packte seinen Cousin an den Schultern und schüttelte ihn heftig, um ihn zur Vernunft zu bringen. »Dieses Mädchen hat Euch vor der drohenden Katastrophe bewahrt. Es gibt einen Weg, wie Ihr Euch retten könnt. Reitet nach Flambert! Macht Estelle Eure Reverenz und heiratet sie endlich. Monsieur de Flambert ist einer der ältesten Freunde des Königs. Wenn er bestätigt, daß Ihr rasend verliebt in Eure junge Frau seid, wird sich die Eifersucht des Königs ebenfalls in Grenzen halten. Reitet! Am besten ohne Euch aufzuhalten. Ich werde dafür sorgen, daß Euer Kammerdiener mit dem Nötigsten folgt! Fort mit Euch, kommt erst zurück, wenn der Ehevertrag unterschrieben ist und Ihr ein verheirateter Mann seid!«

Er gab seinem Cousin einen Stoß, der jenen zur Tür beförderte, und wandte sich erst dann wieder der jungen Frau zu, die nun völlig reglos mit geschlossenen Lidern dalag. Das heftige Pochen einer bläulich schimmernden Ader an ihrem Hals verriet sie indes ebenso wie die fiebrige Röte auf ihrer Stirn.

Yvain de Tournai wandte sich einem kleinen Tisch zu, auf dem Flakons und Becher bereitstanden. Er goß ein reichliches Maß Rotwein in einen Silberpokal und setzte sich auf die Kante des Alkovens. Dann stützte er mit der Geschicklichkeit eines Baders den schmalen Kopf und führte das Gefäß an die geschlossenen Lippen.

»Trinkt, es ist Wein aus der Bourgogne. Ihr habt jetzt einen Schluck nötig. Der Lauscher an der Wand ... hat Euch niemand davor gewarnt, ein solches Risiko einzugehen?«

Valentine stutzte und trank. Allein sie öffnete nicht die Augen.

»Wie seid Ihr in mein Appartement gekommen? Habt Ihr mich gesucht?«

»Es ... es war Zufall ...« wisperte sie tonlos. »Ich hatte mich unter die Mägde gemischt, die der Kammerfrau der Königin folgten. Als ich sie verließ, suchte ich ein Versteck ...«

Yvain de Tournai betrachtete die angespannten, makellosen Züge. Sogar die Lippen wirkten jetzt nicht mehr rot, sondern bläulich blaß.

»Ihr habt also gehört ...«

»Alles.«

Das Schweigen lag schwer und lastend zwischen ihnen. Nur die Fingerspitzen, die Valentine unbewußt in die Samtdecke gekrallt hatte, verrieten ihre entsetzliche Anspannung. Sie war ihr nicht einmal selbst bewußt. Sie hatte lediglich das Empfinden, bei der geringsten Bewegung in tausend kleine Teile zu zerspringen. Sie würde reißen, wie ein zu straff gespannter Bogen.

»Ihr müßt ...«

»Faßt mich nicht an!«

Die scharfe Forderung ließ sogar den beherrschten Edelmann zusammenfahren. Er hatte lediglich seine Hand über die verkrampften Finger gelegt. Er hatte dem unerwarteten Impuls einer freundschaftlichen Regung nachgegeben, der ihn selbst am meisten überraschte. Allein, er hatte im Moment nicht die Zeit, sich um dieses Mädchen und ihre verletzten Gefühle zu kümmern.

»Ihr werdet hierbleiben!« verkündete er barsch. »Und denkt nicht, daß Ihr ein weiteres Mal entkommen könnt. Ein Bewaffneter steht vor dieser Tür, und mein Kammerdiener haftet mit seinem Kopf dafür, daß ich Euch vorfinde, wenn ich wiederkomme! Ihr seid mir eine Reihe von Antworten schuldig, aber erst habe ich einiges zu erledigen!«

Er stürmte hinaus, und Valentine blieb liegen, ohne sich zu bewegen. Sie verspürte nicht einmal den Wunsch danach. Sie wollte nur hier ruhen und irgendwann aufhören zu atmen. Ein Ende herbeiführen, ehe die Scham über sie hereinbrach!

## 9. Kapitel

»Dummes Kind, warum eßt Ihr nicht?«

»Laßt mich!«

»Laßt mich! Laßt mich!« äffte Yvain de Tournai die junge Frau wütend nach. »Könnt Ihr nichts anderes mehr sagen? Ihr habt seit zwei Tagen keinen Bissen zu Euch genommen. Wollt Ihr krank werden?«

»Sterbenskrank!« hätte Valentine am liebsten geantwortet.

Seit zwei Tagen hatte sie diesen Raum nicht verlassen. Sie hatte mit Ausnahme von ein wenig Wein, den ihr der Seigneur gewaltsam einflößte, nichts gegessen und nichts getrunken. Sie hatte in ihren Kleidern geschlafen und ihre Haare nicht gekämmt. Sie glich mehr einem erbarmungswürdigen kleinen Gespenst als der stolzen Bürgerstochter, die Yvain de Tournai zurechtgewiesen hatte. Sie wollte keine Nahrung, sie wollte nichts trinken, sie wollte Frieden. Nein, nicht Frieden. Tod. Vergessen.

»Wollt Ihr denn überhaupt nicht wissen, was geschehen ist?« versuchte der Seigneur sie nun zu provozieren.

Keine Antwort, also tat er einfach so, als hätte sie ihn gefragt.

»Der Marschall Biron wurde auf Befehl des Königs als Verräter verhaftet. Er sitzt in der Bastille. Man nimmt an, daß das Urteil hart ausfallen wird. Die schöne Marquise de Verneuil ist mitsamt ihrem Bastard auf ihr Schloß geflüchtet, desgleichen ihr ehrgeiziger Bruder, der Graf d'Auvergne. Alle Welt wartet gespannt darauf, was der König tun wird ...«

Valentine lehnte auf dem Sitz in der Fensternische und hatte den Kopf gegen die Mauer gelehnt. Ihr völliges Desinteresse wirkte geradezu tragisch auf den Mann, der sich seit Tagen bemühte, sie zu verstehen. Was ging hinter dieser Stirn vor? Wollte sie sich selbst zugrunde richten?

Es sah ganz danach aus. Sie hatte sich aufgegeben. Ein unschuldiges Opfer der Ereignisse, aber noch mehr Gontier de Gramonts, der sie aus der Geborgenheit ihres Lebens herausgerissen und mißbraucht hatte. Mädchen wie sie stürzten sich in den Fluß, und irgendwann fand man ihre bedauernswerten Körper im Uferschlick.

Schon der bloße Gedanke daran versetzte Yvain de Tournai in blanke Wut. Fast noch mehr wie Lügen, Verrat und Treulosigkeit haßte er jede nutzlose Verschwendung. Sogar in ihrem bejammernswerten Zustand war diese junge Frau noch schön. Von gläserner, kostbarer Zartheit. Eine Prinzessin der Nebelreiche, von einem bösen Zauberer verbannt und mit dem eigenen Stolz gestraft.

»So laßt Ihr also zu, daß Gontier de Gramont Euch vollends zerstört«, sprach er in mühsam unterdrücktem Zorn weiter. »Ihr macht Euch fort, vernichtet Euch selbst und erlaubt es ihm, Euch zu vergessen. Nicht der Schatten eines Lächelns wird bleiben, der ihn an Euch erinnert. Adieu, Valentine ... Ich hätte nicht gedacht, daß Ihr zu jenen Menschen gehört, die auf Rache verzichten.«

Nur ein Wort erreichte Valentine in ihrer eisigen Teilnahmslosigkeit. Sie nahm den Kopf von der Wand und öffnete die Augen. Grüne, glasklare, leblose Murmeln, die ihr Strahlen verloren hatten.

»Rache?«

Yvain de Tournai hätte am liebsten gelacht, aber er verbat sich jedes Zeichen von Triumph. Er hatte sie also richtig eingeschätzt. Er nickte knapp und wiederholte: »Rache!«

»Wie sollte ich mich rächen?« wisperte Valentine klanglos. »Ich bin ein Nichts. Eine Dirne, eine ungehorsame Tochter, eine Sünderin . . . Ich kann mich nicht einmal an den Richter von Paris wenden. Es gibt kein Gesetz, das närrische Mädchen vor den eigenen Illusionen schützt. Ich habe mich aus eigener Dummheit vernichtet.«

»Dann rächt Euch, indem Ihr Gontier de Gramont vor Augen führt, was er verloren hat«, hörte der Seigneur sich zu seiner eigenen, nicht geringen Betroffenheit vorschlagen. »Die Dame, die er zu seiner Gemahlin nimmt, ist freundlich, aber beileibe nicht schön. Lediglich ihre Mitgift verschafft ihr einen Gatten.«

Valentine lachte ein eisiges, kleines Lachen, in dem ungeweinte Tränen mitschwangen. Seltsamerweise hatte sie in all diesen Stunden nicht ein einziges Mal geweint. Ihre Augen waren trocken und ungerührt geblieben. Man weinte nicht, wenn man sich derart verachtete, wie sie es tat.

»Und wie stellt Ihr Euch das vor? Soll ich mich vor seine Türe setzen, als Bettlerin? Eine milde Gabe, Seigneur? Ein Lächeln für meine Almosenschale?« höhnte sie mit gebrochener Stimme.

»Ich werde Euch helfen!« entgegnete Yvain de Tournai gelassen.

Valentine sah ihn an. Nicht einmal berührt von der

Unglaublichkeit dieses Angebots. Wie sollte er ihr helfen können? Hatte er nicht selbst seinen Vetter in Sicherheit gebracht? Ihn in die Arme einer Braut geschickt, die ihre Niederlage vollends besiegelte?

»Bleibt als meine Gefährtin bei mir.« Yvain de Tournai präzisierte sein Angebot. »Der König schätzt die Schönheit, er wird Euch mit offenen Augen empfangen. Ich biete Euch einen eigenen Haushalt, eigene Bedienstete, ein angemessenes Nadelgeld und die Möglichkeit, Eure Schönheit mit dem nötigen Reichtum in den passenden Rahmen zu setzen.«

»Ihr meint, ich soll Eure Hure sein?«

Valentine mußte das harte Wort aussprechen, um den Schimmer der Versuchung zu bannen, den ihr seine Worte trotz allem in der Düsternis ihrer völligen Verzweiflung aufgezeigt hatten.

»Meine Geliebte, meine Maitresse, meine Gefährtin und Kameradin, wie immer Ihr es nennen wollt.« Yvain de Tournai fand zusehends Gefallen an dem Gedanken. »Ich verspreche Euch, daß ich Euch nie Gewalt antun werde. Daß es allein an Euch ist, was Ihr mir gewähren wollt. Trefft Eure Entscheidung!«

Valentine holte tief Atem. Sie war nicht von der moralischen Verfänglichkeit des Angebotes schockiert, sondern von der Person, die es gemacht hatte.

»Ich vermag Eure Gründe nicht nachzuvollziehen«, sagte sie spröde. »Wollt Ihr Euch ebenfalls an Eurem Cousin rächen?«

Yvain neigte sich in unausgesprochener Anerkennung für ihren klaren Blick. Ja, er fand tatsächlich, daß Gontier eine Strafe verdiente.

»Unsere Verwandtschaft verführt mich nicht dazu, daß ich mir Illusionen über seinen Charakter mache.

Ich wollte lediglich verhindern, daß er dem ehrenwerten Namen seiner Familie schadet. Daß er indes die Folgen seines Leichtsinns trägt, ist durchaus in meinem Sinne.«

»Und wie kann ich mich rächen?« Valentine fiel nicht auf, daß sie sich in ein Gespräch hatte verwickeln lassen, das eine lebendige Röte auf ihre Wangen zauberte. »Ich bin keine Frau von Stand, ich habe meine Ehre verloren, mein Zuhause verspielt . . .«

Er beleidigte ihre Intelligenz nicht, indem er ihr widersprach. Er wußte zu gut, daß ihr nur der Fluß oder das Kloster blieben. Oder jene glitzernde, unmoralische Alternative, die er ihr bot.

»Euch bleibt Eure Schönheit! Unter meinem Schutz werdet Ihr Macht und Einfluß bei Hofe erlangen, denn sogar der König wird sich unter Euren Bewunderern finden. Spielt Eure Trümpfe klug aus, und Euer Stern wird jenen der schönen Gabrielle d'Estrées noch in den Schatten stellen!«

Valentine preßte die Handflächen gegeneinander.

»Ich? Die Überbringerin eines Briefes, der einen Marschall von Frankreich in den Kerker gebracht hat? Ihr scherzt, Seigneur.«

»Eure Person ist nur eine Randfigur in dieser Intrige gewesen. Ich konnte dem Kanzler glaubwürdig versichern, daß Ihr unschuldig seid und daß Euer Name nicht genannt werden muß.«

Hinter Valentines Stirn wirbelten die Gedanken, und jener, der sich mit dem Tod beschäftigte, wurde plötzlich mehr und mehr in den Hintergrund gerückt. Sie hatte doch noch gar nicht richtig gelebt, warum sollte sie schon gehen? Weshalb nicht das Beste aus jenem Elend machen, in das sie sich aus eigener Schuld verstrickt hatte? Es war beileibe nicht das Dasein, daß sie sich gewünscht hatte, aber sie konnte wenigstens atmen, den Himmel sehen und die Sonne auf der Haut spüren.

»Und was verlangt Ihr dafür?« wisperte sie bang. Halb verführt von der Aussicht, halb in Angst und Schrecken vor dem Preis, den er verlangen würde. War sie verrückt, den Gedanken in Erwägung zu ziehen, sich mit dem Fürst der Hölle zu verbinden?

»Eure Freundschaft, Eure Loyalität und wenn Ihr irgendwann wollt, auch Eure Leidenschaft.« Den letzten Punkt fügte er zögernd hinzu. So, als könne er es sich selbst nicht eingestehen, daß er tatsächlich Verlangen nach dieser Frau empfand. Vermutlich hatte sie keine Ahnung von dem unterschwelligen Versprechen der Sinnlichkeit, das in ihren Mundwinkeln lauerte, ihre Bewegungen verzauberte und einen Mann den Kopf verlieren ließ.

Er warf Gontier de Gramont nicht vor, daß er Valentine begehrt hatte. Man mußte eine Frau wie sie begehren. Er kreidete ihm an, daß er sie mit dieser Begierde ruiniert hatte.

Valentine wurde weder rot noch empörte sie sich, weil er die Dinge beim Namen nannte. Ihre Loyalität verstand sich von selbst, wenn sie auf sein Angebot einging. Sie war die Tochter eines Handwerkers, sie wußte um die Pflichten, die sich mit einem Handschlag verbanden. Ob sie jemals Freundschaft für diesen Mann empfinden konnte, vermochte sie nicht zu sagen. Und was ihren Körper betraf? Er war beschmutzt, gebrauchte Ware, keinem Manne mehr wert, seinen Namen dafür zu opfern. Kein Ding, um das man groß feilschen sollte.

»So sei es!« nickte sie so unerwartet, daß es Yvain de Tournai die Sprache verschlug.

»Ich bin bereit, Eure Geliebte zu sein«, präzisierte sie die Abmachung unnahbar. »Ich werde mein Möglichstes tun, Euch keine Schande zu bereiten und Euch zu gehorchen, soweit ich es vermag. Ich bitte Euch nur, vergeßt den Namen meines Vaters. Er hat es nicht verdient, mit einer Hure in Zusammenhang gebracht zu werden.«

Sie hatte ihn eigentlich bitten wollen, ihr keine Schmerzen zuzufügen, wie Gontier es getan hatte, aber es kam ihr unwichtig vor. Sie hatte soviel gelitten, daß ihr das körperliche Leid unwichtig geworden war. Sie würde in Sünde leben und ihre Seligkeit aufs Spiel setzen, was zählten da ein paar Momente der Pein!

Ihre Augen trafen sich, und zum ersten Male entdeckte sie in der nächtlichen Schwärze seiner Pupillen etwas anderes als Stolz und Zorn. Erstaunen, Bewunderung, ja sogar eine Spur Unsicherheit. Dann war der Spuk vorbei, und der Seigneur hatte sich gefangen.

»Dann gebt mir Euer Wort darauf, damit ich endlich die Wachen fortschicken kann.«

Valentine sah auf die rassig sehnige Männerhand, die sich ihr entgegenstreckte. Eine Hand des Schwerts, die Kraft und Festigkeit verriet. Sie zögerte, ihre schmalen Finger hineinzulegen.

»Ihr traut meinem Wort?« wunderte sie sich über diese Geste.

»Ich traue Eurem Wort.«

Vier Worte nur, aber sie gaben Valentine eine neue Art von Lebensmut zurück. Sie stand auf und legte ihre Existenz in diese Hand. Der trockene, kurze

Druck seiner Finger fühlte sich geschäftsmäßig und kühl an. Aber was war sie auch mehr als ein Stück Ware, das in diesem Moment in seinen Besitz überging?

»Eßt!« wiederholte er seine Aufforderung von vorhin und deutete auf den gedeckten Tisch.

Valentine streckte die Schultern und trat an den Tisch. Sie stellte ihre guten Vorsätze unter Beweis. Mechanisch löffelte sie die Suppe, die er ihr vorsetzte, das Pastetchen, die ersten Kirschen, die irgendwo aus dem Süden kommen mußten. Zu ihrem Erstaunen ließ er es dabei bewenden.

»Das genügt für's erste, Ihr bekommt sonst Magendrücken«, verkündete er. »Wenn es Euch recht ist, werde ich dafür sorgen, daß Ihr in diesem Appartement Wohnung nehmen könnt. Es wäre indes ratsam, daß Ihr mit Ausflügen wartet, bis ich mich um Eure Papiere und Euren Haushalt gekümmert habe.«

Innerhalb kürzester Zeit bekam Valentine einen Eindruck davon, was es bedeutete, wenn sich Yvain de Tournai um etwas ›kümmerte‹.

Den Anfang machte eine Kammerfrau, in der Valentine eine typische Pariserin erkannte. Nicht allzu groß, mit dunklen Locken und Haaren, die den Einschlag südlicher Vorfahren verrieten, und jener flinken Zunge und Arbeitsweise, die keinen Widerspruch zuließ. Sie herrschte über zwei Kammermägde und eine Zofe, während das männliche Dienstpersonal dem Haushalt des Seigneurs entlehnt wurde.

Die Lakaien, die als erstes das Wasser für ein Bad in das Kabinett schleppten, das künftig als Valentines Boudoir dienen sollte, waren ehrerbietig und äußerst diskret. Keiner hob den Blick zu der jungen Frau im dunklen, zerknitterten Gewand, die in der Fensternische saß. Dafür sorgte schon Anne Dugros, die Kammerfrau. Sie war es auch, die das Wasser prüfte und Ninette, die kleine Zofe, anwies, die Dame auszukleiden, die ihrer Obhut unterstellt worden war, sobald die Männer fort waren.

Sie schnalzte ein wenig mißbilligend mit der Zunge, als sie die zerbrechliche Zartheit der Gestalt sah, die sich unter den schlichten Kleidern verbarg. Valentine war es egal. Sie schämte sich nicht einmal ihrer Nacktheit. Sie hatte beschlossen, diesen dummen Körper mitsamt seinen Empfindungen und Funktionen zu vergessen. Trotzdem entschlüpfte ihr ein wohliger Seufzer, als die Wärme des Bades in alle Poren drang und sie den Duft des Rosenöls erschnupperte, mit dem das Wasser parfümiert worden war.

In der Rue Groseille hatte es derlei Luxus nicht gegeben. Sie hatte sich des Morgens Gesicht und Hände mit dem Wasser erfrischt, das in einer Tonschüssel in ihrem Zimmer stand, und von Zeit zu Zeit war sie mit ihrer Mutter in die öffentliche Badeanstalt des Viertels gegangen. Madame Lisette achtete auf Reinlichkeit, aber einen eigenen Badezuber, in dem man sich mit kaum angezogenen Beinen wohlig ausstrecken konnte, hatte es im Haushalt des Kürschners nicht gegeben.

Valentine ertappte sich dabei, daß sie die Tüchtigkeit der praktischen Kammerfrau genoß, die die Mägde anwies, ihre Haare zu waschen und zu spülen, und die Zofe das Tuch vorwärmen hieß, mit dem sie danach abgetrocknet werden sollte. Der Weg der Sünde, den sie in einer Mischung aus Trotz und Selbsterhaltungstrieb eingeschlagen hatte, entpuppte sich bei genauerem Hinsehen als höchst angenehme Art zu leben.

»Arme Kleine, Ihr seid viel zu dünn«, schalt die Kammerfrau in mütterlichem Mitleid. »Man wird Euch erst ein wenig herausfüttern müssen. Der Seigneur hat mir gesagt, daß Ihr eben von einer schweren Krankheit genesen seid, man sieht es Euch ein wenig an. Aber Ihr könnt Euch auf mich verlassen, daß in kurzer Zeit die Schönen des Hofes vor Neid erblassen werden!«

Das liebenswürdige Geplauder plätscherte an Valentines Ohr vorbei. Sie war plötzlich entsetzlich müde, und bis sie, in ein bodenlanges Hemd aus feinem Leinen gehüllt, zwischen den daunengefüllten Decken ihres Bettes lag, fielen ihr bereits die Augen zu. Die Kammerfrau hatte ihre langen, feuchten Haare über ein Tuch gebreitet, so daß sie wie ein Heiligenschein um den schmalen Kopf mit den geschlossenen Lidern lagen.

»Schlaft, Kindchen«, murmelte sie dazu und löschte das Licht bis auf eine letzte Kerze unter dem Glassturz neben dem Bett. »Ihr seid zu jung und zu unschuldig, um bereits das Liebchen eines hohen Herrn zu sein. Es ist nicht recht, was die Männer einer schönen Frau antun, aber ich werde versuchen, Euch das nötige Rüstzeug zu geben, damit Ihr Euch behaupten könnt.«

Valentine schlief bereits, und sie vernahm ohnehin nichts von dem leisen Gemurmel der Kammerfrau. Zum ersten Male seit langem störte kein Traum ihren Schlummer, und ihre Atemzüge kamen regelmäßig und langsam. Sie merkte auch nichts davon, daß irgendwann der Seigneur de Tournai an ihrem Bett stand und auf sie herabsah.

Auf dem reinen Weiß der weichen Leinenkissen wellten sich die glänzenden Strähnen in allen Farben eines sonnenbeschienenen Herbstwaldes. Die dunklen Wimpern lagen wie dichte Fächer auf den leicht betonten Wangenknochen des zarten Gesichts, und zwischen den leicht offenen rosigen Lippen schimmerte das Perlmutt der ebenmäßigen kleinen Zähne. Ein rosenfarbenes Satinband schloß das Hemd um den zierlichen Hals, und die Hände lagen entspannt mit nach oben offenen Handflächen neben dem stillen Körper. Kaum merkliche Atemzüge hoben die Decke.

Bei Gott, was hatte ihn getrieben, das Mädchen bei sich behalten zu wollen? Sie war schön, unzweifelhaft, aber an schönen Frauen mangelte es nicht am Hofe König Heinrichs. Es war etwas an ihr, das sie von allen anderen Frauen unterschied. Yvain de Tournai vermochte es nicht in Worte zu fassen. Er wußte nur, daß es ihn zutiefst befriedigte, für sie sorgen zu können.

Ein Wunsch, den er noch bei keiner anderen Frau je zuvor verspürt hatte. Eine Laune vielleicht, aber eine solche, die einem doppelten Zweck diente. Diese junge Frau fand wieder zu sich selbst, und er schützte sie zugleich davor, unter dem Verrat Gontiers zu zerbrechen. Ein gutes Werk, vermutete er mit dem ihm eigenen Zynismus. Es war ohnehin an der Zeit, Gontier eine Lehre zu erteilen.

Ein leiser Seufzer entfloh Valentines Lippen und riß den Mann aus seinen Gedanken. Sie dehnte sich, und im Spalt ihres Hemdes wurde die verlockende Rundung einer zarten Brust sichtbar. Yvain de Tournai spürte das Verlangen, das dieser Anblick in ihm weckte, und seine Zufriedenheit wich augenblicklich selbstkritischer Erbitterung.

Es wurde an der Zeit, daß er ehrlich mit sich war. Im Grunde begehrte er diese junge Frau, seit er sie das erste Mal gesehen hatte. Sein Zorn auf Gontier entsprang zu einem guten Teil der Tatsache, daß er selbst gern getan hätte, was sein Cousin gemacht hatte. Dieses bezaubernde Geschöpf ohne Rücksicht auf Moral und Sitte zur Seinen zu machen. Gontier hatte sich jedwede Skrupel geschenkt und nur nach eigener Lust gehandelt, und er hätte Valentine fast damit zerstört.

So blieb es ihm überlassen, die Reste dieser jungen Frau wieder zu einem Ganzen zusammenzufügen. Aber beschädigt würde das Werk für immer bleiben, daran konnte kein Zweifel bestehen. Yvain de Tournai verließ die Schlafkammer mit der finsteren Miene eines wütenden Mannes.

## 10. Kapitel

»Ihr seht bezaubernd aus, Madame! Die reinste Augenweide!«

Die Kammerfrau wußte sich vor Begeisterung nicht zu fassen, während die Zofe die letzte Locke in Valentines Frisur feststeckte. Unter der energischen Anleitung von Anne Dugros hatten die Schneiderinnen wahre Wunder vollbracht, und die junge Frau erkannte sich selbst in der prächtigen Person nicht wieder, die ihr aus dem schmalen, hohen Spiegel entgegensah. Der kostbare Spiegel stand auf einer Truhe und zeigte fast ihre ganze Gestalt, wenn sie weit genug zurücktrat, in einem breiten, silbernen Rahmen.

Eine prächtige Robe aus königsblauem, schweren Atlas fiel bis auf die Spitzen ihrer perlenbestickten Pantöffelchen. Die geschlitzte Vorderseite des Rockes gab ein hellblaues Untergewand frei, das mit verschlungenen Perlenranken geschmückt war. Mit denselben mattschimmernden Ranken war, dicht an dicht, auch das spitz auslaufende Oberteil verziert, das die gertenschlanke Taille seiner Trägerin zusätzlich betonte.

Das höfische Dekolleté umspannte die wohlgerundeten, schönen Schultern. Es war nach neuester Mode mit einem kostbaren Kragen aus steifer, elfenbeinfarbener Spitze umrahmt, der im Nacken durch Golddraht verstärkt, gefällig hochstand. Über dem dezent entblößten Busen endete das Wunderwerk in einer verspielten Rüsche. Eine einzelne Kette aus makellos schönen, cremeweiß leuchtenden Perlen war der einzige Schmuck in diesem Ausschnitt, der ebenso einfach wie höchst raffiniert wirkte.

Die Zofe hatte Valentines Haare in zahllosen Flechten und Locken zu einer Krone aufgesteckt und mit Perlenschnüren durchflochten. Nur ein paar einzelne, zarte Löckchen fielen in die Stirn und die Schläfen und verliehen der Schönheit ihrer Besitzerin einen Hauch von Unschuld und verblüffender Heiterkeit. Die Kammerfrau reichte Valentine das feine Spitzentuch, das in ihrer Hand diese elegante Toilette modisch vervollständigen sollte, und nickte ein letztes Mal zufrieden.

»Ich werde dem Seigneur Bescheid sagen, daß Ihr fertig seid!« verkündete sie, und zum ersten Mal kam ein wenig Leben in Valentine.

Sie hatte Yvain de Tournai seit fast einer Woche nicht mehr zu Gesicht bekommen. Ihre Tage waren ausgefüllt gewesen mit den Besuchen der Schneiderin, den Anproben bei den Näherinnen, den energischen Pflegemaßnahmen Madame Annes und den Mußestunden, die ihr verordnet worden waren, damit ihr Antlitz wieder Farbe bekam und ihre Gesundheit sich wieder festigte.

Valentine hatte all dies mit der Schweigsamkeit einer Statue über sich ergehen lassen. Gehorsam und bereit, wie die Marionette eines Puppenspielers. Sie hatte zu bitter erfahren, daß es ihr nichts einbrachte, sich gegen das Schicksal aufzubäumen. Sie war dabei zu lernen, mit dem Strom zu schwimmen.

Erst in diesem Moment preßte sie mit einer kindlich aufgeregten Geste die Hand mit dem Tuch gegen das Mieder und hob ihr Kinn in jener zugleich anrührenden und herausfordernd stolzen Manier, die so typisch für sie war. Yvain de Tournai trat rechtzeitig genug ein, um Zeuge dieser Bewegung zu werden. Er blieb wie vom Blitz getroffen im Türrahmen stehen.

Seit jener ersten Nacht, als er sich sein heimliches Verlangen nach der jungen Frau widerwillig eingestanden hatte, bemühte er sich, Valentines Anwesenheit unter dem Mantel reiner Zweckmäßigkeit zu sehen. Er wollte sich nicht auf dieselbe Ebene wie sein schurkischer Cousin begeben. Er glaubte sich imstande, seine männlichen Instinkte zu beherrschen.

Er hatte ihr Zeit einräumen wollen, sich an ihre neuen Lebensumstände zu gewöhnen, und sich deswegen absichtlich von ihr ferngehalten. Es lag ihm nicht, sie zu bedrängen. Allerdings hatte er auch nicht ahnen können, was die Kammerfrau vollbringen würde, die er der Vermittlung Marguerites von Valois verdankte. Er war sich der Schönheit Valentines stets bewußt gewesen, aber wie sie durch Eleganz und Juwelen unterstrichen werden konnte, das hatte er sich nicht in den kühnsten Träumen vorstellen können.

Die Pracht der raffinierten Robe unterstrich die Farben ihrer Erscheinung. Sie machte die elfenbeinfarbene Haut noch zarter, das flirrende Grün ihres Blickes zu jenem Grün des kühlen Meeres unter einem endlosen Himmel. Das tiefe Gold der kupferfarbenen Flechten stellte die Farben eines Sonnenunterganges in den Schatten, und die Perlen schimmerten wie Eiskristalle.

Nicht einmal Marguerite von Valois hatte in ihren prächtigsten Zeiten jene Anmut der Haltung und jene Feinheit der jugendlichen Züge besessen. Was immer Gontier de Gramont Valentine angetan hatte, es hatte keine Spuren in ihren klaren Zügen oder ihrer Gestalt hinterlassen. Die Reinheit ihrer Erscheinung war unabhängig von Unschuld oder Leidenschaft.

Ihr zitternder angestrengter Atemzug brachte ihm erst zu Bewußtsein, das alle Frauen auf sein Urteil warteten, während er dastand wie ein verzauberter Tölpel und die Märchenprinzessin anstarrte, die ihn erwartete. Noch eine Spur länger, und alle Welt würde sich über ihn lustig machen. Ein sprachloser Yvain de Tournai!

»Verzeiht«, murmelte er mit rauher Stimme. »Ich hatte viel erwartet, aber dies übertrifft alles. Madame Dugros, Ihr seht mich entzückt.«

Dem Lob folgte eine kaum sichtbare Handbewegung, welche die Kammerfrau völlig richtig interpretierte. Sie wußte, was von ihr verlangt wurde. Sie winkte den Mägden und der Zofe, und im Nu befanden sich Valentine und Yvain de Tournai allein in dem Gemach.

Ihre Blicke begegneten sich. Jener der jungen Frau ruhig und abwartend, wie immer, seit sie nach ihrer Ohnmacht die Augen aufgeschlagen hatte, absonderlich distanziert. Als habe sie sich im eigenen Körper verirrt. Der des Mannes bewundernd und mit jenem Hauch von Zynismus, der zu ihm gehörte wie die dunklen Farben seiner Kleidung, die sich nur in ihren Materialien unterschied.

Heute trug er gleichfalls Atlas, aber sogar die Spitzen seines Kragens und seiner Manschetten waren schwarz. Es betonte die Bräune seiner scharf geschnittenen Züge und verlieh ihnen im Verein mit den Narben und den weiß blitzenden Zähnen einen verwegenen Zug. Der Teufel im Hofgewand auf den Spuren seiner armen Opfer.

Der spöttische Vergleich schoß Valentine wie ein Blitz durch den Kopf, und der schwache Glanz eines amüsierten Lächelns lauerte in ihren Mundwinkeln. Verwendete er den juwelenbesetzten Zierdegen, um die widerspenstigen Sünder damit aufzuspießen?

»Ein Goldstück für Eure Gedanken«, sagte er in diesem Moment und trat endlich näher.

»Ihr gleicht dem Fürsten der Hölle in Euren noblen schwarzen Gewändern«, antwortete Valentine bedacht und hatte die Genugtuung, ihn zurückweichen zu sehen. »Ich wollte Euch nicht beleidigen. Ihr habt gefragt, ich habe geantwortet. Ich versprach Euch Ehrlichkeit.«

»Was heißen soll, daß ich selbst daran schuld bin, wenn mir die Antwort nicht gefällt«, parierte er den spitzen Hieb. »Ihr seht mich beeindruckt von Eurer Aufrichtigkeit. Sie verdient eine Belohnung. Begleitet mich zum Frühlingsfest des Königs heute abend, der Hof wird Eurer Schönheit zu Füßen liegen.«

Valentine versuchte sich ihren Schrecken nicht anmerken zu lassen. Früher oder später mußte sie sich einer solchen Feuerprobe unterziehen. Sie hatte sich bereit erklärt, die Maitresse Yvain de Tournais zu werden, und sie würde sich nicht vor den damit verbundenen Pflichten drücken. Die Rache wartete.

»Wie Ihr wünscht«, antwortete sie nur eine Spur leiser, und de Tournai mußte die Waghalsigkeit bewundern, mit der sie sich den Ereignissen stellte, ohne irgendwelche Fragen zu stellen.

Er faßte nach ihrer Hand und zog sie in das prächtige Empfangskabinett, das ihre Räume verband. Erst als sie das Glas kühlen Muskatwein getrunken hatte, das er ihr anbot, reichte er ihr ein Pergament.

»Marguerite von Valois bestätigt Euch in diesem Pergament als Witwe eines Pächters, die sie protegiert. Euer Name ist Valentine la Forche, und Ihr seid die Letzte Eurer Familie. Niemandem Rechenschaft schuldig und außer Madame de Valois auch niemand verpflichtet.«

Valentine starrte auf die geschnörkelten Schriftzüge und das schwere Siegel, die ihr eine neue Identität verliehen. Damit war die Jungfer Pelletier für alle Zeiten gestorben. Für ihre Eltern, für Hughes Badoix, für die Rue Groseille. Seltsam, daß er ihr wenigstens den Vornamen gelassen hatte.

Sie konnte nicht wissen, daß Yvain de Tournai diesem Problem längeres Nachdenken gewidmet hatte. Allein, am Ende war er zu der Ansicht gekommen, daß er nie anders als mit ›Valentine‹ an sie denken konnte. Der Name gehörte zu ihr wie das schwer zu definierende Flair von fürstlichem Stolz, das sie umgab.

Sorgsam faltete Valentine das Pergament wieder zusammen.

»Ich danke Euch«, sagte sie heiser. »Ich werde tun, was in meiner Macht steht, um Euch dies zu vergelten. Ich schulde Euch viel!«

»Ihr schuldet mir nichts!« Yvain griff nach ihrer Hand und drehte sie sanft nach oben, damit er die Innenfläche sehen konnte. Dann neigte er zu Valentines Überraschung den Kopf darüber und küßte sie zart. Kaum daß sie die Berührung spürte. Ehe sie reagieren konnte, gab er sie bereits frei und goß sich selbst einen Becher Wein ein.

»Begleitet mich zum Fest und vergeßt, daß Ihr jemals Kummer verspürt habt. Der Frühling beginnt, und es ist nun an der Zeit, daß Ihr wieder lachen lernt!«

Valentine wußte nicht, wie das zugehen sollte, aber der Abend zeigte ihr eine Seite des königlichen Hofes, die ihresgleichen bisher verschlossen geblieben war. Die Bürger von Paris sahen nur das Meer der leuchtenden Kerzen hinter den Fenstern, sie hörten den Klang der Instrumente und das Lachen des Hofes.

Valentine la Forche hingegen saß an der Seite des Seigneurs de Tournai und teilte einen silbernen Teller mit ihm. Lakaien in königlicher Livree überboten sich darin, die köstlichsten Leckerbissen zu servieren, und die Pagen gossen den Wein in Strömen nach. Hunderte von Wachslichtern machten die Nacht zum Tag, und die frischen Girlanden aus jungem Grün verwandelten den großen Saal in eine duftende Frühlingslaube.

Die Wärme, die Musik, der Wein und die mühsam unterdrückte Aufregung zauberten rosiges Leben auf Valentines Wangen, und mehr als ein neugieriger Blick galt dem beeindruckenden Paar. Die düstere Erscheinung des Seigneurs bildete einen spektakulären Hintergrund für die Schönheit des Mädchens. Es blieb dem König selbst überlassen, die indiskrete Frage zu stellen, die seinen ganzen Hof bewegte, als die Tafel endlich aufgehoben war und die Musikanten zum Tanz aufspielten.

»Hades und Persephone«, machte Heinrich von Navarra eine Anspielung in griechischer Mythologie. Da er jedoch Zeit seines Lebens ein Kavalier gewesen war, lieferte er die Erklärung so geschickt nach, daß niemand annehmen konnte, er habe ihn mit klassischer Bildung in Verlegenheit setzen wollen. »Der Fürst der Finsternis hat sich also endlich eine Frühlingsbraut genommen. Wollt Ihr mich dieser bezaubernden Dame vorstellen, mein Freund?«

Valentine spürte den beruhigenden Druck von Yvains fester Hand, ehe er mit einer gehorsamen Neigung des Kopfes ihre Hand ergriff. »Die Dame Valentine de la Forche, Majestät!«

»Ihr seht mich entzückt, Madame Valentine! Wie kommt es, daß ich Euch noch nie bei Hofe gesehen habe? Ein Gesicht wie das Eure vergißt man nicht!«

Valentine wußte nicht, woher sie die Kraft nahm das bewundernde Lächeln vorsichtig zu erwidern und auch ihre Stimme verriet mit keinem Beben ihre mühsam unterdrückten Ängste.

»Ich bin erst seit kurzer Zeit in Paris, Sire. Mein Mann ist im vergangenen Herbst verstorben, und Madame Marguerite erwies mir die Ehre, mich unter ihre Frauen zu nehmen, als sie ihren Wohnsitz wieder in Paris einrichtete. Ich bin ihr zu innigstem Dank verpflichtet, denn sie hat mir auch den Seigneur de Tournai vorgestellt, der mich wieder leben gelehrt hat!«

Yvain de Tournai klatschte ihr innerlich Beifall. Bei Gott, geschickter hätte sie es nicht machen können. Sie hatte ihren Status als Witwe betont und gleichzeitig dem König unmißverständlich mitgeteilt, daß sie ihm, Yvain de Tournai, gehörte.

Der säuerlichen Miene Henris von Navarra war zu entnehmen, daß er die raffinierte Absage sehr wohl begriffen hatte. Er verstand sich auf das weibliche Geschlecht.

»Ihr verdient alles Glück der Erde, schöne Dame«, erklärte er deutlich weniger begeistert, ehe er de Tournai einen kritischen Blick zuwarf. »Meinen Glückwunsch, mein Freund! Ihr habt untadeligen Geschmack in der Wahl Eurer schönen Dame bewiesen. Ihr werdet künftig mit dem Neid des Königs von Frankreich leben müssen!«

Der Seigneur de Tournai nahm die Rede mit einer eleganten Reverenz zur Kenntnis. Erst als der König sich einer anderen Gruppe von Gästen zugewandt hatte, wagte Valentine, ihre Besorgnis zu zeigen.

»Werdet Ihr Probleme haben, weil ich an Eurer Seite bin?« wisperte sie leise und versuchte seine Aufmerksamkeit zu erregen, indem sie die Hand auf seinen Arm legte.

Im selben Augenblick, als sie den schweren glatten Stoff unter den Fingern spürte, wurde ihr indes die geschmeidige Kraft bewußt, die sich darunter befand und die ihn antrieb. Sie löste den Griff, als habe sie sich dabei verbrannt.

»Keine Probleme, die ich nicht erwartet hätte«, beruhigte er sie und griff nach ihren nervösen Fingern, um sie zwischen seinen zu bergen. »Ich wußte von Anfang an, daß mich vom höchsten bis zum niedrigsten Bewohner dieses Schlosses jeder Mann um Euch beneiden würde.«

»Unsinn«, rügte Valentine unerwartet scharf. »Seht Euch um, die edelsten Frauen des Königreiches sind hier versammelt. Wer sollte Euch um eine Witwe mit zweifelhaftem Ruf beneiden? Nur ein Tölpel!«

»Und nur ein Blinder würde es nicht tun!«

Yvain de Tournai hob ihre Hand an die Lippen, und dieses Mal dauerte der Kuß so lange, daß Valentine den Druck der warmen Lippen bis unter die Kopfhaut spürte.

Sie unterdrückte mit Macht den Impuls, sich zu befreien. Aber die Anstrengung, die es sie kostete, ließ sie schneller atmen und vertiefte die Röte auf ihren Wangen.

Es fiel ihm schwer, den Blick von ihr zu nehmen. Sie schien ihm in diesem Moment die Verlockung in Person zu sein. Das Blut rauschte in seinen Ohren, und sein Verlangen nach ihr brachte ihn schier um den Verstand. Bei Gott, er begriff, was Gontier gefühlt haben mußte, und das machte es noch viel schlimmer.

Immerhin brachte ihn der Gedanke an Gontier soweit zur Vernunft, daß die versonnene Nachdenklichkeit seiner Augen dem üblichen spöttischen Funkeln Platz machte und er Valentines Hand mit einem Lächeln wieder freigab.

Sie verbarg sie so blitzschnell in den steifen Falten ihrer Robe, daß sie dem erfahrenen Seigneur eine ganze Menge von ihren verborgenen Gefühlen verriet. Sie schätzte es nicht mehr, berührt zu werden. Sie war vom obersten Löckchen bis zu den vermutlich entzückenden Zehenspitzen von Mißtrauen gegen das männliche Geschlecht und jedes männliche Verlangen erfüllt. Man konnte es ihr unschwer verübeln. Es lag an ihm, sie die zweifelhaften Liebeskünste seines Vetters vergessen zu lassen.

»Der Reigen wartet auf uns!«

Valentine hörte seine Worte und versuchte sich zu fassen. Sie kannte keinen der höfischen Tänze, aber ehe sie dies erwähnen konnte, hatte er sie bereits in die Reihe der Tänzer geführt, und sie hörte seinen gedämpften Rat an ihrem Ohr.

»Richtet Euch nach der Musik und den Schritten der anderen, in dieser Menge fällt eine falsche Bewegung bestimmt nicht auf, und ich werde Euch ohnehin leiten!«

Seltsamerweise beruhigte sie seine Versicherung. Sie entdeckte zudem, daß sich die gemessenen Schritte der Pavane leicht nachvollziehen ließen, und jene der Gaillarde kannte sie von den Festen und Jahrmärkten, die sie unter der strengen Aufsicht ihrer Mutter hatte besuchen dürfen. Sie entspannte sich, und je mehr sie sich der Musik und der führenden Hand Yvains anvertraute, um so lockerer und graziöser wirkten ihre Bewegungen.

Ein Schatten der Enttäuschung machte sich sogar auf ihren Zügen breit, als die italienischen Musikanten ihre Instrumente sinken ließen und den Sängern Platz machten, die gekommen waren, um den König mit ihren neuesten Liedern zu erfreuen.

»Lächelt!« raunte Yvain und führte sie zu einer Fensternische, wo sie auf einem Polster Platz nehmen konnte, um den Darbietungen zu lauschen. »Seine Majestät soll doch nicht denken, daß ich Euch unglücklich mache? Er wäre der erste, der an Eure Seite eilt!«

»Aber er ist alt«, wisperte Valentine mit kindlicher Grausamkeit. »Älter als mein Vater!«

In dem graubärtigen, gedrungenen Mann den vielgeliebten Kavalier zu sehen, der mit seinem unersättlichen Appetit nach schönen Frauen die Pariser Matronen empörte, fiel ihr schwer.

Viele Blicke flogen in die Fensternische, als das unerwartete, amüsierte Lachen des Seigneurs de Tournai laut wurde. Niemand konnte sich erinnern, ihn jemals lachen gehört zu haben. Allenfalls verzog er maliziös die Lippen, aber ein Lachen? Eine Frau vermochte wahrhaftig Wunder zu vollbringen und erst recht eine so auffallende Schönheit wie diese.

»Ihr lacht mich aus. Weshalb?« beschwerte sich Valentine mit einem unbewußen Hauch von Flirt in der schmollenden Stimme. Gleichzeitig bemühte sie sich, ihr Erstaunen darüber zu verbergen, wie sehr dieses Lachen das harte Gesicht verändern konnte.

»Habt Ihr noch nicht gelernt, daß Macht, Ansehen und Reichtum einen Mann jung und schön machen können?« raunte er spöttisch in ihr Ohr. Er konnte der Versuchung nicht widerstehen, sie ein wenig zu necken. »Unser König ist somit der schönste Mann des ganzen Reiches!«

»Ich habe lediglich gelernt, daß die Schönheit eines Mannes ein Mädchen blind machen kann.« Sie ging nicht auf den Scherz ein.

»Wie gut, daß Ihr in diesem Falle bei mir nicht in Gefahr seid«, bekam sie zur Antwort und konnte nicht verhindern, daß sie zart errötete.

»Ihr seid weder alt noch häßlich«, entgegnete sie mit einer Spur von Trotz in ihrer Stimme. »Ihr seid lediglich geradezu darauf versessen, aller Welt den Zyniker vorzuspielen, damit wirklich niemand auf die Idee kommt, Euch einer Spur von Gefühlen zu verdächtigen.«

Sie hielt dem funkelnden schwarzen Blick stand, in dem sie plötzlich eine Andeutung von Gold zu entdecken glaubte, obwohl ihr das eigene Herz bis in den Hals hinauf pochte. Instinktiv begriff sie, daß sie verloren sein würde, wenn sie sich von ihm einschüchtern ließ. Daß es ihm Vergnügen bereitete, sie herauszufordern.

»Ich stehe im dreißigsten Jahr, meine Schöne, und es kommt mir alt gegen Eure stürmische, jugendliche Wahrheitsliebe vor«, murmelte er nach einer endlosen

Pause. »Ich werde auf Euch achten müssen, wenn Ihr Eure Zunge nicht besser hüten lernt.«

»Bin ich Euch zu nahe getreten?« Valentine entdeckte, daß sie kokett säuseln konnte.

»Unsere Gemeinschaft erfordert Nähe!«

Die Antwort brachte Valentine zum Schweigen. Glücklicherweise machten die Lautenklänge, vom schmelzenden Tenor eines italienischen Liedes begleitet, der Diskussion ohnehin ein Ende. Valentine wagte es, zum König hinüberzusehen, der sich an die Seite seiner Gemahlin gesellt hatte und mit ihr den Musikern lauschte.

Das juwelenüberladene düstere Gewand konnte nicht über die plumpe Figur Marie de Medicis hinwegtäuschen, und der verdrossene Zug um ihren Mund deutete darauf hin, daß sie nicht gerade höfische Liebenswürdigkeiten mit ihrem Gemahl tauschte. Nicht einmal die Klänge ihrer Heimat vermochten ein wenig Freude in ihr Gesicht zu zaubern.

Valentine ertappte sich dabei, daß ihr die mächtige Frau leid tat, die sie noch vor geraumer Zeit so nachhaltig eingeschüchtert hatte.

Der König liebte sie nicht, und die Kinder, die sie ihm schenkte, dienten allein der Legitimation für ihre Anwesenheit. Ihre Mitgift, ihre Fruchtbarkeit und ihre Person waren König Heinrich überstellt worden, ohne daß man sie dabei groß um ihre Meinung befragt hätte.

Kein sonderlicher Unterschied zu jener aufgezwungenen Heirat, die ihre Eltern für sie mit Hughes Badoix geplant hatten. In dem einen Fall ging es um ein Königreich, im anderen um Zunftrecht. In beiden Fällen mußte die Frau gehorchen.

Man bestimmte über die Mädchen und Frauen, egal welcher Herkunft und welchen Alters. Allein — wer bestimmte nun über Valentine la Forche? Der schweigsame schwarze Mann an ihrer Seite? Seine Majestät, der König? Marguerite von Valois?

Oder — welch ein verführerischer, rebellischer Gedanke — sie selbst?

## 11. Kapitel

»Ich begreife es nicht!«

Valentine ließ den Fächer sinken und sah Marguerite von Valois mit jener für sie so typischen Eindringlichkeit an.

Die ehemalige Königin, die sich in den bewundernden Blicken eines hübschen jungen Knappen sonnte, warf ihr einen neckenden Blick zu und unterbrach ihren Flirt für einen Moment.

»Was ist daran so schwer zu begreifen, meine Liebe? Unser König hat eine närrische Zuneigung zu dieser eiskalten Dame gefaßt, und solange er erwarten kann, daß sie sich mit ihm versöhnt, wird er weder ihrem Bruder, dem Grafen der Auvergne, ein Haar krümmen, noch das Urteil für den ehrgeizigen Marschall de Biron unterschreiben. Beide Intriganten sind in der Bastille hervorragend aufgehoben, und solange Henriette sich in Verneuil vergräbt, bleiben alle Figuren im Patt stehen.«

»Dieses unsinnige Komplott um einen Säugling, von dem man nicht einmal weiß, ob aus ihm ein Mann werden wird.« Valentine machte eine verächtliche Handbewegung, die ihre Geringschätzung unterstrich. »Ich spreche nicht davon, Ihr wißt es genau. Ihr habt mir eine Erklärung versprochen . . .«

Die Nachmittage, die sie im Hôtel de Sens verbrachte, waren auch für die alternde Exkönigin zu einem Vergnügen geworden. Marguerite hatte die ungewöhnliche Kürschnerstochter in ihr Herz geschlossen. Die

Gründe dafür blieben ihr Geheimnis, aber die Gespräche, welche die beiden Frauen führten, gewannen mehr und mehr den Unterton freundschaftlicher Verbundenheit.

Die noble Tochter Katharinas von Medici hatte in Valentine eine faszinierende Mischung aus natürlicher Intelligenz und schmerzlicher Wahrheitsliebe entdeckt. Den aufrechten Sinn eines unabhängigen Geistes, der seine Fehler zugeben konnte und sich mit einer Geschwindigkeit entwickelte, die sie immer stärker beeindruckte.

»Yvain de Tournai ist ein Ehrenmann«, begann die hohe Dame, nachdem sie sich mit einem schnellen Rundblick versichert hatte, daß der Rest ihres Gefolges außer Hörweite war. »Was aber leider dazu führt, daß er sich auch für die Machenschaften seines liederlichen Cousins verantwortlich fühlt. Gontier de Gramont verfügt über einen Ruf als Weiberheld und Spieler weit über die Grenzen des Hofes hinaus. Würde Yvain nicht für ihn bürgen, säße er längst im Schuldturm. Die Ehe mit Estelle de Flambert hat er ebenfalls nur seinem Vetter zu verdanken. Man erzählt sich, daß der Marquis seine Einwilligung gab, weil er zuerst annahm, daß Yvain den Antrag für sich selbst stellen würde. Einen solchen Schwiegersohn würde sich kein Edelmann im Königreich entgehen lassen. Abgesehen davon, daß er das Ohr des Königs besitzt, ist er von edelstem Blut und besitzt das Geschick eines Florentiners, wenn es darum geht, sein Geld zu vermehren. Nun, der Seigneur de Flambert fand keinen Weg, sein Wort zurückzunehmen, als er seinen Irrtum erkannte. Immerhin ist anzunehmen, daß es nicht einmal Gontier de Gramont fertigbringen wird, die Mitgift zu verschleudern, die er von Estelle erhält. Der alte Herr wird ein Auge auf seine Tochter und sein Vermögen haben.«

»Und weshalb hat Tournai diesen weiblichen Goldesel nicht selbst zur Gemahlin genommen?« erkundigte sich Valentine bitter und malträtierte gedankenverloren ihren Spitzenfächer.

»Alle Welt wundert sich darüber«, gab Königin Margot zu, die den Spitznamen liebte, den ihr die Pariser in alter Anhänglichkeit verliehen hatten. »Auch wenn man in Betracht zieht, daß er selbst sehr wohlhabend ist, so ist es doch an der Zeit, daß er für den Fortbestand seines Namens sorgt. Es kann nicht in seinem Sinn sein, das Gontier sein Vermögen erbt, wenn er kinderlos sterben sollte.«

»Er ist dreißig, wieso sollte er sterben?« warf Valentine seltsam aufgebracht ein.

»Niemand besitzt das ewige Leben, das habe ich schmerzlich erfahren müssen«, erinnerte die Königin melancholisch und nahm ihr den Fächer aus den Fingern, ehe er kaputtging. »Nicht einmal Euer düsterer Beschützer. Sagt mir, was empfindet Ihr für ihn?«

Die unerwartete Frage ließ Valentine zusammenfahren. Sie vermochte nicht auf Anhieb zu antworten. Eine Fülle der unterschiedlichsten Gefühle wallte in ihr auf, sobald sie es versuchte. Anfangs hatte sie diesen Mann gefürchtet, er hatte sie erbost, sie gegen sich aufgebracht und ihren Haß geweckt. Und nun?

Sie hatte seine Großzügigkeit kennengelernt, seine Klugheit, seinen Spott, sein unbezähmbares Vergnügen an schockierenden Bemerkungen, die anderen die Luft raubten. Es gab Augenblicke, da wünschte sie sich eine Axt, die sie auf seinem aufreizenden Kopfe zerschlagen konnte, und dann wieder fühlte sie sich unerwartet gerührt von einer kleinen Geste, einem heimlichen Lächeln, einem unverhofften Geschenk, das er ihr machte.

Schon diese Geschenke waren eine Sache für sich. Gewänder, Wäsche, Schuhe, Schmuck, Kopfbedeckungen, all das schien in einem endlosen Regen in ihre Truhen zu fallen. Aber am wenigsten wußte sie zu sagen, wenn sie wie an diesem Tag ein winziges Bukett frischer Veilchen neben ihrem Kopfkissen fand.

Wenn sie sich in einer Mischung aus Betroffenheit und aufflammendem Zorn sagen mußte, daß er den Raum betreten hatte, während sie schlief. Sie hatte ihm das Recht dazu eingeräumt, gewiß. Aber er gebrauchte es offensichtlich nur für jene Visiten, deren sie erst viel zu spät gewahr wurde.

Er hatte bisher nicht einmal den Versuch unternommen, sich ihr zu nähern. Er küßte ihr die Hand, berührte sacht ihren Arm, manchmal bildete sie sich ein flüchtiges Streicheln auf ihrer Schulter ein, aber ehe sie es wahrnehmen konnte, war es vorbei. Es gelang ihr nicht zu erkennen, ob es Gedankenlosigkeit oder Absicht war, die jene kleinen Gebärden verursachten, die sie ein jedes Mal stundenlang noch zu spüren vermeinte.

Er stellte sie nie vor die Frage, ob sie sich ihm verweigern würde oder nicht. Während der Hof sich das Maul darüber zerriß, daß der Seigneur de Tournai eine unerwartete Leidenschaft für eine Schönheit empfand, die weit unter seinem Stand rangierte, gab sich eben jener Seigneur im persönlichen Umgang mit dieser Schönheit so kühl wie ein letzter Nachtfrost im Frühling.

»Ich weiß es nicht«, entschloß sich Valentine zu der ehrlichsten Antwort, die ihr über die Lippen kam. »Ich bin ihm dankbar«, endete sie lahm und mußte die Königin nicht ansehen, um zu wissen, daß sie fast so spöttisch lächelte wie der Mann, von dem sie sprachen.

Sie dachte an diese vertrauliche Plauderei, als sie am selben Abend dem Seigneur bei einem Würfelspiel gegenübersaß. Es war schon spät und sie hatte bereits ein hübsches Häufchen von Goldstücken gewonnen, als er letztendlich den Smaragd auf das Tuch warf, den er an seinem kleinen Finger trug. Ein funkelnder Goldreif mit einem taubeneigroßen Edelstein, dessen geschliffene Rauten reines grünes Feuer warfen.

Auch diesen Wurf gewann sie mit dreimal sechs Augen, und Yvain de Tournai neigte anerkennend das Haupt.

»Ihr seid eine gefährliche Gegnerin, Valentine! Ich sehe, daß ich keine Bedenken haben muß, Euch das Würfelspiel bei Hofe zu überlassen. Wollt Ihr Euren Gewinn nicht an Euch nehmen?«

»Es ist nicht mein Gold«, widersprach sie schroff und ärgerte sich, daß das, was sie für eine nette Unterhaltung gehalten hatte, sich nur wieder als eine jener Lehrstunden entpuppte, die er ihr ständig erteilte. »Ihr habt es mir lediglich zur Verfügung gestellt ...«

»Die Würfel sind nicht gezinkt, also ist der Sieg Euer. Gebt mir Eure Hand ...«

Ehe Valentine ablehnen konnte, stand er an ihrer Seite und griff nach ihrer Rechten. Er schob den Smaragd über den Ringfinger, wo er immer noch locker saß, aber hervorragend zu der losen Robe de Chambre aus weicher, meergrüner Seide paßte, die sie trug. Jede Bewegung versprühte einen Regen grüner Sterne.

»Ich wußte es!« murmelte er befriedigt.

»Ihr wußtet es?«

Valentine durchschaute das Spiel im Spiel. Dieser Reif war von Anfang an für sie und dieses Kleid bestimmt gewesen. Er hatte in viel weiterem Sinne mit ihr gespielt, als sie angenommen hatte! Sie vermochte sich über die kostbare Gabe nicht zu freuen.

»Wie schön für Euch, daß Ihr es wußtet«, rief sie in jäh aufflammendem Zorn. »Ich weiß nämlich nichts! Weniger als nichts! So wie es sich für ein Spielzeug gehört, mit dem Ihr tändelt, das Ihr schmückt und wieder in die Ecke stellt, wenn Ihr gerade keine Lust darauf habt! Was gibt Euch das Recht zu dieser unerträglichen Arroganz, Seigneur? Warum fragt Ihr mich nicht endlich einmal, ob ich Lust auf diese verdammten Spiele habe?«

Yvain de Tournai fing die kleinen Fäuste, die gegen seine Brust trommelten, und besah sich einen Herzschlag lang die wütende Furie, die von ihren offenen kupferfarbenen Locken umweht, die nur von einem goldenen Reif gehalten wurden, schöner denn je war.

»Kann es sein, daß Ihr Euch nicht genügend beachtet fühlt, mein Engel?« murmelte er fragend, ehe er sich über die halb offenen feuchten Lippen beugte, die so verlockend bebten.

Valentines Antwort erstickte in einem Kuß, der mit einem Schlag allen Jähzorn aus ihr vertrieb. Für die Dauer der Berührung schwebte sie zwischen den Welten. Hilflos, haltlos und von einer merkwürdigen, schmerzhaften Erschöpfung umfangen. Das hatte sie nicht gewollt! Oder doch? Hatte sie es provoziert?

Yvain de Tournai indes ließ ihr keine Möglichkeit, keinen Ausweg. Er hatte sich in unmenschliche Geduld gefaßt, sein Verlangen gezügelt und mit der Raffinesse des erfahrenen Jägers sein Wild gestellt. O ja, er hatte die Schauer bemerkt, die Valentine überliefen, wenn er die Innenfläche ihrer Hand küßte.

Er hatte jeden der hastigen Atemzüge bemerkt, wenn er flüchtig ihre Schulter berührte, und jeden unschuldig ungeduldigen Biß in die volle Unterlippe, wenn sie selbst nicht wußte, was in ihr vorging. Gontier mochte sie gekränkt und roh behandelt haben, aber er hatte weder ihre natürliche Sinnlichkeit zerstört, noch den gesunden Hunger ihres Leibes gestillt.

Valentine hatte unwillkürlich die breiten, schwarz umhüllten Schultern umfaßt, um Halt zu suchen. Sie fühlte sich an eine muskulöse Gestalt gedrückt und von einer Welle der befremdlichsten Empfindungen überrollt. Ihr Herz raste, und das Blut schien wie im Fieber durch ihren Körper zu glühen.

Das war nicht jene scheue, mädchenhafte Anbetung, die sie verspürt hatte, als Gontier sie in den Arm nahm. Das hier war fremd und erregend, triebhaft und berauschend, als hätte sie zuviel Wein getrunken. Es hatte nichts mit Liebe zu tun, aber eine Menge mit Hunger und ungestilltem Verlangen.

»Was tut Ihr mit mir?« wisperte sie tonlos, als sie hochgehoben wurde.

»Ich denke, du möchtest etwas mehr von mir als nur Getändel?« verspottete er ihre atemlose Frage, aber das Feuer in seinen Augen strafte ihn Lügen.

Valentine wußte nichts darauf zu sagen. Bruchteile von Gedanken wirbelten durch ihren Kopf, aber keiner von ihnen ergab einen Sinn. Sie starrte in das inzwischen so vertraute, herbe Antlitz, das in diesem Moment wie in Stein gemeißelt wirkte. Er trug sie in ihre Schlafkammer, und sie bemerkte nicht einmal die herrische Bewegung, mit der er die dort wartende Kammerfrau und ihre Helferinnen hinausschickte.

»Ihr benötigt sie nicht!« erklärte er unaufgefordert. »Laßt mich Eure Zofe sein!«

Er setzte sie auf das gepolsterte Taburett und löste den Reif aus ihren Haaren. Dann griff er nach der silbernen Bürste und zog sie durch die rotgoldenen Strähnen. Valentine atmete schneller, und das heftige Heben und Senken ihrer Brüste unter dem schmiegsamen Gewand verriet sie. Ihre Blicke trafen sich im Spiegel und sie sah, daß er sich herabbeugte um sie auf die bloße Schulter zu küssen.

Die Berührung einer vorwitzigen Zunge an ihrem Schlüsselbein ließ sie erbeben. Ihr wurde mit einem Schlag bewußt, daß sich ihre Brüste voller und größer gegen das Dekolleté wölbten und ihre verhärteten Spitzen durch den Stoff drängten. Ein eigenartiges Gefühl rieselte von dort durch ihren Leib, und unwillkürlich entschlüpfte ihr ein leiser Seufzer.

Sie schaute wie gebannt in den Spiegel, der ihr verriet, was Yvain de Tournai tat, ehe sie es unmerkliche Bruchteile später selbst empfand. Die warmen Hände, die sanft das Gewand über die Schultern streiften, bis es nur noch von der äußersten Rundung des Busens gehalten wurde. Alabasterfarbene, klare Haut in einem grünen Seidenrahmen. Die Fingerkuppen seiner rechten Hand fuhren unmerklich diesen Rahmen nach. Sie verharrten über den perlengleichen Wölbungen ihrer steifen Brustwarzen und zogen einen spielerischen Kreis darum.

Röte stieg in Valentines Stirn, und unwillkürlich ruckte sie auf dem Hocker, als könne sie nicht mehr so reglos sitzen, wie sie es wünschte.

»Schscht! Geduld!« riet er ihr mit leiser Stimme. »Die Nacht gehört uns . . .«

Valentine versuchte nicht sich, sondern ihn zu beobachten. Auf der kurzen rabenschwarzen Kappe seiner Haare funkelte das Licht, und seine braunen, sehnigen Finger bildeten einen fremdartigen Kontrast zu ihrer blassen Haut und der hellen Seide. Sie umfingen von unten ihre Brüste und hoben sie schmeichelnd an, ehe sie nach oben wanderten und so liegen blieben, daß sich die Daumen im Nacken berührten und die übrigen Finger wie ein Scherenschnittmuster über ihrem Dekolleté lagen. Feuer auf kühler Haut.

Dann kam wieder Leben in diese Hände, sie lösten einen Schlaufenverschluß, und das lockere Oberteil ihres Gewandes sank mitsamt dem zarten Hemd darunter über ihre Arme bis auf die Hüften. Vom Stoff gefesselt, konnte sie nur aufrecht dasitzen. Sie spürte die Luft auf ihrer empfindsamen Haut, das Streicheln der eigenen Haare und die glitzernden Blicke im Spiegel.

Gütiger Himmel, diese Blicke! Sie brannten wie Feuer auf ihrem Leib. Sie lagen auf den hoch angesetzten straffen jungen Brüsten, die von rosig-bräunlichen Spitzen gekrönt stolz nach oben ragten. Sie folgten der Linie des Oberkörpers, die sich auf eine Taille verengte, die keines Mieders bedurfte.

Jetzt hob er die Hände und verteilte den Mantel ihrer Haare um diesen Körper. Rötliche Seide, deren Berührung sie neuerlich erschauern ließ, die verbarg und doch noch dreister die Brüste betonte, die dazwischen hervorsahen. Valentine erkannte sich in der heidnischen Göttin im Spiegel nicht wieder.

»Eine Nixe«, hörte sie seine Stimme. »Die schönste Nixe des Königreiches. Kommt ...«

Im Aufstehen rutschte das Gewand endgültig auf ihre Knöchel herab, und Yvain hob sie erneut auf seine Arme, ehe er sie auf die duftenden Leinenlaken des Alkovens niederlegte. Die plötzliche Kühle weckte die junge Frau aus ihrer sinnlichen Lähmung. Sie weckte auch Erinnerungen, die tief in ihr vergraben waren, und unwillkürlich hob sie abwehrend den Arm.

»Bitte, tut mir nicht weh!«

Yvain de Tournai knirschte einen rüden Fluch zwischen den Zähnen hindurch, ehe er sich dann angezogen neben sie legte und sie beruhigend an sich drückte.

»Niemand wird Euch mehr weh tun, schöne Valentine, das verspreche ich Euch! Vertraut mir, ich werde Euch nicht enttäuschen.«

Die warme, leise Stimme im Verein mit seiner streichelnden Hand vertrieb die bedrohlichen Gespenster. Unter seiner Berührung wärmte sich die spröde Haut. Die Starre wich aus den schlanken, schönen Gliedern. Mit dem wachsenden Behagen einer genußfreudigen Katze dehnte sich der grazile Körper, verriet in Duft und Weichheit seine unbewußten, weiblichen Wünsche.

»Wie herrlich du dich anfühlst«, hörte sie die gedämpfte Bewunderung.

Das Murmeln eines Auserwählten, der sich des unerwarteten Geschenkes freut, das ihm am Ende doch noch zuteil wird. Sie konnte nicht ahnen, mit welch schmerzhaftem Verlangen Yvain de Tournai sich die eleganten Linien ihres Leibes einprägte. Wie ihn die seidige Weichheit der Brüste verführte, die sich gegen sein Wams preßten, und wie sehr es ihn verlangte, jenen betörenden Schoß zu öffnen, der von seidigsten Löckchen bewacht so schlank und verführerisch wirkte.

Vorsichtig, wie ein Dieb, der kein Geräusch verursachen möchte, schlich er sich in diesen zärtlichen Wald und erspürte die schwüle Wärme, die ihm ihre Bereitschaft verriet. Valentine öffnete keuchend die Lippen und fand sich in einem Kuß, der wild und zärtlich zugleich wiederholte, was dort geschah.

Der Finger, die Zunge, die Wärme, alles zusammen schien einen seltsamen Krampf irgendwo in ihrem Leib zu verursachen. Er breitete sich in dem Maße aus, wie die Küsse und Liebkosungen tiefer wurden, das leidenschaftliche Duell heftiger. Sie drängte sich der Hand entgegen und umschlang die wollüstige Zunge mit der ihren, als könne sie allein auf diese Weise Erleichterung finden.

Valentine hörte die leisen Seufzer, das lustvolle Wimmern, aber sie begriff nicht, daß sie selbst diese Laute ausstieß. Sie war in einer glühenden Wolke der Sinnlichkeit verloren, die jedes Denken ausschloß. Sie hatte sich längst dem eigenen Körper ausgeliefert. Sie umklammerte Yvains Nacken, damit sein Kuß nicht endete, und öffnete ihre Schenkel, damit die fordernde Hand ihr verheerendes Spiel dort fortsetzen konnte.

Es gab da einen Punkt, den der Daumen umkreiste, der sie zwang, sich darzubieten. Der pure Begierde und unvorstellbare Ekstase ausströmte und mit jeder Berührung glühender wurde. Mehr! Sie wollte mehr von diesem Feuer, mehr von diesem lockenden Pulsieren. Etwas drängte sie, trieb sie vorwärts und brachte sie einem gleißenden Höhepunkt näher, bis sie einen heiseren Schrei ausstieß und zitternd in seinen Armen erschauerte.

Valentine hatte keine Ahnung, was geschehen war, als sie schwer atmend die Augen aufschlug und in die dunklen, rätselhaften Pupillen des Seigneurs de Tournai blickte. Er schien etwas fragen zu wollen und sich im selben Moment dagegen zu entscheiden. Schweigend wartete er darauf, daß sie das Wort ergriff.

»Ihr habt mir nicht weh getan«, sagte sie spontan und eine leichte Heiserkeit färbte ihre melodiöse Stimme dunkel. »Wie ist das möglich?«

»Nehmt Ihr an, daß die Damen des Hofes sich so bereitwillig dem Spiel der Leidenschaft unterwerfen würden, wenn es Qual bereitete?« antwortete er mit einer seiner lästig theoretischen Gegenfragen. »Allein, es ist wie mit vielen Dingen des Lebens: Hast und Eigensucht beeinträchtigen den Genuß!«

Valentine kämpfte um ihre Fassung. Genuß schien ihr das falsche Wort für das zu sein, was sie erlebt hatte. Es hatte sie über alles hinaus gehoben, was sie jemals empfunden hatte. Es hatte ihr eine Spanne der totalen Befreiung von sich selbst geschenkt. Vergessen und gleichzeitig auch intensive, unvorstellbare wundervolle Gegenwart. War es ihm ähnlich ergangen? Das markante Gesicht verriet noch weniger als zuvor.

Die junge Frau versuchte ihren Stolz zurückzufinden, den sie irgendwo verloren haben mußte. Es ging nicht an, ihn mit ihren dummen Gedanken zu belästigen. Es gelang ihr nur unter größter Anstrengung, mit leidlicher Ruhe zu flüstern: »Habt Dank für die Auskunft. Wollt Ihr mich nun verlassen?«

Yvain de Tournai sah sie für einen Herzschlag lang verblüfft an, dann brach er wieder in jenes unerwartete, volltönende Lachen aus, daß sie manchmal von ihm zu hören bekam. Ein Lachen, das ihre verzweifelte Starre besser löste als jedes Wort.

»O nein, meine liebenswürdige Freundin!« murmelte er, nachdem er sich wieder gefaßt hatte. »Sagte ich es nicht? Die Nacht hat eben erst begonnen, und Ihr macht mir ganz den Eindruck, als könnte ich Euch ohne weiteres noch eine Lektion in diesem bezaubernden Spiel zumuten!«

Valentine errötete. Sie hatte irgend etwas Dummes über seine Spiele gesagt, zuvor, ehe er ihre Welt völlig durcheinandergewirbelt hatte. Sie versuchte vergeblich, sich daran zu erinnern und gab es letztendlich auf.

Sie wich befangen seinem Blick aus und trachtete danach, irgendeine Art von Haltung wiederzufinden. Allein, es stellte sich als schwer heraus, wenn man ohne jedes Hemd am Leib neben einem völlig bekleideten Mann lag und jede Geste sich zu bedecken albern gewirkt hätte. Im Grunde gab es eigentlich nur eine einzige Möglichkeit, die Situation angemessen zu meistern.

Sie strich sich die Haare aus der Stirn und warf Yvain de Tournai unter halb gesenkten Lidern ein zitterndes, halb mädchenhaftes, halb sirenenhaftes Lächeln zu. War es möglich, daß sie in seiner Umarmung jedes Mal jenes rauschhafte, wundervolle Vergessen fand? Daß sie unter seinen Küssen und Liebkosungen sich selbst verlor, um als neue Person wiedergeboren zu werden?

»Ich bin Eure Schülerin, Seigneur!«

Ihre feinen, verletzlichen Züge verrieten ihm mehr von ihrer Besorgnis und Ratlosigkeit, als sie ahnte. Einmal mehr fand sich Yvain de Tournai gefesselt von der Unerschrockenheit, mit der sich Valentine den Ereignissen stellte. Woher nahm sie diese Seelenstärke? Diese Kraft, sich zu erneuern?

Bisher hatte er sich nie für die Regungen der Schönheiten interessiert, die er eher flüchtig in sein Bett genommen hatte. Yvain de Tournai schätzte die Befriedigung eines Aktes, aber er benötigte sie nicht, um sich als Mann bestätigt zu fühlen, so wie es sein Vetter tat. Er bediente sich eines willigen Körpers, fand seine Entspannung und vergaß die Frau, die bei ihm gelegen hatte.

Zum ersten Male ertappte er sich dabei, daß er mehr wollte. Daß er wissen wollte, weshalb sich eine Frau unterwarf und wie es eben diese eine Frau fertigbrachte, in der Unterwerfung zugleich die Siegerin zu sein. Bei Gott, das pochende Unbehagen seines eigenen, unbefriedigten Verlangens ließ nicht einmal zu, daß er sich die vergangenen Minuten in Erinnerung rief. Die Versuchung war zu groß, sich in wilder Brunst die Erlösung zu holen, nach der er so verzweifelt begehrte.

Valentine respektierte den kurzen Rückzug in die Welt seiner Gedanken. Es lag da etwas in dem Schweigen zwischen ihnen, das ihr Frieden bescherte. Einmal mehr fiel ihr jedoch dabei das Mißverhältnis zwischen ihrer Nacktheit und seinen Kleidern auf.

»Dieses Spiel, von dem Ihr sprecht«, platzte sie heraus. »Hat es zur Vorschrift, daß nur die Frauen keine Kleider tragen?«

Die Verblüffung in den schwarzen Augen brachte sie zum Lachen, und Yvain fiel ein.

»Hexe!« grinste er schließlich und machte sich daran, die kritisierten Gewänder in höchster Eile abzulegen. »Mir scheint, du bringst unserem Spiel nicht den nötigen Ernst entgegen!«

Valentines Heiterkeit wich staunendem Schauen, als der Seigneur de Tournai das Hemd über den Kopf zog, das er unter seinem Wams getragen hatte, und die Beinkleider aufschnürte. Auch sein Körper trug jenen leicht bräunlichen Ton, den die Menschen aus dem Süden auch im Winter bewahrten. Straffe Haut spannte sich über sehnigen Muskeln, zeichnete Wölbungen und Vertiefungen, über die das Kerzenlicht geisterte. Und dann gab es da Narben auf seinen Oberarmen, der Brust und dem Rücken. Kriegerische Male, die die Harmonie zerstörten und von Gewalt und Schmerzen kündeten.

Sie wußte nicht, was sie dazu trieb, die Fingerspitzen über jene wulstige Erhebung gleiten zu lassen, die quer über sein Brustbein lief. Es fühlte sich warm an, nackt und hochempfindlich.

Was trieb Männer dazu, sich derart zu verunstalten? Weshalb hielten sie es für Tapferkeit, sich gegenseitig aufzuschlitzen?

»Wer hat Euch jene Narben beigebracht?« wisperte sie und er begriff voller Erstaunen, daß sie nicht aus Neugier, sondern aus Mitgefühl fragte.

»Ich zählte zu den Pagen des Königs in seinen protestantischen Feldzügen.« Yvain griff nach den zarten Fingern und küßte sie. »Die Wunden sind vergessen.

Wir haben Frieden. Es ist an der Zeit, sich mit den angenehmen Seiten des Daseins zu befassen ...«

Valentine errötete und zwang sich, ihre Blicke nicht weiter als bis zu jener breiten Brust gehen zu lassen, doch ihr Körper fühlte. Nackte Haut an nackter Haut. Wärme. Hitze. Ihre Haut prickelte, und jenes fremde Feuer, das zu milder Glut herabgebrannt war, fuhr hoch, als sei ein Windstoß zwischen die Kohlen geraten.

Sie preßte sich Erlösung suchend gegen ihn, während die rauhen Handflächen, die vom Gebrauch des Degens und der Zügel kündeten, über ihren Rücken glitten und sich besitzergreifend um die Rundung des Gesäßes legten. Mit einem Male wurde Valentine bewußt, was es war, das sich pochend und sehr lebendig fordernd gegen ihre Leiste preßte. Sie zuckte zurück. Die Erinnerung an Gewalt, an Schmerz und erstickende Ernüchterung wurde einmal mehr in ihrem feinnervigen Körper wach.

Aber im selben Moment jedoch ließ der Druck nach, und ein warmer, saugender Mund schloß sich um die sensible Spitze einer Brust, während die zweite, von zärtlichen Fingern gerieben, umschmeichelt und gedrückt wurde. Valentine seufzte und zitterte unter dem Ansturm neuerlicher, wilder Lust. Ein Schauer lief über ihre zarte Haut, und instinktiv nach Erleichterung suchend, rieb sie ihre Oberschenkel aneinander.

Yvain indes kannte kein Erbarmen. Er wußte, welche wirren Gefühle Valentine zwischen Hingabe und Verweigerung schwanken ließen, und er machte sich in rücksichtsloser Raffinesse, ihren Körper zum Verbündeten gegen ihren Geist. Mit seiner Zunge leckte er über die prallen Knospen ihrer Brüste, zeichnete heiße

Spuren über den flachen Leib und hauchte die Hitze seines Atems über die feuchte rosige Blüte ihrer Weiblichkeit, ehe er sie mit seinem Mund und seiner Zunge eroberte.

»O Gott ... was tust du ...?«

Valentine schluchzte vor Verlangen. Das Gefühl dieser elastischen, gleitenden Zunge in den Tiefen ihrer Weiblichkeit verwandelte sie in ein hilfloses Opfer. Ihr Rücken wölbte sich, und ihre Hände schlossen und öffneten sich mechanisch, während sie den Kopf mit fliegenden Haaren von einer Seite zur anderen warf.

Sie war bereit! Sie wimmerte vor Verzückung und Leidenschaft, und dann war da jäh etwas anderes. Drängen, Größe, Härte und das ungeheure Gefühl, bis in die Tiefen des Seins ausgefüllt und besessen zu werden. Unwillkürlich schlossen sich die Muskeln ihres Schoßes um den Eindringling, hielten ihn und schienen ihn tiefer und tiefer in sich ziehen zu wollen. Noch tiefer, noch härter!

»Nein, oh, bitte nicht!« schrie sie enthemmt, als sie fühlte, daß ihre Kraft nicht ausreichen würde, ihn zu halten. Er zog sich zurück. Aber er kam wieder! Mit einem mächtigen Stoß, der in sie drang, und mit einem Male paßte sie sich instinktiv dem Rhythmus an. Er trieb sie vorwärts, hieß sie, sich hemmungslos entgegenzuwerfen und sich dem Strom anzuvertrauen, der unaufhaltsam in das tiefste Herz des Vulkans führte.

Ihre Hände krallten sich schonungslos in seine Schultern, hinterließen rote Male auf ihrem Weg, ehe sie sich tief in die Haut gruben. Yvain spürte den Schmerz nicht. Die stürmische Reaktion Valentines ließ keine Kontrolle mehr zu. Da war nur noch Lust, Raserei, Taumel. Der Wunsch, sich in die Tiefen dieses zuckenden Leibes zu graben und sich gemeinsam aufzulösen.

Die Spannung entlud sich in purem Fieber. Valentine spürte ein Beben in sich, ein unaufhaltsames Strömen, das stärker und stärker wurde, je näher sich der drängende Fremde in ihr dem Zentrum der Lust näherte. Sie tauchte in die Glut, verbrannte und sank in grenzenlose samtige Dunkelheit. Unendliche Zärtlichkeit. Ein Empfinden bar jeder Beschreibung.

Sie merkte nicht mehr, daß Yvain de Tournai kraftlos über ihr zusammenbrach. Erschöpft von einem Akt nie gekannter Glut und gebrandmarkt von einem Gefühl, das er nicht identifizieren konnte.

## 12. Kapitel

Später, wenn Valentine an diese Nacht zurückdachte, war sie stets unter einem Mantel der Unwirklichkeit verborgen. So als habe sich für die Stunden zwischen den Tagen jenes Gemach aus dem Palast des Louvre entfernt und sich zwischen den Sternen befunden.

Nur so konnte sie sich die Tatsache erklären, daß es ihnen gelungen war, für diese Spanne alle Sorgen und jedes Mißtrauen zu vergessen, das sie einander trotz allem entgegenbrachten.

Die Nacht hatte ihr ein Paradies gezeigt, von dessen Existenz Valentine keine Ahnung gehabt hatte. Weshalb war ihr mit Gontier de Gramont dieses Erlebnis versagt geblieben?

Auch Yvain de Tournai hatte sie sicher nicht aus Gründen der reinen Nächstenliebe bei sich aufgenommen. Allein, welche genauen Motive er dafür besaß, das blieb auch nach jener Nacht sein Geheimnis. Als Valentine am Morgen die Augen aufschlug, kündete der Stand der Sonne, daß sie bis in die Mittagszeit hinein geschlafen haben mußte, und ihre Kammerfrau trug jenen Zug von Vertraulichkeit um den Mund, der die junge Frau zur Vorsicht gemahnte.

Anne Dugros wartete daher vergebens auf eine Bemerkung ihres schönen Schützlings. Obwohl Valentine auch nach einem langen, entspannenden Bad das Gefühl hatte, ihr Körper fühle sich anders als zuvor an, verlor sie bei der Kammerfrau kein Wort darüber. Sie trocknete sich ohne die Hilfe einer Magd ab und ließ sich in das Gewand helfen, das Madame Dugros für diesen Tag vorgesehen hatte.

Es handelte sich um ein ausgesuchtes, moosgrünes Samtgewand mit goldbestickten Borten und offenen, goldgefütterten Ärmeln, deren Spitzen bis auf den Boden hingen. Darunter gehörte ein blasses, goldschimmerndes Seidengewand, dessen üppig gebauschte Ärmel elegant zur Wirkung kamen, weil die grünen Samtärmel bis zum Boden geschlitzt waren und lediglich in Höhe des Ellbogens von koketten goldenen Schleifen zusammengefaßt wurden. Die hochgeschlossene Robe endete in einer streng gefältelten, sehr kleinen, spanischen Halskrause aus venezianischen Spitzen.

Madame Dugros wies die Zofe an, Valentines üppiges Haar zu mehreren Zöpfen zu flechten, die sie letztendlich in einer komplizierten Schlingfrisur auf ihrem Scheitel zu einer Art Krone formte. Darüber kam ein kaum handtellergroßes Käppchen aus dem Samt des Kleides, von dem ein hauchdünner, goldgetönter Schleier bis zur Hüfte rieselte. Er war so fein, daß die junge Frau kaum sein Gewicht spürte, wenn er sich bei jeder Bewegung leicht bauschte.

Valentine lehnte jeden Schmuck zu diesem Gewand ab, das mit seinen schweren Goldstickereien sich selbst Schmuck genug war. Sie griff jedoch nach dem funkelnden Smaragd und schob ihn wieder über den Mittelfinger der rechten Hand. Sie gab sich keine Rechenschaft darüber ab, daß sie ihn somit als Besitz anerkannte. Aber tief in ihrem Herzen wußte sie, daß er sie an den Beginn einer Nacht erinnerte, die sie nie vergessen würde.

Sicher war es eine Sünde, daß diesem Erinnern ein wohliger Schauer beigemischt war, sogar eine winzige

Hoffnung auf andere Nächte dieser Art. Es war eine Sünde. Aber wozu beichten? Sie war die Dirne eines Mannes und somit ohnehin eine Sünderin.

»Prächtig!«

Das gelassene Kompliment Yvain de Tournais veranlaßte sie, sich der offenen Tür zuzuwenden. Wie lange er dort wohl schon stand?

Wie üblich trug er Schwarz. Lediglich eine schwere Gliederkette aus Goldmünzen lag auf dem gefältelten Wams, und der breite Kragen sowie die eleganten Manschetten blendeten in weißer Spitze. Die Sonne spiegelte sich in seinen kniehohen, spanischen Lederstiefeln, und der schlichte Degen hielt den hüftlangen Mantel zurück.

Der Seigneur erwiderte die stumme Musterung. Er fand Valentine im wahrsten Sinne des Wortes glanzvoll. Ihre klaren Augen funkelten, die seidige Haut schimmerte wie feinster rosiger Marmor, und die Krone ihrer Haare verlieh ihr fürstliche Würde. Die leidenschaftliche Nymphe der Nacht hatte sich in eine Prinzessin verwandelt.

Durfte er ihr sagen, was er erfahren hatte? Sollte er die Ruhe in den leuchtenden Augen zerstören? Allein, was blieb ihm schon anderes übrig. Der Hof schwirrte vor Gerüchten, und sobald sie diese Räume verließ, würde man es ihr früher oder später ganz sicher zutragen.

»Gönnt mir ein wenig Eurer Zeit und leistet mir bei einem kleinen Imbiß Gesellschaft«, zwang er sich, den Stier bei den Hörnern zu packen.

Valentine legte ihre Fingerspitzen in seine ausgestreckte Hand und errötete, als ihr die vertraute Wärme bewußt wurde. Sie spürte seinen Blick wie eine Berührung, und die Tatsache, daß sie mit Ausnahme des Gesichts und der Fingerspitzen keinen Zoll Haut zeigte, konnte nicht verhindern, daß sie seine Küsse auf ihrem Leib zu spüren glaubte. Bei Gott, er hatte sie keine Lektion gelernt, er hatte sie mit einer Droge bekannt gemacht! Mit einem Rauschmittel, das man von Gebrauch zu Gebrauch süchtiger verlangte.

Sie konnte nicht ahnen, daß sich Yvain de Tournai mit ganz ähnlichen Gefühlen herumplagte, während er sie zu dem gedeckten Tisch führte, der im Nebenraum vor der Fensternische stand. Am liebsten hätte er ihr das züchtige elegante Gewand von den Schultern gerissen, um die Süße ihrer Haut und die Weichheit ihrer Formen zu finden. Sein Begehren regte sich bei der bloßen Vorstellung. Das verhaltene Beben ihrer Fingerspitzen genügte, um ihn halb närrisch vor Verlangen zu machen.

Bei Gott, wie war das möglich? Er hatte diesen Leib erobert, besessen, berührt und verführt. Es gab keine Stelle mehr, die er nicht geküßt, gestreichelt oder gesehen hatte. Kein Geheimnis mehr. Und doch . . . er wünschte, es wäre Nacht und er müßte ihr nicht sagen, daß sein verdammter Vetter im Louvre eingetroffen war, um seine junge Gemahlin dem König zu präsentieren!

»Ihr seid mit Euren Gedanken weit fort«, sagte Valentine in diesem Moment und nahm eine der duftenden Erdbeeren, die in einem Schälchen bereitstanden. Sie grub die kleinen weißen Zähne in das Fruchtfleisch, und Yvain hatte Mühe, sich auf ihre Worte zu konzentrieren.

»Was ficht Euch an? Ihr seid zornig! Habe ich Euch mißfallen?«

Die scheue, unsichere Frage war das letzte, was er von der eleganten Erscheinung erwartet hatte.

»Mißfallen? Bei Gott!«

Yvain de Tournai riß sie in seine Arme und küßte den zarten Mund, der nach Erdbeeren und Frische schmeckte, mit verheerender, ausschließlicher Gründlichkeit.

Valentine schmeckte Blut, aber der Schmerz drang nicht bis in ihr Bewußtsein vor. Sie erwiderte den gewalttätigen Kuß mit einem Aufflammen der Leidenschaft, die seiner ebenbürtig war. Ihr Hunger nach seiner Berührung, seiner Leidenschaft, glich dem seinen.

Sie rang nach Atem, während er mit dem Daumen die Umrisse ihrer schwellenden Lippen nachfuhr und sie mit der anderen Hand an sich drückte.

»Nein, du hast mir nicht mißfallen, Valentine la Forche. Ich bin eben dabei zu entdecken, daß du mir viel mehr Freude bereitet hast, als ich zu hoffen wagte.«

Die vertraulich liebevolle Berührung bannte Valentine atemlos an ihren Platz. Das Gewand erschien ihr plötzlich zu eng, das Mieder zu fest geschnürt, die Halskrause ein Folterinstrument.

»Ihr müßt etwas zu Euch nehmen«, mahnte er in diesem Moment und drückte sie sanft auf den gepolsterten Fenstersitz. »Habt Ihr denn keinen Hunger?«

»Nur nach Euch!« antwortete Valentine in ihrer verhängnisvollen Ehrlichkeit.

Sie wurde damit belohnt, den souveränen Seigneur verlegen zu sehen. Eine leichte Röte färbte seine Stirn, und die Geste, mit der er auf die Speisen deutete, wirkte ein wenig fahrig.

»Dann eßt«, kommandierte er barsch, um jene Bewegung zu verbergen, die sie hervorgerufen hatte. »Ihr werdet Eure Kräfte benötigen.«

Valentine nickte gehorsam und bemerkte erstaunt, daß sie tatsächlich entsetzlichen Hunger hatte. Sie begann mit systematischer Gründlichkeit, sich der Speisen anzunehmen, die der Seigneur für sie hatte bringen lassen.

Während er selbst nur an einem Becher mit verdünntem Wein nippte und ab und zu eine der kleinen Pastetchen naschte, löffelte die junge Frau eine kräftige Brühe mit verquirltem Ei. Sie bediente sich an einem Kalbsragout und bei den eingelegten Fischen, griff nach dem frischen hellen Brot und füllte sich mehrmals ihren Becher aus der Wasserkanne nach. Danach dezimierte sie die Mandeltörtchen und endete mit den restlichen Erdbeeren, ehe sie mit einem entschuldigenden Lächeln die Finger in die Schale mit dem Rosenwasser tauchte.

»Ich habe Euch alles weggegessen ...«

»Es beruhigt mich, daß Euer Appetit nicht gelitten hat«, flüchtete sich Tournai in seinen gewohnten, beißenden Spott.

Jetzt war es an Valentine zu erröten, und der Seigneur schalt sich innerlich einen Tölpel. Er hatte sie nicht in Verlegenheit bringen wollen. Er suchte nur nach den richtigen Worten.

»Mein Vetter ist zurück!« entschloß er sich abrupt für dieselbe Ehrlichkeit, die Valentine bevorzugte. »Er hat mit seiner jungen Gemahlin im Stadthaus der Flamberts Wohnung bezogen.«

Valentine ließ das Tuch sinken, an dem sie ihre Finger abgetrocknet hatte. Eine kleine, unmerkliche Falte stand auf ihrer Stirn. Gontier de Gramont und seine Gemahlin? Er war also wieder da ...

»Er hat keine Zeit verloren«, murmelte sie geistesabwesend.

»Man denkt inzwischen, daß sich seine Abreise und die Verschwörung nur zufällig überschnitten haben. Jedermann nimmt an, daß die Hochzeit längst geplant war, denn jedermann wußte von der Verlobung.«

»Jedermann bei Hofe«, verbesserte Valentine korrekt, aber immer noch seltsam zerstreut. »Was meint Ihr, wird er mich erkennen? Mich verraten?«

»Was sollte er verraten? Daß er Euch mißbraucht und Euch Henriette als Botin zur Verfügung gestellt hat? Er wird sich hüten, auf diese Vorfälle anzuspielen. Er ist gezwungen zu schweigen und den jung verheirateten Ehemann zu spielen, der keine anderen Interessen als die eigene Frau hat, damit der König keinen Verdacht schöpft. Valentine la Forche hat nichts von ihm zu befürchten ...«

Aber er von mir, fügte die junge Frau erwachend im geheimen hinzu. Sie wollte Gontier zu ihren Füßen sehen. Winselnd, gedemütigt und zerbrochen. Jeder einzelne ihrer rachsüchtigen Gedanken stand auf ihren Zügen, und Yvain de Tournai mußte einen seltsamen Schauder unterdrücken.

War er dabei, seine leidenschaftliche Geliebte zu verlieren, noch ehe er sie richtig besessen hatte? Gontiers Schönheit schien die Damen anzuziehen, und er erreichte mit einem Lächeln mehr als jeder andere Mann. War Valentine ihm gewachsen?

»Bei Gott, wer ist das?«

Gontier de Gramont starrte auf die Frau in Grün und

Gold, die neben Maximilien de Rosny stand und sich seine Komplimente in einer Mischung aus Geduld und Koketterie anhörte.

»Aaah, du sprichst von der schönen Valentine? Kann es sein, daß du sie nicht kennst?«

Maurice de Chalis faßte vertraulich nach dem Arm seines Freundes Gontier de Gramont und machte ihn mit dem neuesten Hofklatsch bekannt.

»Dein schurkischer Vetter hat sie bei Königin Margot aufgetrieben. Eine kleine Witwe, die mit der hohen Dame aus der Auvergne gekommen ist. Keine Familie, kein Vermögen, aber welch eine Schönheit! Dieser Charme, diese königliche Haltung!«

»Was hat mein Vetter mit ihr zu schaffen?« knurrte Gramont in kaum unterdrücktem Grimm.

»Sie ist seine Geliebte, mein teurer Freund!« erklärte der andere. »Er überschüttet sie mit Geschenken und Juwelen und weicht nicht von ihrer Seite. Er ist völlig närrisch nach ihr. Sieh nur, wie er sie betrachtet. Man könnte meinen, er kann den Augenblick nicht erwarten, bis er sie wieder in seinem Alkoven unter sich hat.«

Erst jetzt entdeckte Gontier de Gramont, daß Valentine sich in Begleitung befand. Wie üblich hielt sich Yvain de Tournai im Hintergrund und beobachtete die Szene wie der Falke seine Beute. Allein, kein Raubvogel konnte jenes Glitzern von Besitzerstolz in den Augen haben. Jene Miene eines befriedigten Mannes aufsetzen, der sein neuestes Spielzeug präsentiert.

»Tournai, eine Maitresse, man faßt es kaum«, spottete de Chalis leise weiter. »Bisher hatte ich angenommen, daß Euer stolzer Verwandter dem mönchischen Ideal der Tempelritter nacheifert. Aber auch der standhafteste Mann gerät ins Wanken, wenn ihm die Versuchung in so vollkommener Ausfertigung über den Weg läuft. Ich wäre gerne bereit, seine Nachfolge bei der entzückenden Dame anzutreten, wenn er ihrer einmal müde wird.«

Gontier de Gramont merkte, daß er die Fäuste geballt hatte und bemühte sich, seinen Unwillen besser zu verbergen. De Chalis nahm nichts von dem Ärger wahr, der in ihm tobte. Er genoß es förmlich, seinen Freund mit genaueren Einzelheiten zu versorgen.

»Man sagt, Tournai ist Wachs in ihren Händen. Er ist stets an ihrer Seite und läßt kaum zu, daß sie beim Tanz mit einem anderen Kavalier in Berührung kommt. Nun, was erzähle ich da ... wie geht es Euch, mein Bester? Wie bekommt Euch das Eheleben? Man sagt, daß Flambert seiner Tochter eine phänomenale Mitgift mit auf den Weg gegeben hat. Das konntet Ihr brauchen ...«

Das meckernde Gelächter überhörend, folgte Gontier de Gramont dem grün-schwarzen Paar, das dem Empfang des Königs beiwohnte, mit seinen Blicken. Seine Majestät erwartete den spanischen Botschafter, und jedermann wußte, daß man einem höchst dramatischen Ereignis beiwohnen würde. Besonders wenn man an Monsieur de Biron dachte, der noch immer im Kerker auf sein Urteil wartete.

König Philipp von Spanien erhob Anspruch auf den französischen Thron. Seine Gemahlin Elisabeth von Valois war ebenso wie Marguerite eine Tochter des verstorbenen Heinrichs II. Aber Philipp hatte sich nicht von seiner Frau getrennt, wie Heinrich es wegen Margots Kinderlosigkeit getan hatte. Das nach außen hin strenge diplomatische Zeremoniell vermochte niemand darüber hinwegzutäuschen, daß der König den Botschafter eines Mannes empfing, der Ansprüche auf seinen Thron erhob.

Valentine Pelletier bei diesem feierlichen Anlaß in solcher Begleitung? In dieser Eleganz mit einem Smaragd an der Hand, der das Lösegeld eines Königs übertraf? Das konnte nicht wahr sein. Es handelte sich vermutlich lediglich um eine frappierende Ähnlichkeit. Um eine seltsame Laune der Natür.

Gontier de Gramont versuchte sich zu beruhigen. Er hielt Ausschau nach seiner frisch angetrauten Gemahlin, die sich ihrem Rang gemäß unter den Damen Königin Maries befand. Dort paßte sie auch hin. Ebenso gedrungen wie die Bankierstochter aus der Toskana, war Estelle de Flambert, die neue Dame von Gramont, ihr optischer Gegensatz in Flachsfarben und nichtssagend. Farblos von den kaum sichtbaren Brauen über die bleichen Lippen bis hin zu den hellen Haaren, die glücklicherweise eine perlenbestickte Haube verbarg. Ebenso wie die Massen ihres weichen, nachgiebigen, fülligen Fleisches unter Brokat und Seide verschwanden. Schon in der Hochzeitsnacht hatte er nur unter Mühe seine Arbeit verrichten können.

Es war ihm nur gelungen, indem er sich den rassigen grazilen Körper der schönen Kürschnerstochter vorgestellt hatte. Er hatte die schluchzende Estelle mit einer Brutalität in die Wirklichkeit der Ehe geführt, die ihn auf gefährliche Weise befriedigte. Wenn sie nicht mehr weinte, würde er sie schlagen müssen, damit er wenigstens etwas Vergnügen dabei empfand. Obwohl es sich ohnehin nicht mit der Befriedigung vergleichen ließ, die er verspürt hatte, als sich die Jungfer Pelletier unter ihm wand.

Unwillkürlich suchte sein Blick die schöne Geliebte seines Vetters. Die Ähnlichkeit war in der Tat außerordentlich. Er hatte diesen Heuchler ja gleich verdächtigt, daß er es auf Valentine abgesehen hatte. Es war an der Zeit, daß ihm Yvain dieses entzückende Täubchen vorstellte und ihm verriet, wo er es gefunden hatte.

Valentine sah ihn auf sich zukommen, und die schmale Hand mit dem großen Smaragd krampfte sich um Yvains Unterarm. Sonst war ihr jedoch nichts anzumerken. Hoheitsvoll und mit einer völlig neuen, spöttischen Überlegenheit blickte sie auf den attraktiven Chevalier in seinem eisblauen Satingewand, das von neuem Reichtum und ungewohnter Eleganz berichtete.

»Wollt Ihr mir nicht sagen, wer das liebenswürdige Geschöpf an Eurer Seite ist, Vetter?« begann er mit einer so respektvoll eleganten Verneigung vor Valentine, wie er sie bisher nur für die Königin reserviert gehabt hatte. Mit ihrer neuen Erfahrung begriff die junge Frau, weshalb sie so ahnungslos auf ihn hereingefallen war. Man mußte über ein gewisses Maß an Reife verfügen, um hinter seine glänzende Fassade sehen zu können.

»Erlaubt, daß ich Euch meinen nichtswürdigen Vetter vorstelle, Madame Valentine«, entgegnete Yvain de Tournai mit eisiger Stimme. »Gontier de Gramont, frisch gebackener Ehemann, wenn ich mich richtig erinnere. Eure Dame begleitet die Königin?«

»Valentine?« Gontier hatte nur dieses eine Wort der Rede vernommen. Die Ähnlichkeit entpuppte sich aus der Nähe als noch beispielloser, aber sein Verstand weigerte sich noch, die Wahrheit anzuerkennen.

»Seigneur ...« antwortete sie spröde und reckte das stolze kleine Kinn noch eine Spur höher.

Mit ihren hochgetürmten Flechten wirkte sie größer als das vertrauensvolle Mädchen, an das er sich erinnerte. Aber sie war es trotzdem — oder etwa nicht? In seiner Verwirrung schaute Gontier zu Yvain, der keinen Versuch machte, etwas zu erklären.

»Mein Kompliment«, stammelte er endlich töricht und versuchte sich zu fassen. »Verzeiht, ich dachte für einen Moment, ich hätte eine Ähnlichkeit ...«

»Mit einer anderen Frau?« Valentine lachte eine trillernde, glasklare Kaskade von höchst amüsierten Tönen. »Ihr wollt mich necken, Seigneur. Alle Welt versichert mir, ich sei einmalig, und Ihr entdeckt Ähnlichkeiten! Mit wem, bei allen Heiligen?«

Yvain de Tournai war mindestens ebenso fassungslos wie sein Vetter. Einwandfrei, sie flirtete mit diesem Schurken! Sie versuchte ihn zu einem Schoßhündchen zu dressieren, das kläffend an ihren Rocksäumen hing. Welch ein Mut, welch eine Tollkühnheit!

»Verzeiht, Ihr habt recht, ich bin ein Trottel!« bezichtigte sich Gontier de Gramont geschickt und erwiderte das Lächeln mit jenem Verführerblick, auf den hin Valentine vor wenigen Wochen ihr Elternhaus, ihre Ehre und jede Vernunft fortgeworfen hatte.

Inzwischen hatte sie gelernt, derlei zweifelhafte Avancen mit einem ebenso hinreißenden wie verwirrenden Lächeln zu parieren. »Ihr gefallt mir, Seigneur! Es gibt so wenig Männer, die ehrlich sind! Ich hoffe, ich werde Euch noch öfter sehen.«

Der Herold des Königs rettete Gontier de Gramont aus dieser fatalen Lage, ehe er sich noch weiter blamierte. Er kündigte Seine Majestät und ihre Ratgeber an. Die Hofgesellschaft wich zurück, um in eine respektvolle Reverenz vor dem Monarchen zu versinken. Gontier de Gramont beobachtete Heinrich von Navarra, und er sah, daß der Blick des Königs für einen langen Moment auf dem schleierbedeckten Haupt und der grazilen Gestalt von Valentine la Forche ruhte.

Verdammt, sogar der König war dieser hinreißenden Hexe verfallen!

## 13. Kapitel

»Nein!«

Das Wort peitschte durch das kleine Ankleidekabinett, und Madame Dugros hatte die Geistesgegenwart, mit ihren dienstbaren Geistern auf der Stelle zu verschwinden. Valentine sah ihnen nach und hob mokant die dunkelgoldenen Brauen. Ihre Haltung war die einer leicht irritierten Nobeldame.

»Nein?« wiederholte sie sanft und strich das Gewand glatt, das sie beim abendlichen Hofball tragen wollte. Eine venezianische Robe hatte dafür Pate gestanden. Das tiefe Violett des schweren Brokatstoffes unterstrich Valentines Farben, und es wäre ein Kleid gewesen, das immer noch alle Blicke auf sich gezogen hätte, wenn sie es im Sinne der Schneiderin getragen hätte.

Valentine indes hatte auf den Einsatz aus durchbrochenen Spitzen verzichtet, und dementsprechend verschlug Yvain de Tournai ihr Dekolleté fürs erste die Sprache. Fast bis auf den Beginn der rosafarbenen Spitzen entblößt lagen die vollendet geformten Zwillingshügel ihrer schönen Brüste wie zarte goldfarbene Pfirsiche in einem Nest aus feinstem Samt. Das eng geschnürte Mieder betonte ihre pralle Fülle und die unglaubliche Zartheit der Taille.

Zudem hatte Valentines Zofe die feuchten Haare nach dem Waschen zum Trocknen auf zahllose Stoffstreifen gerollt, und nun wellten sich die natürlichen Locken in noch auffälligerer Fülle um das schmale Haupt. Ein Goldreif mit einem Amethyst in der Mitte umspannte die Stirn und bändigte die Haare, die wie ein natürlicher Mantel über Schultern und Rücken fielen, während ein paar besonders vorwitzig gedrehte Locken die Aufmerksamkeit auf das ohnehin bemerkenswerte Dekolleté lenkten. Wie glänzende Kupferpfeile betonten sie das sanfte Tal dazwischen.

»Ihr werdet dieses Gewand nicht so tragen«, knirschte Yvain de Tournai. »Ihr seht aus wie eine venezianische Kurtisane!«

»Ich bin eine französische Kurtisane«, widersprach Valentine leise und strich wie zur Betonung über das enge Oberteil der Robe. Es sah aus, als würden ihre Brüste bei jedem Atemzug das luxuriöse Gefängnis sprengen. »Was ist daran auszusetzen?«

»Seid Ihr so naiv oder so unzüchtig?« schnaubte ihr Beschützer und trat auf sie zu. »Jeder Mann, der Euch sieht, hat nur den einen Wunsch, so schnell wie möglich unter Eure Röcke zu gelangen!«

Er wählte absichtlich die drastische Formulierung, um sie zur Vernunft zu bringen. Aber bis auf eine flüchtige Röte auf den hohen Wangenknochen konnte er keine Reaktion bemerken.

»Was bezweckt Ihr mit diesem Aufzug?« knurrte er eine Spur leiser, denn er kannte sie inzwischen gut genug, um zu wissen, daß sie derlei nicht ohne Berechnung tat.

»Meine Rache, habt Ihr sie schon vergessen?« erinnerte sie ihn sanft.

»Wollt Ihr, daß Gontier vor versammeltem Hofe einen Narren aus sich macht?« traf Yvain de Tournai mitten ins Schwarze.

Indem er die Worte aussprach, fachte er seine Wut nur noch mehr an. Nicht ein Mensch hatte ihn jemals in seinem Leben derart in Zorn versetzen können wie Valentine. Nicht einmal Gontiers schlimmste Streiche hatten ihn in jenen Zustand besinnungsloser, blindwütiger Entrüstung gebracht, den er in diesem Augenblick verspürte.

Er ertappte sich bei dem Wunsch, die Finger um diesen stolzen, rassigen Hals zu legen und solange zuzudrücken, bis sie ihren Starrsinn aufgab. Aber vermutlich würde sie eher zu atmen aufhören, als ihm diesen Gefallen tun. Es lag etwas Selbstzerstörerisches in ihren Handlungen, das er gerade erst zu durchschauen begann. Gontiers Betrug hatte ihren Glauben und ihre Selbstachtung zerstört. Sie spielte eine Rolle, aber sie verkörperte diese Rolle nur auf Zeit. Sie achtete nicht mehr auf ihr Leben.

Wenn es ihm nicht gelang, ihre Seele aus den eisigen Bereichen des Hasses und der Rache herauszuholen, würde er sie verlieren! Yvain de Tournai zuckte unter dem jähen Schmerz dieser unvermuteten Erkenntnis zusammen. Seine stürmische Eifersucht wandelte sich und wurde zu einem anderen, fremderen, seltsameren Gefühl. Furcht? Nein, das konnte nicht sein. Der Seigneur de Tournai hatte vor nichts und niemandem Angst!

»Ich werde nicht zulassen, daß Ihr mit nackten Brüsten vor dem Hofe paradiert«, knirschte er nun unter äußerster Anstrengung rauh hervor. »Ihr werdet das Gewand wechseln, oder Ihr nehmt nicht am heutigen Hofball teil! Entscheidet Euch!«

Valentines dicht bewimperte Lider senkten sich über das Grün ihrer Augen. Sie verbarg ihre Gedanken, die er normalerweise in diesen Pupillen las. Diese Verweigerung machte ihn fast noch zorniger als die Unbekümmertheit, mit der sie sich selbst gefährdete. Sie schloß ihn aus, vertraute ihm nicht!

»Und wenn ich mich weigere?« hauchte sie, und trotz des sanften Tonfalles hörte er Neugier heraus. Was wollte sie wissen? Wie er reagierte?

»Dann werde ich dafür sorgen, daß Ihr mit diesem Fetzen nirgendwohin geht!« drohte er kriegerisch.

»Ihr habt versprochen, daß Ihr mir nie Gewalt antun werdet«, erinnerte ihn Valentine an ihre Abmachung, die er bisher stets eingehalten hatte.

»Dann haltet Euch an meine Befehle, damit ich dieses Versprechen halten kann!«

»Ich kann nicht!«

Jetzt standen sie sich Auge in Auge gegenüber, und Valentine hatte den schönen Kopf in den Nacken gelegt, damit sie seinen Blick erwidern konnte. Ihre Augen leuchteten wie im Fieber, und an ihrer zarten Schläfe pochte eine Ader.

In der Tat, sie gab nicht nach. Sie trotzte ihm mit all der Sturheit, die sie hinter dieser klaren, makellosen Stirn verbarg.

»Dann tragt die Folgen und beschwert Euch nicht!« brüllte er jähzornig und machte einen bedrohlichen, weiteren Schritt auf sie zu.

Valentines Aufschrei ging in dem Reißen des Stoffes unter. Yvain de Tournai hatte das kostbare Gewand an den Schultern ergriffen und es mitsamt dem Unterkleid mit einem heftigen Ruck in zwei Teile gerissen, so daß Valentine mit bloßen Brüsten vor ihm stand. Ehe sie die Hände heben konnte, packte er den Bund und ließ die Röcke und Unterröcke dem Schicksal des Oberteiles folgen. Jetzt stand sie in knielangen, zarten weißen Strümpfen und goldenen Pantöffelchen vor ihm, den Körper wie eine heidnische Gottheit lediglich von Locken überrieselt.

»Ihr seid närrisch ...« rief sie in einer Empörung, die der seinen in nichts nachstand. Wie kam er dazu, etwas so Schönes, wie dieses Kleid aus derart albernen Gründen einfach zu zerstören!

»Ich stimme Euch zu«, beruhigte er sich verblüffend schnell. Er hob sie aus dem Haufen nutzloser zerstörter Stoffe, der sie wie gefallene Blütenblätter umgab. »Ich bin närrisch nach Euch, meine Schönste. Ihr seid mein, und ich werde diesen Anblick mit keinem Manne dieser Welt teilen, habt Ihr verstanden?«

»Laßt mich los!« Valentine zappelte gekränkt in seinem groben Griff. »So haltet Ihr also Euer Wort, Ihr werdet nicht ...«

»Verdammt, halt den Mund, Weib!«

Yvain wußte, daß er das Falsche sagte, das Falsche tat und das Falsche fühlte, aber es war stärker als er. In diesem Moment vergaß er seinen Namen, seine Erziehung, seine Ehre und seine Beherrschung.

Es gab nur diese aalglatte, verführerische Nixe in seinen Armen, deren verlockende Brüste von prallen Spitzen gekrönt vor seinen Augen bebten und die sogar in ihrem abscheulichen, unweiblichen Jähzorn jede andere Frau in den Schatten stellte.

»Ihr werdet nicht ...«

Valentine brach ab, denn sie wurde mit solcher Heftigkeit auf den Alkoven geworfen, daß ihr die Luft wegblieb.

Der bestickte Baldachin drehte sich vor ihren Augen, und ihre Arme wurden von einer unbarmherzigen Faust über ihrem Kopf festgehalten. Die offenen Haare über dem Gesicht prustete sie keuchend und rang heftig nach Atem, um ihren Protest zu artikulieren. Plötzlich erkannte sie, was er tat.

Durch die Haarsträhnen behindert, konnte sie dennoch beobachten, daß er an den Schnüren seiner Hose nestelte und seine aufgerichtete Männlichkeit befreite. Eine drohende Lanze, die plötzlich eine Waffe in jenem Krieg zu sein schien, den sie miteinander führten.

»Nein!« Valentine erstarrte augenblicklich. »Ihr werdet nicht ...«

Ihre Kraft reichte nicht aus, um ihm Widerstand zu leisten. Er drängte seine Finger zwischen ihre Schenkel, und ehe sie sich's versah, hatte er gewaltsam ihre Beine auseinandergedrückt. Schutzlos lagen die Geheimnisse ihrer Weiblichkeit vor ihm.

»Nein! Laßt mich!«

Valentines Augen schlossen sich in grenzenloser Enttäuschung. Er würde ihr weh tun! Der einzige Mann, dem sie ein zwar beschränktes, aber wenigstens ein bißchen Vertrauen entgegengebracht hatte, nahm sie mit derselben Rücksichtslosigkeit wie sein schurkischer Vetter! Sie waren gleich, diese beiden!

Allein, er bereitete ihr keine Schmerzen! Valentine hatte sich nie bewußt gemacht, wie sehr ihr Körper ihm bereits gehörte. Sein bloßer Anblick genügte, um ihre Sinnlichkeit zu erregen, und die verräterische Falle, die sich seidig und naß um ihn schloß, besiegelte ihre Niederlage. Sie war längst bereit für ihn. Ihre Empörung, ihr Zorn, ihre Beschämung flammten zu einer wilden zornigen Leidenschaft auf, in der sie nicht mehr wußte, ob sie vor Entrüstung oder vor Verlangen zitterte.

Wie eine Zange schloß sie ihre schlanken Beine um

seine Oberschenkel und warf sich den hitzigen Stößen entgegen, die sie eroberten und besiegen wollten. An ihren Brüsten spürte sie das leichte Kratzen der Stickerei seines Wamses, und die erregende Berührung vertiefte die Ekstase eines Aktes, der pure Gewalt gab und mit ebensolcher Gewalt beantwortet wurde. Wieder und wieder, bis sie beide im selben Herzschlag auf dem Kamm der Welle verharrten, die sich im nächsten Moment brechen würde.

Valentine starrte einen atemlosen Moment in das strenge Männergesicht, um dessen Mund ein Zug von Schmerz lag und in dessen Augen sie dasselbe grenzenlose Erstaunen fand, das sie selbst beherrschte. Sie waren eins! Ein Körper, eine Seele, ein Fühlen.

Dann löste sich alles auf. Blendende Lichter stachen in ihre Augen, und ein so unerbittliches, heftiges Zittern durchrieselte die vereinten Körper, daß sie einander heftig umschlingend Halt suchten. Die Welt ging unter, und wenn Valentine es wirklich bemerkte, dann nur mit einer flüchtigen Spur von Zufriedenheit. Es war gut so, wie es war. Intensivere Gefühle konnte man nicht mehr empfinden. Jetzt konnte die Welt ihretwegen ruhig untergehen.

»Verzeih bitte. Ich weiß nicht, was in mich gefahren ist ...«

Valentine spürte ein feuchtes Tuch, das über ihren Körper glitt. Sanfte Hände, welche die Spuren ihrer Leidenschaft beseitigten und sie schließlich in ein Seidendecke hüllten, aus der nur ihr Kopf mit der wirren Festfrisur hervorsah, der seltsamerweise noch den Reif mit dem Amethyst trug. »Bitte trink ...«

Sie schluckte den kühlen, hellen Wein, der nach Muskat und jungen Trauben schmeckte, ehe sie den

Mann betrachtete, der sie behutsamer umsorgte, als es jede Kammerfrau hätte tun können. Er hatte seine Kleider geordnet. Ein scharfer roter, blutiger Strich, der quer über seine Wange verlief, erregte Valentines Aufmerksamkeit.

Sie hob die Hand und berührte die Wunde. »War ich das?«

»Der Ring«, antwortete er knapp und hielt still unter dieser Verbindung.

»Es tut mir leid«, wisperte Valentine und nahm die zweite Hand aus der Decke.

Sie umfing seine Wangen mit ihren Handflächen und beugte sich vor. Sie küßte zart die Wunde, und ohne daß sie wußte, was sie dazu trieb, leckte sie mit der Zungenspitze sacht über den blutigen Riß in der straffen Haut. Sie wollte ihn heilen, ihn kosten, ihn um Verzeihung bitten für die Wunde.

Yvain stieß einen unartikulierten Laut aus und umschloß sie in einer Umarmung, ehe er ihren Mund zu einem innigen Kuß suchte. Sein Blut, sein Geschmack, seine Leidenschaft. Valentine unterwarf sich. Sie war sein. Bedingungslos.

Durch das halboffene Fenster strich die laue Luft einer milden Julinacht. Von ferne klang die Musik des Hofballes und die Geräusche der Stadt. Valentine lag in Yvains Armen, die Wange auf seine Schulter gepreßt und die Hand spielerisch in den dunklen Locken verschlungen, welche die Brust bedeckten und in einem spitzen Pfeil auf den flachen Bauch hin ausliefen.

»Überlaßt es Gontier, sich selbst zu ruinieren«, raunte Yvain und umschlang seinerseits eines der goldfarbenen Löckchen an ihrer Schläfe mit dem Daumen seiner Hand. »Er verdient es nicht, daß Ihr Euch seinetwegen in Gefahr begebt.«

»Gefahr?« Valentines Stimme klang schläfrig, denn die wütende Leidenschaft ihrer Vereinigung forderte langsam ihren Tribut. »Ihr meint, beim nächsten Mal werdet Ihr mir alle Knochen brechen?«

»Freches Geschöpf!« Eine Hand plazierte einen zärtlichen Klaps auf ihrem Po. »Ihr habt mir das Mark aus den Knochen gesaugt, wenn Ihr es genau wissen wollt. Wie ich bei Sonnenaufgang aufstehen und bei der Jagd Seiner Majestät mitreiten soll, ist mit ein Rätsel. Im Augenblick könnte ich höchstens eine Sänfte besteigen!«

Valentines Lippen verzogen sich zu einem Lächeln. Er spürte die Berührung an seiner Schulter und schaute prüfend nach, ob er recht hatte. Sie sah sehr versonnen aus, ein wenig zerzaust und gleichzeitig kindlich unschuldig. Wahrhaftig, sie verfügte über mehr Gesichter als alle Fresken des Königreiches zusammen.

Die vergangenen Wochen an ihrer Seite hatten sie zu einem unverzichtbaren Teil seines Lebens gemacht. Es gefiel ihm zu beobachten, wie sie sich bei Hofe einfügte, mit Königin Margot plauderte, einen so trockenen Bürokraten wie Maximilien de Rosny mit ihrem Charme bezauberte und gleichzeitig Gontier de Gramont ihren verführerischen Körper wie einen Köder vor die Nase hielt.

Gontier hatte bisher nicht gewagt, die Frage zu stellen, die ihn förmlich umbringen mußte. War Valentine die schöne Kürschnerstochter, die er so schnöde verlassen hatte, oder narrte ihn seine eigene Erinnerung wegen einer zufälligen Namensgleichheit?

Es bewies, daß er sich nie die Mühe gemacht hatte, die Person kennenzulernen, die sein Begehren geweckt hatte. Er vermochte nicht aufgrund bestimmter Gesten oder Eigenschaften seine Vermutungen zu präzisieren. Er war auf das angewiesen, was Valentine ihm sagte, und sie machte sich ein Vergnügen daraus, seine wachsende Unsicherheit mit kleinen Bosheiten zu schüren.

Anfangs hatte ihn dieser rachsüchtige Zeitvertreib seiner schönen Dame amüsiert, aber der vergangene Abend hatte ihm bewiesen, daß da noch etwas anderes im Spiel sein mußte. Ein Gefühl, von dem er nie geahnt hatte, daß er es in dieser ausschließlichen Heftigkeit empfinden konnte: Eifersucht! Nackte Eifersucht! Sie in diesem Gewand zu finden, mit bloßen Brüsten, die sie aller Welt präsentieren wollte, hatte ihn rot sehen lassen.

Es war zudem nicht zu verkennen, daß Gontier seine kleine Gattin längst vernachlässigte und einem Abenteuer nicht abgeneigt war. Die Art, wie er Valentine anstarrte, bewies hinreichend, in welche Richtung seine Gelüste unterwegs waren. Unwillkürlich spannte sich Yvains Hand fester um den Körper an seiner Seite. Er dachte nicht daran, auf eine Frau zu verzichten, die ihm solche Genüsse schenkte.

»Macht mir bloß keine Vorwürfe, wenn Ihr selbst keine Ruhe geben könnt«, schnurrte sie die Geste richtig deutend und hauchte kleine Küsse auf die breite Schulter. Dann strich ihre Hand langsam über seinen Körper und kam exakt an der Kante zwischen Haut und Decke zu liegen. Dort blieb sie, reglos, wie ein müder blasser Vogel, scheinbar ohne Absicht und viel zu nahe.

Bei Gott, diese Zauberin hatte das Spiel von Verheißung und Versuchung im Blut. Sie mußte wissen, daß er auf ihre Berührung lauerte, daß mit einem Schlag alle Müdigkeit fortgeblasen war. Yvain de Tournai knurrte, umfaßte das zerbrechliche Handgelenk und legte die Finger dorthin, wo sie erwartet wurden.

»Was habt Ihr vor mit mir, Valentine? Wollt Ihr mich strafen?«

Durch das seidige Hindernis der leichten Decke drängte sich der pralle Schaft in ihre Hand. Valentine zog scharf die Luft ein. So bewußt hatte sie ihn noch nie berührt, denn da war immer noch ein Rest von Hemmung gewesen. Weibliche Angst vor einem Teil des männlichen Körpers, der zugleich Schmerzen und Wollust verursachen konnte. Der in seiner wechselnden Gestalt fremd und erschreckend war. Aber vielleicht war es weniger das Werkzeug, das sie fürchten sollte, als die Absicht, die dahinterstand.

Von Yvain hatte sie nur Leidenschaft erfahren. Beglückung und Ekstase, sogar in jener letzten wütenden Begegnung, die mehr eine Schlacht als ein Liebesakt gewesen war. Eine Schlacht mit zwei Gewinnern. Es gab nur eine einzige Erklärung dafür.

Es mußte mehr zwischen ihnen sein als nur die Verbindung purer Leidenschaft. Zum ersten Male akzeptierte sie, daß es etwas gab, daß sie darüber hinaus mit dem Seigneur de Tournai verband. Etwas, das nicht nur den Körper, sondern auch den Kopf, die Seele mit einbezog. Eine Art von neuem Vertrauen, die es ihr erlaubte, ihre Angst und ihre Selbstkontrolle zu vergessen.

Sie hob die Decke und wagte die direkte Berührung.

Sie konnte sehen, was ihre Hand anrichtete, während sie über die seidig heiße Spanne streichelte. Sie empfand das Echo dazu in ihrem eigenen Leib. Wie gut er sich anfühlte, wie stark und mächtig. Der Gedanke, diesen Schaft in sich zu fühlen, ließ sie sofort schneller atmen.

Ein verführerischer Gedanke, viel sinnvoller als jener an Gontier de Gramont. Vielleicht hatte der Seigneur ja recht. Sollte er sich in seiner dummen Eitelkeit doch selbst ruinieren.

»Ihr bringt mich um ...«, hörte sie Yvain de Tournai ächzen, und sie sah voller Erstaunen, daß kleine Schweißperlen auf seiner Stirn standen. Erschrocken zog sie ihre Hand zurück.

»Verzeiht, ich ...«

»Bei Gott, Ihr seid die Strafe für alle Sünden meines Lebens«, keuchte Yvain de Tournai und legte die Hand ein zweites Mal an Ort und Stelle. »Hättet Ihr die Güte, Euer begonnenes Vernichtungswerk wenigstens fortzusetzen, Madame?«

Valentine stutzte, dann schenkte sie ihm ein Lächeln, das fast ebenso schlimm wie die Verführung ihrer Finger war.

»Es gefällt mir, Euch in der Hand zu haben, Seigneur ...«

»Das denke ich mir ...«, stöhnte der Mann, dem dieses Lächeln galt, und dann war nur noch der Atem der Leidenschaft zu hören, der das ewig alte Spiel zwischen Mann und Frau begleitete.

Im großen Saal nahm zur selben Zeit der Hofball seinen Verlauf, und während sowohl der Herr von Gramont wie auch Seine Majestät König Heinrich von Frankreich nach Valentine la Forche und ihrem Beschützer Ausschau hielten, verschwendeten die beiden Menschen, denen diese Aufmerksamkeit galt, keinen einzigen Gedanken an den Glanz des Hofes. Sie fanden sich in einer Leidenschaft, als würde sie eine innere Stimme vor den kommenden Ereignissen warnen.

## 14. Kapitel

»Der König hat *was* getan?«

Yvain de Tournai starrte Marguerite von Valois an, die sich von einem bildhübschen, halbwüchsigen Pagen eine Schüssel mit Kirschen reichen ließ und sorgsam ihre Wahl traf.

»Er hat Herzog de Biron, Marschall und Pair von Frankreich, im Hofe der Bastille den Kopf abschlagen lassen«, verkündete Königin Margot mit jener Gelassenheit, welche die Tochter Katharina von Medicis auszeichnete, wenn es um politische Notwendigkeiten ging. »Immerhin hat er es mit Stil getan. Man hat mir berichtet, das Schafott sei mit schwarzen Tüchern behängt gewesen, und ein feierlicher Trommelwirbel habe die Hinrichtung seines Feindes begleitet.«

»Bei Gott!« Yvain de Tournai hatte den König nicht um die anfälligen Entscheidungen beneidet, aber die Konsequenz, mit der jener sich seiner gefährlichen Gegner entledigte, beeindruckte ihn wider Willen. »Und der Graf d'Auvergne?« fügte er hinzu.

Madame Margot wählte die nächste Kirsche, ehe sie ihm einen spöttischen Blick unter leicht gehobenen Brauen zuwarf.

»Ihr wart nicht beim Hofball, mein Lieber. So ist Euch entgangen, daß die Marquise de Verneuil daran teilgenommen hat. Strahlend schön und im Bewußtsein ihrer Macht, die sie über den armen Henri ausübt. Er ist dieser Hexe verfallen, er hat sich den neuerlichen Zugang zu ihrem Bett mit der Begnadigung ihres Stiefbruders erkauft.«

»Sie ist wieder in Paris?«

»Und im Louvre«, vervollständigte die ehemalige Königin den Satz betont. »Ich warne Euch, Yvain! Wenn sie herausbekommt, wem sie ihre vorübergehende Verbannung verdankt, wird sie Mittel und Wege finden, Euch zu schaden! Das Vertrauen des Königs in diese intrigante Person ist leider grenzenlos.«

De Tournai schwieg. Er hatte den König auf der morgendlichen Jagd begleitet, aber weder der König noch seine Begleiter hatten ein Wort über die Ereignisse des Abends zuvor oder jene, die sich in ihrer Abwesenheit in der Bastille ereignen würden, verloren. Absichtlich oder auf Befehl?

Madame Margot sprach mit einem Hauch von Ungeduld in der Stimme weiter. Yvain de Tournais gedankenverlorenes Schweigen reizte sie.

»Habt Ihr Euch überlegt, daß auch Eure hübsche Gefährtin in Gefahr schwebt? Die Marquise de Verneuil ist kein Seigneur de Gramont, der sich an der Nase herumführen läßt. Sie wird Valentine erkennen und zwei und zwei zusammenzählen. Sie wird kein Risiko eingehen wollen. Eure Gefühle für Valentine la Forche machen Euch angreifbar! Bringt sie fort aus Paris! Schafft sie auf Euer Schloß, ehe es zu spät ist.«

Unwillkürlich wandte sich Yvain de Tournai zu jener Gruppe von Frauen, die unweit in einer schattigen Gartenlaube des Hôtel de Sens saß und dem Lautenspiel eines glutäugigen italienischen Sängers lauschte. Valentine hatte sich mit Margots Erlaubnis zu ihnen gesellt, denn die hohe Frau hatte mit Yvain alleine sprechen wollen.

Jetzt begriff er, weshalb. Sie wollte nicht, daß Valentine von der Gefahr erfuhr, in der sie schwebte. Sie hatte es sich wie er zum Ziel gesetzt, dieses Mädchen zu beschützen.

»Wer sollte ihr etwas vorwerfen können?« murmelte er widerstrebend. »Sie besitzt die Unschuld eines aufrechten Herzens und hat keinerlei Verrat begangen. Die einzige Lüge, die ihren Namen belastet, haben wir ohne ihr Zutun für sie erfunden.«

»Ihr wollt sie an Eurer Seite haben«, durchschaute die ehemalige Souveränin seine Gedanken weit besser als er selbst. »Sie hat Charme, Witz und eine natürliche Intelligenz, die es zum Vergnügen macht, mit ihr zu plaudern. Ich verstehe sehr gut, daß Ihr sie in Euer Herz geschlossen habt. Ich empfinde das gleiche. Ich habe nicht gesagt, daß Ihr Euch von Ihr trennen sollt. Kümmert Euch um Eure Ländereien und kehrt dem Hof den Rücken. Ich werde Euch vermissen, aber es ist das Sinnvollste, was Ihr tun könnt. Beauftragt Eure Freunde mit der Wahrung Eurer Interessen und wartet ab . . .«

»Ich bin aber . . .«

In dem Moment, als Yvain de Tournai es leugnen wollte, begriff er, daß er lügen würde. Die schöne Kürschnerstochter war zum unverzichtbaren Bestandteil seines Lebens geworden. Sie steckte in seinem Blut und in seinem Kopf. Der Gedanke, sie wochenlang nicht zu sehen, nicht in die Arme schließen zu können und auf ihren begehrenswerten Körper verzichten zu müssen, erschreckte ihn, noch ehe er die Wirklichkeit überhaupt in Betracht gezogen hätte.

»Ihr müßt es nicht abstreiten«, lächelte Königin Margot, und eine Spur von leiser Melancholie lag in diesem Lächeln wie in ihren Augen. »Es ist dieser Charme, der einen gefangennimmt. Diese Offenheit, die auf alle Winkelzüge verzichtet und direkt auf ihr Ziel steuert. Ich kenne diese Anziehungskraft, diese Leidenschaft für das Leben und die Liebe, ohne Rücksicht auf die Folgen ...«

Jetzt sahen sie zu zweit zu der Gruppe hübscher Frauen hinüber, die von ihren leichten, leuchtend bunten, sommerlichen Seidenkleidern umbauscht, wie ein riesiges Blumenbukett wirkten. Marguerite von Valois liebte es wie ihre Mutter, sich mit schönen Menschen zu umgeben, aber sogar auf diese Entfernung überstrahlte Valentine la Forche die exquisite Ansammlung von Grazie. Es lag etwas natürlich Stolzes in ihrer Haltung und gleichzeitig eine Reinheit, die weit über das übliche Maß hinaus reichte. Eine Reinheit des Herzens.

»Bringt sie fort, ehe Henriette d'Entragues sie zerstören kann«, mahnte die ehemalige Königin leise und winkte dem Pagen, sich mitsamt den Kirschen zu entfernen. »Sie hat es nicht verdient, noch mehr unter Umständen zu leiden, die nicht ihrem Einfluß unterliegen. Ihr hättet es längst tun sollen. Es war klug, daß Ihr wenigstens den Hofball gestern gemieden habt ...«

Die Anerkennung seiner Intelligenz beschämte den Seigneur, denn dieses Versäumnis hatte beileibe nichts mit seiner Klugheit zu tun. Wie es den Anschein hatte, war er sogar auf dem besten Wege, jeden halbwegs gesunden Menschenverstand zu verlieren. Weshalb hatte er nicht früher daran gedacht, daß es der Favoritin gelingen könnte, sich wieder beim König einzuschmeicheln? Weshalb hatte er die Gefahr nicht erkannt, die sie für ihn und Valentine bedeuten würde? Weshalb hatte er keine Vorsorge getroffen?

Immerhin hatte die Dame seine schöne Freundin mit der Übermittlung jenes verräterischen Briefes beauftragt, der Birons Verhaftung verursacht hatte. Sie jetzt als bewunderte Schönheit des Hofes vorzufinden, ließ nur einen Schluß zu, wie sie dorthin gekommen sein konnte. Sie hatte sich ihre Position mit Verrat erkauft!

»Ihr habt recht, Madame«, gestand er Marguerite von Valois seinen Fehler ein. »Ich werde Seine Majestät um Erlaubnis bitten, den Sommer in Tournai verbringen zu dürfen. Er kann es mir schlecht verweigern.«

Die ehemalige Königin sah ihm sinnend nach, als er sich verabschiedete und mitsamt seiner schönen Geliebten durch den Garten zum Ausgang eilte. Höfische Intrigen eilten mit der Geschwindigkeit des Lichts durch den Louvre. Hoffentlich täuschten sie die bangen Gefühle, die sie vergeblich zu vertreiben versuchte. Sie hatte ihr Wort gegeben, sich fern aller politischen Ereignisse zu halten, nur deswegen hatte ihr Heinrich erlaubt, das Schloß von Usson zu verlassen.

Ihn zudem an alte Skandale und seine Verpflichtungen zu erinnern, würde sie schneller in die Auvergne zurückbringen, als sie laufen konnte. Nun, vielleicht blieb es ihr ja auch erspart, sich einzumischen. Vielleicht fand alles ein Ende, ohne die Gespenster der Vergangenheit ans Licht zu zerren.

Yvain de Tournai verlor keine Zeit, seine Pläne in die Tat umzusetzen. Sobald er wieder in seinen persönlichen Gemächern war, wies er sowohl seinen Kammerdiener wie Madame Dugros an, die Truhen zu packen.

Valentine hingegen erfuhr erst davon, als die ungewohnte Betriebsamkeit ihre Aufmerksamkeit erregte.

Niemand konnte ihr Genaueres über die Gründe des Seigneurs sagen. Jedermann beeilte sich, die erhaltenen Befehle zu befolgen, aber allein sie wagte es, Fragen zu stellen. Dummerweise fand sich keine Menschenseele, die sie ihr beantworten wollte.

In zunehmender Ungeduld eilte sie durch das luxuriöse Appartement, von einer inneren Unruhe beflügelt, die sich von allem unterschied, was sie jemals gefühlt hatte. Die vergangene Nacht hatte etwas in ihr verändert. Sie ertappte sich dabei, daß sie sich gekränkt Gedanken darüber machte, weshalb Yvain de Tournai ihr von seinen Entschlüssen nichts mitgeteilt hatte. Er traf Reisevorbereitungen. Weshalb und wohin?

Er mußte doch wissen, daß sie den Louvre nicht verlassen wollte. Daß sie nicht ruhen würde, ehe sie aus Gontier de Gramont denselben Narren gemacht hatte wie er aus ihr. Nur diese Rache zählte.

Aber tat sie das wirklich? Gab es nicht längst Dinge, die ihr wichtiger geworden waren? Die Freundschaft Madame Margots? Das Feuer in den Augen Yvain de Tournais, wenn er sie in den Arm nahm? Die Erinnerung an die vergangene, so ganz besondere Nacht? Die besinnlichen Stunden, in denen er sie Schach lehrte oder mit geschlossenen Augen lauschte, wenn sie ihm ihre Fortschritte im Spiel der Laute vorführte? Welch lange Liste es plötzlich gab, die ihr bedeutsam erschien.

Zum ersten Male empfand sie das friedliche, luxuriöse Leben, das sie an seiner Seite führte, wie ein Geschenk, eine unverdiente Wohltat. Er hatte sie in einen

Kokon aus Überfluß und Müßiggang eingesponnen. Mit seidenen Fäden, glitzernden Juwelen und raffinierten Zärtlichkeiten gefesselt und ihr verwundetes Herz nicht der kleinsten Anstrengung unterworfen. Valentine entdeckte beschämt, daß sie nur genommen hatte und niemals etwas dafür gegeben. Sie stand in seiner Schuld!

Sie kauerte auf ihrem Lieblingsplatz in der Fensternische und sah über die sommerlichen Baumwipfel des königlichen Gartens, wo sich in der Ferne der Dunst und Staub der großen Stadt im Sonnenlicht zu einem goldenen Schleier verband. Sie war nicht länger ein Teil dieser Stadt. Sie hatte sich von der Bürgerin zur Beobachterin gewandelt.

Was sollte aus ihr werden, ohne den Schutz ihrer Eltern, der Fürsorge Yvain de Tournais oder der Freundschaft Marguerites von Valois? War es nicht höchste Zeit, daß sie sich einmal Gedanken darüber machte, was sie wollte und wie sie sich ihre Zukunft vorstellte?

»Öffnet, im Namen des Königs!«

Der barsche Ruf einer Männerstimme durchbrach die Stille des Gemachs und schreckte die junge Frau aus ihren melancholischen Erwägungen. Ehe sie sich indes fragen konnte, was die Aufforderung zu bedeuten hatte, baute sich ein königlicher Gardist vor ihr auf und entrollte ein wichtig wirkendes Pergament.

»Seid Ihr die Person, die man Valentine la Forche nennt?«

Sie nickte stumm und legte in einer willkürlichen Geste des Schreckens die Hand auf das Mieder ihres bestickten Seidenkleides. Das Auftreten des Mannes verhieß nichts Gutes.

»Im Namen Seiner Majestät, König Heinrichs von

Frankreich, Ihr seid verhaftet! Ich habe Anweisung, Euch in die Conciergerie zu verbringen!«

Valentine verstand die Worte, aber ihr Kopf weigerte sich, den Sinn der rüden Sätze in sich aufzunehmen. Verhaftet? Sie? Weshalb?

»Ich begreife das nicht ...« murmelte sie verwirrt. »Ihr müßt den Seigneur de Tournai ... O Gott, wo ist er nur?«

»Gleichfalls verhaftet und in die Bastille verbracht«, entgegnete der Hauptmann weniger barsch.

Gegen seinen Willen fand er sich gerührt von der fragilen, verängstigten jungen Frau, der man deutlich ansah, daß sie keine Ahnung hatte, was mit ihr geschah.

»Weshalb wollt Ihr mich verhaften?«

Valentine versuchte sich auf den Mann zu konzentrieren, dessen rotes, eckiges Gesicht von seiner Vorliebe für Wein kündete. Sie kannte seinesgleichen aus der Rue Groseille. Barsch, aber im Grunde des Herzens gutmütig.

»Hochverrat!« verkündete er nun, als habe er selbst dieses Urteil gefällt. »Man hat den Seigneur im Vorzimmer Seiner Majestät verhaftet und abgeführt. Die Beweise sind erdrückend, denn ...«

»Man hat einen Boten abgefangen, schönste Valentine, der seine heimliche Korrespondenz mit dem König von Spanien in Sicherheit bringen sollte! Kaum zu glauben, findet Ihr nicht auch?«

Valentine starrte auf Gontier de Gramont, der mit verschränkten Armen in der Tür lehnte und sie anlächelte. Wie hatte sie dieses Lächeln jemals freundlich, verführerisch und angenehm empfinden können?

Es war das Lächeln eines falschen Schurken, der

sich an der Niederlage eines anderen weidet. Sie begriff, daß er bei dieser Verhaftung seine Hand im Spiel gehabt haben mußte.

Sie hatte ihn unterschätzt.

»Ihr lügt!« rief sie empört. »Yvain de Tournai ist dem König treu ergeben! Er würde eher sein Leben opfern, als seinen König zu verraten!«

»Ich berichte nur, was ich gehört habe«, erklärte der Seigneur Gramont, ohne seine blasierte Haltung zu verändern. »Euer Geliebter ist offenkundig ein Komplize des hingerichteten Marschalls gewesen. Man hat Teile von Birons geheimen Abmachungen bei ihm gefunden, Briefe des Königs von Spanien. Der König ist natürlich außer sich, aber die Beweise sind erdrükkend.«

»Ihr müßt verrückt sein, derlei auch nur einen Augenblick lang in Erwägung zu ziehen«, wandte sich Valentine an den königlichen Gardisten. Merkte er denn nicht, daß in diesem Komplott der falsche Mann zur Rechenschaft gezogen werden sollte?

»Es ist nicht meine Aufgabe, Erwägungen zu haben«, entgegnete der Mann stur und wich ihren flehenden Augen aus. »Ich befolge meine Befehle, und die besagen, daß Ihr mir folgen müßt.«

»Es sei denn, Ihr würdet in Erwägung ziehen, Euch unter meinen Schutz zu stellen«, säuselte Gontier de Gramont vielsagend und schüttelte in nachlässiger Arroganz seine Spitzenmanschetten aus. »Es läge in meiner Macht, Euch zu beschützen. Wie Ihr wißt, verfüge ich über beste Verbindungen zur Marquise de Verneuil, die inzwischen wieder das Ohr und das Herz Seiner Majestät besitzt.«

Valentine betrachtete ihn mit einem Abscheu, der ihr

ebenmäßiges Gesicht verhärtete und in jeder Geste ihrer feinen Hand zum Ausdruck kam.

»Ihr müßt übergeschnappt sein, wenn Ihr denkt, daß ich dergleichen tue. Lieber sterbe ich unter dem Beil des Henkers!«

»Ein Wunsch, der Euch vermutlich schon bald erfüllt werden wird, meine Liebe«, lächelte der Seigneur, und seine blauen Augen glitzerten wie Wintereis auf dem Fluß. »Falls Ihr es Euch anders überlegt, versäumt nicht, mich benachrichtigen zu lassen. Ich wäre bereit, Eurer hübschen kleinen Person einen Platz in meinem persönlichen Haushalt einzuräumen.«

Er wandte sich ab und schlenderte nach draußen. Valentine ertappte sich bei dem leidenschaftlichen Wunsch, ein Messer zwischen die breiten, satinumhüllten Schultern zu stoßen. Wie erbärmlich einfältig sie doch einmal gewesen war, diesen aufgeblasenen Schönling zu lieben! Sie hätte besser daran getan, ihn in der ersten Nacht in die Seine zu werfen!

»Kommt!« kommandierte der Anführer der Gardisten und packte Valentine ohne weitere Umstände grob am Arm. »Ich habe keine Zeit, mich auf weitere Debatten einzulassen. Die Sänfte wartet schon auf Euch!«

»Ihr könnt die Dame nicht einfach mitnehmen!«

Valentines empörter Kammerfrau war es endlich gelungen, sich an der Mauer der Bewaffneten vorbei zu drücken. Sie baute sich mit der ganzen beeindruckenden Wucht ihrer rundlichen Persönlichkeit vor dem Gardisten auf, und tatsächlich zögerte er einen Augenblick.

»Es ist mein Befehl!« erklärte er entschuldigend, erlaubte ihr aber nicht, sich ihrer Herrin zu nähern.

»Dann gestattet mir wenigstens, einen Umhang für sie zu holen. Man erzählt sich, es ist kalt in den Kellern der Conciergerie ...« jammerte die schwarzgekleidete Dienerin und rang die Hände.

Valentine unterdrückte einen ängstlichen Schauder. Sie kannte den alten Palast der Könige von Frankreich, in dem sich nun die Gerichtssäle und die Verließe befanden, nur von außen. Aber sie hatte wie jedes Pariser Kind die schrecklichen Geschichten über die Dinge gehört, die sich in seinen Gewölben ereigneten.

»Fort mit Euch, Weib! Ich habe keine Zeit, Maulaffen feilzuhalten!«

Valentine wurde vorwärts gestoßen, und im letzten Moment traf sich ihr Blick mit dem der zurückweichenden, besorgten Kammerfrau. Ihre Hilfsbereitschaft brachte die junge Frau noch auf eine Idee. Wenn auch Yvain verhaftet worden war, gab es nur noch einen Menschen, der ihnen vielleicht helfen konnte.

»Sagt Madame Marguerite, was sich ereignet hat!« rief sie. »Geht ins Hôtel de ...«

Die Tür schlug zu. Sie wußte nicht, ob Anne den Ruf noch gehört hatte. Ob sie neben ihrer Tüchtigkeit auch klug genug war, das Richtige zu tun. Die Gänge, durch die man sie führte, waren menschenleer. Seltsam für einen Palast, der sonst vor Leben wimmelte. Jedermann schien im verborgenen abzuwarten, wie sich die Dinge entwickelten. Niemand wollte Zeuge sein oder gar Stellung beziehen. Beides konnte gefährlich sein.

So war es auch keine bequem gepolsterte, hübsch verzierte Sänfte, die auf Valentine wartete, sondern eine einfache Holzkonstruktion. Sie stand an einem Seiteneingang zum Fluß und enthielt lediglich eine karge, schmale Bank im Inneren. Die vergitterten Seiten waren mit schweren Ledervorhängen geschlossen und zusätzlich von außen festgebunden. Man wurde nicht gesehen, aber Valentine hatte ebenfalls keine Möglichkeit, auch nur den kleinsten Blick nach draußen zu werfen.

Im Inneren herrschte erstickende Hitze, und das Schwanken der Träger brachte den Magen der jungen Frau bereits nach wenigen Augenblicken zum Rebellieren. Hilflos preßte sie die Lippen zusammen und versuchte sich auf etwas anderes zu konzentrieren. Die Marschtritte der Männer und der sie begleitenden Soldaten mischten sich mit den Geräuschen der Pariser Straßen. Händlerrufe, Kindergeschrei, Lachen, Fluchen und Räderknirschen begleiteten das Schlingern des Transportes und verstärkten den bedrohlichen Eindruck der Unwirklichkeit, den die zitternde junge Frau in ihrem hermetisch verschlossenen Kasten empfand.

Der Weg kam ihr einesteils zu lang und andernteils zu kurz vor. Es kostete sie ihre ganze Beherrschung, nicht an den Stangen zu rütteln und um Hilfe zu rufen. Als die Geräusche leiser wurden und die Tritte auf Pflaster widerhallten, begriff sie, daß jenes Zufallen eines Tores, das sie eben vernommen hatte, auch bereits das Ende ihrer Freiheit markierte.

Kurze Zeit später schloß sich eine dicke Bohlentür hinter ihr. Das Gemach war karg und ohne jeden Luxus eingerichtet, aber es befand sich wenigstens nicht im Keller.

Der steinerne Boden war trocken und mit altem, vermoderten Stroh abgedeckt. Vermutlich mußte sie noch dankbar für diesen Luxus sein. Ein dreibeiniger Hokker und eine Pritsche aus Brettern bildeten das einzige Mobiliar.

Durch zwei schmale Mauerschlitze fielen wie zum Hohn zwei spaltbreite Lichtbalken der abendlichen Sonne. Aber sie waren so hoch, daß Valentine auch auf Zehenspitzen nicht hinaussehen konnte. Lediglich ein schmaler Schlitz tiefblauen Sommerhimmels war zu erkennen.

Sie raffte die Röcke ihres eleganten Seidenkleides, damit sie nicht mit dem Stroh in Berührung kamen, und machte ein paar zögernde Schritte in den Raum hinein. Jetzt entdeckte sie, daß sowohl die Pritsche wie auch der Hocker mit einer dicken Schmutzschicht bedeckt waren. Es gab weder Wasser noch einen Eimer oder einen Abtritt, und sie wollte besser nicht darüber nachdenken, welche unliebsamen Mitbewohner das Stroh verbarg. Sie hatte den Luxus des königlichen Palastes mit dem kargen Elend einer Gefängniszelle vertauscht!

Irgendwann ließen ihre Kräfte nach, und sie sank zitternd auf die schäbige, widerliche Pritsche. Sie schlang die Arme fröstelnd um den Oberkörper. Die Kammer war kühl, aber beileibe nicht so kalt, daß sie frieren mußte. Die eisige Angst, die sie erzittern ließ, kam tief aus ihrem Inneren. Aus dem seltsamen Bewußtsein heraus, daß es nichts gab, was sie retten konnte.

Also hatten die Ehrendamen von Königin Margot recht gehabt, die darüber tuschelten, daß die Marquise von Verneuil von Seiner Majestät in Gnaden wieder aufgenommen worden wäre. Der König hatte die Szenen und italienischen Wutausbrüche seiner unförmigen Gemahlin satt. Er sehnte sich nach der eleganten

Schönheit seiner langjährigen Maitresse, und jene wußte ihre Parteigänger und Feinde sehr wohl zu unterscheiden.

Valentine erkannte, daß sie sich besser keine überflüssigen Hoffnungen machen durfte. Der einzige Mensch, dem an ihrem Wohlergehen lag, war gleichfalls eingesperrt worden! Niemand würde ihr helfen.

## 15. Kapitel

»Besuch für dich, la Forche!«

Der bullige Kerkerwächter, der die Zellentür aufschloß und die erschrockene Gefangene anbellte, die zusammengekauert auf ihrer Pritsche hockte, fügte einen Rülpser hinzu. Dann trat er zur Seite, damit die rundliche Frau eintreten konnte, welche die Erlaubnis erhalten hatte, in der Conciergerie eine Visite zu machen. Hinter ihr schlug er die Tür wieder zu und postierte sich davor. Das Goldstück, das ihn bestochen hatte, sicherte seine Loyalität wenigstens für kurze Zeit.

Valentine strich die Haare aus dem Gesicht. Da sie keine Stoffstreifen zum Binden ihrer Zöpfe hatte, führte sie einen vergeblichen Kampf gegen die Fülle der Locken. Fünf Tage Haft hatten die gesunde Farbe ihrer Züge in krankhafte Blässe verwandelt, und die Wassersuppe und das schimmelige Brot, das sie höchst unregelmäßig bekam, hätten nicht einmal ein halbwüchsiges Kind ausreichend ernährt.

Das Seidenkleid hatte sie bereits am ersten Abend einer Wärterin übergeben müssen, die ihren Wünschen mit einer Peitsche Nachdruck verliehen hatte. Jetzt trug sie lediglich ein sackartiges Gewand, und die rötlichen Striemen auf ihren blassen Oberarmen bewiesen, daß sie jenen Garderobenwechsel nicht ganz freiwillig vorgenommen hatte.

Sie hob müde den Kopf, weiterer Schikanen gewärtig, und entdeckte eine vertraute, rundliche Gestalt.

Blitzende, dunkle Augen, die sie entsetzt geweitet anstarrten.

»Anne? Seid Ihr das wirklich?«

»Madame! Um Himmels willen, wie seht Ihr aus? Was tragt Ihr da und was habt Ihr mit Euren schönen Haaren gemacht?«

Valentine gab einen Laut zwischen Seufzen und Lachen von sich und richtete sich mit einem Ächzen auf.

»Das ist meine geringste Sorge, denn so wie es aussieht, werde ich an keinem Hofball mehr teilnehmen. Aber sprecht, was könnt Ihr mir von Monsieur de Tournai berichten? Was ist geschehen, habt Ihr mit der Königin sprechen können?«

Beide wußten, daß Valentine in diesem Moment nicht die ›Bankierstochter‹ meinte, sondern ihre königliche Vorgängerin. Endlich war da jemand, der ihr mehr sagen konnte als der stumme Wärter oder die schreckliche Frau, die ihr das Essen und den Eimer brachten.

»Es sieht nicht gut aus«, machte Anne Dugros keine Umschweife, denn sie wußte nicht, wie lange sie der Kerkermeister mit der jungen Frau allein lassen würde. »Der König hat den Besitz von Monsieur beschlagnahmt, ihm sämtliche Titel aberkannt und ihn des Hochverrats und der Verschwörung bezichtigt. Man redet davon, daß das Urteil bereits gefällt ist und in Kürze vollzogen werden soll . . .«

»Das Urteil . . .« wiederholte Valentine mit blassen Lippen. »Also . . .«

»Tod durch die Hand des Henkers«, murmelte die Kammerfrau und hob unwillkürlich die Hand auf die Schultern der jungen Frau, die wie erstarrt dastand.

Endlich weitete ein schwerer Atemzug Valentines Brust, und sie suchte Annes Blick.

»Und sein Vetter? Monsieur de Gramont? Hat er keinen Versuch unternommen, ihn zu retten, zu entlasten?«

Anne Dugros schüttelte den Kopf mit der adretten Leinenhaube. »Aber nein, wo denkt Ihr hin? Niemand kann es wagen, den König zu beeinflussen. Er ist so wütend, daß sogar die Königin nicht wagt, ihn aufzusuchen. Monsieur de Gramont ist jedoch bereit ...«

»Irgend jemand muß den König gegen den Seigneur beeinflußt haben«, fiel ihr Valentine verzweifelt ins Wort. »Alles Lüge ...«

»Man sagt, die Beweise sind eindeutig ...«

Valentine packte die Kammerfrau an den Händen, aber deren trauriges Nicken bestätigte mehr als alle Worte. Anne Dugros hatte in Yvain de Tournai einen aufrechten und stolzen Mann kennengelernt. Sie begriff ebenfalls nicht, was ihn dazu getrieben hatte, sich in politischem Ehrgeiz in eine derart tödliche Kabale zu verwickeln. Andererseits hatte sie auch die junge Frau in ihr Herz geschlossen, und sie wollte alles tun, damit wenigstens jene nicht in die Katastrophe hineingerissen wurde, welche die Männer aus unerklärlichen Gründen verursacht hatten.

»Monsieur de Gramont war es, der mir die Möglichkeit verschafft hat, Euch aufzusuchen«, erzählte sie eindringlich und machte sich daran, den Auftrag zu erfüllen, den man ihr gegeben hatte. »Er wird alles tun, damit man Euch wieder in Freiheit setzt. Er sagt Euch, daß Ihr nicht verzagen sollt. Sobald die Hinrichtung vollzogen ist, wird er sich ...«

»Die .. . Hinrichtung?« Valentine brachte das Wort kaum über die Lippen. Ihr Herz stockte, ehe es schwerer und qualvoller weiterschlug. »Wann?«

»Es ist allein das Recht des Königs, den Zeitpunkt zu bestimmen, aber es ist nicht seine Art, derlei lange hinauszuzögern. Erinnert Euch an den bedauernswerten Marschall von Biron!«

Biron war am Tage ihrer Verhaftung hingerichtet worden, Valentine wußte es inzwischen nur zu gut. Am Morgen nach einem Hofball und während einer königlichen Jagd. Niemand hatte Heinrich von Navarra ein Wort des Bedauerns darüber verlieren hören. Verräter existierten nicht mehr für ihn. Er löschte sie aus dem Leben und aus seinem königlichen Gedächtnis.

»Und die Königin? Madame Marguerite?« wisperte Valentine heiser. »Hat sie nicht versucht, Yvain de Tournai zu helfen? Sie schätzt ihn, sie kennt ihn, seit er ein Page war. Sie ...«

»Monsieur de Gramont hat es übernommen, ihr die Nachricht der Verhaftung zu überbringen. Er sagt, daß sie das Hôtel de Sens nicht verlassen darf. Seine Majestät hat gedroht, daß er sie in die Auvergne zurückschickt, falls sie sich in politische Intrigen einmischt. Ihr wißt, wie glücklich sie ist, wieder in Paris zu sein!«

»O Gott!«

Valentine rang in unbewußtem Jammer die schmalen Hände. Der kurze Funke der Hoffnung, der sie beim Anblick ihrer Kammerfrau durchzuckt hatte, wich der erneuten Verzweiflung. Es gab keinen Trost und keine Hilfe. Gontier de Gramont hatte es geschafft, das gutmütige Gemüt Anne Dugros zu gewinnen und gebrauchte sie nun ganz nach seinen Plänen. Valentine machte ihrer Dienerin keine Vorwürfe, aber sie begriff auch, welche Folgen dies für sie haben würde.

»Monsieur de Gramont will seinen Einfluß geltend machen, daß Ihr freigelassen werdet«, begann sie nun von neuem und wurde von einem heiseren Aufschrei Valentines unterbrochen.

»Damit ich in seinem Bett lande? Dann schon lieber unter dem Beil des Henkers!«

»Das kann nicht Euer Ernst sein!« beschwor die Kammerfrau die erboste Gefangene. »Er will Euch helfen. Eure Gewänder, Eure Juwelen, er hat alles in Sicherheit gebracht für Euch . . .«

»Ich bin nicht käuflich!« rief Valentine erbittert. Trotz ihrer Lumpen, trotz des Schmutzes an ihren Händen und dem schrecklichen Gestank in der Kerkerzelle verströmte sie in diesem Moment eine fürstliche Erhabenheit. »Sagt das Eurem neuen Herrn, Anne!«

»Ihr seid meine Herrin«, verbesserte die Frau. »Ihr wißt, daß ich Euch ergeben bin, aber Ihr besitzt im Grunde nur eines: Unnachahmliche Schönheit und frische Jugend. Bedenkt, was Ihr mit diesem Kapital alles machen könnt. Es liegt an Euch, einen mächtigen Beschützer zu finden und die Position wieder zu besetzen, die Ihr schon einmal innegehabt habt.«

»Welche Position?« murmelte Valentine mit spröden Lippen. »Die einer bezahlten Hure, die sich für Gewänder und Juwelen verkauft? Die ihre Loyalität wie ihre Unterröcke wechselt? Nein danke!«

Anne Dugros rang verzweifelt die molligen Hände. »Überlegt doch, ich bitte Euch! Monsieur de Gramont hat Euren ganzen Haushalt übernommen!«

»Und vermutlich auch das Vermögen der Tournais«,

kommentierte Valentine bitter. »Die Marquise von Verneuil wird bestimmt dafür sorgen, daß er für seine treuen Dienste Belohnung erhält. In dem Fall vergißt er über seiner Habgier sogar, daß sie ihn vor kurzem selbst ans Messer liefern wollte.«

»Davon weiß ich nichts«, verwahrte sich die Dienerin. »Ich weiß nur, daß Ihr eine schreckliche Dummheit begeht, wenn Ihr die Unterstützung des Seigneurs ablehnt. Was wollt Ihr sonst tun?«

»Der Qual ein Ende machen«, hauchte Valentine und massierte sich die schmerzenden Schläfen mit den Fingern. »Sagt Monsieur de Gramont, daß ich nicht mehr zu kaufen bin. Er hat alles von mir bekommen, was je für ihn von Wert war, auf den Rest meiner Person muß er künftig verzichten! Ich mache meine Fehler nur einmal ...«

Für einen Moment herrschte Schweigen in der kargen Zelle. Dann richtete sich die ältere Frau ächzend auf und schüttelte traurig den Kopf.

»Ihr geht in den Tod«, machte sie einen letzten Versuch. »Wollt Ihr das wirklich?«

Valentine mußte die Antwort nicht überlegen. Sie kam spontan und ohne zu zögern.

»Ja, ich will es wirklich. Je schneller es passiert, um so besser wird es sein. Gehabt Euch wohl, Anne, und sagt Gramont, er kann meine Gewänder und Juwelen einer anderen geben. Ich benötige sie nicht mehr ...«

Die Kammerfrau vergaß jeden Abstand, der sie bisher von ihrer Herrin getrennt hatte. Sie schloß Valentine in eine mütterliche Umarmung ein.

»Gott beschütze Euch!«

Valentine lächelte lediglich verzerrt. »Gott hat mich

aus der Liste seiner Schützlinge gestrichen, als ich mich in die Hände des Teufels begeben habe. Aber ich bereue es nicht! Lebt wohl, Anne!«

Anne Dugros wußte nicht, was sie zu der Ehrerbietung vor der jungen Frau trieb. Sie griff nach der zarten, schmutzigen Hand und küßte sie. Es war keine gerechte Welt, in der soviel Schönheit und Anmut zwischen den Mühlsteinen von Macht und Intrigen zerstört wurde. Vielleicht war sie auch schon zu alt für den Dienst bei Hof.

Valentine hörte die schwere Türe hinter ihr ins Schloß fallen. Sie hörte Stimmen, Schritte und irgendwo einen gellenden Schrei. Geräusche, an die sie sich in den zurückliegenden Tagen gewöhnt hatte und die sie durch einen gnädigen Filter der ohnmächtigen Angst kaum noch wahrgenommen hatte.

Jetzt indes kam es ihr vor, als sei dieser schlimme Schrei aus ihrer eigenen, tödlich verwundeten Seele aufgestiegen. Anne Dugros hatte die schützenden Schleier abgerissen und nur die nackte, beängstigende Wirklichkeit hinterlassen.

Yvain de Tournai würde das Schafott besteigen und seinen stolzen Kopf unter das Schwert des Henkers legen müssen! Er würde es mit jener unnachahmlichen, spöttischen Eleganz tun, die ihn in allem auszeichnete. Mit jenem Sarkasmus, der ihn auf alle menschlichen Regungen wie auf die Bemühungen einer dummen Stubenfliege blicken ließ, die sich im Netz einer Spinne verfangen hatte.

Ob er in diesem letzten Moment einen Gedanken an die Frau verschwendete, die er zuletzt in seinen Armen gehalten hatte? Valentines Herz krampfte sich zusammen. Der Schmerz kam so unmittelbar und überraschend, daß sie aufkeuchte und unwillkürlich den Atem anhielt. Allein, er verging nicht. Er wurde zur Klammer, die sich eisig und quälend um dieses Herz legte. Eine Fessel, die jeden weiteren Schlag zur puren Pein werden ließ.

»Yvain!«

Sie hatte nie gewagt, ihm diesen vertrauten Namen zu geben. Auch in den tiefsten Bereichen der Leidenschaft war er der ›Seigneur‹ geblieben. Der noble Zyniker, der sie aus ihrem Elend geholt und in ein juwelenglitzerndes Paradies aus Luxus und Genuß geführt hatte. Dem es Vergnügen bereitet hatte, aus einer einfachen Kürschnerstochter ein Geschöpf zu machen, dem sogar der König huldigte.

Hatte er sich im geheimen über die Dummheit ihrer Verehrer amüsiert? Hatte er irgendwann geplant, seinen Triumph herauszuplaudern, jene lächerlich zu machen, die der Galathea gehuldigt hatten, die in Wirklichkeit nur das Werk eines geschickten Bildhauers gewesen war?

Sie würde es nie erfahren. Ebensowenig, wie sie je herausfinden würde, was er tatsächlich für sie empfand. Manchmal, in den innigsten Augenblicken ihrer Vereinigung, hatte sie eine Wärme und ein Licht in den dunklen Kohlenaugen entdeckt, die Hoffnung weckten. Die wie ein geöffnetes Fenster wirkten, das in ein sonnenbeschienenes Paradies zeigte.

Sie würde diesen Blick nie wieder sehen. Nie wieder jene süße Qual des Verlangens fühlen, die er so meisterlich in ihr zu entfachen verstand. Die sie Gegenwart und Vergangenheit vergessen ließ und sie nur auf ihren Körper und ihr Fühlen reduzierte. Diesen gesunden, ausschließlichen Hunger, der sie über alle Demütigungen, alle Verzweiflung und allen Stolz hinaus gehoben hatte.

Im Grunde hatte sie an seiner Seite ein geborgtes Leben geführt. Hätte er sie nicht an jenem verhängnisvollen Abend gerettet, als sie mit der Nachricht für den Herzog von Biron unterwegs gewesen war, sie wäre längst nicht mehr auf dieser Erde. Entweder hätte man sie schon damals dem Henker überantwortet, oder sie hätte selbst dem verpfuschten, ausgenutzten Dasein ein Ende gemacht. Zerstört von der Liebe, die keine gewesen war und ohne Hoffnung auf eine Möglichkeit zum Weiterleben.

Yvain de Tournai hatte ihr diese Möglichkeit wie einen Sonnenstrahl in den Schoß geworfen. Mit einer beispiellosen Mischung aus lässiger Selbstverständlichkeit und energischem Befehl hatte er sich ihrer angenommen. Er hatte ihr nicht die kleinste Chance gelassen, sich zu zerstören, so wie es ihr Stolz im geheimen verlangte.

Er hatte sie erbost, empört, verunsichert und verwöhnt und ehe sie sich über die eigenen Gefühle klargeworden war, hatte sie sich in seinen Armen befunden und den Rausch der Leidenschaft kennengelernt. Jenes Verlieren im anderen, um neu geboren zu werden. Genüsse, die man wieder und wieder erleben wollte und die einen nicht an Tod und Schmach denken ließen, sondern an Wonne und Entzücken.

»Yvain!«

Wie von selbst drängte sich der Name wieder und wieder auf ihre Lippen. Als wolle sie jedes Mal nachholen, in dem sie sich versagt hatte, ein solches Zeichen von Vertrauen und Zuneigung zu geben.

Zuneigung? In Valentines Kopf umkreisten die Gedanken wie aufgescheuchte Vögel ein Wort, das plötzlich und unverhofft im Mittelpunkt stand. Empfand sie Zuneigung für den arroganten Nobelmann, der sie seinen Forderungen unterworfen hatte?

O ja, sie tat es. Dann, mit einem Schlag, wurde ihr klar, daß er es nicht getan hatte, um sich gegen ihren Willen durchzusetzen. Er hatte vermutlich viel deutlicher als sie selbst erkannt, in welch desolatem Zustand sie sich befand. Er hatte klar durchschaut, daß nur Zorn und Haß sie in diesem kritischen Augenblick retten konnten. Daß es einer starken Triebfeder bedurfte, um sie von jenem verführerischen dunklen Abgrund fortzuführen, an dem sie bereits stand.

Danach indes hatte er mit raffinierter Hand dafür gesorgt, daß die Bande, die sie am Leben hielten, mit jedem Tag stärker wurden. Er hatte sie der ehemaligen Königin zugeführt, die stets eine besondere Vorliebe für Menschen gezeigt hatte, die sich nicht beugten und sich nicht den Normen der Gesellschaft fügten.

Die Gespräche und Nachmittage bei Madame Marguerite hatten ihr bewiesen, daß es Dinge gab, die weit über die kleine bürgerliche Welt der Rue Groseille oder die Torheiten eines menschlichen Herzens hinausgingen. Bei ihr hatte sie gelernt, Zusammenhänge herzustellen, aber auch die Zwänge zu begreifen, die eine Gesellschaft ihren Mitgliedern vorschrieb. Die Etikette des Hofes nicht nur als bloße Schikane zu sehen, sondern als Stickmuster, das nötig war, um das Gesamtwerk eines schönen Kragens oder einer gefällig gefältelten Manschette zu schaffen. Sie hatte ihr Fragen beantwortet, die ihre Mutter nie begriffen hätte.

Und Madame Margot, die Meisterin der Liebe und Kennerin der menschlichen Herzen, hatte auch die

Freundschaft zu erklären versucht, die sie noch immer mit Heinrich von Navarra verband.

»Er ist ein Mann, der nur eine einzige Schwäche besitzt, sein Herz!« hörte Valentine ihre Worte, als wäre es erst gestern gewesen. »Wie bedauerlich für uns beide, daß jener Funke, der zwischen zwei Menschen aufspringt, bei uns nie gezündet wurde. Es hätte uns beiden viel erspart. Allein, ich habe ihm eine Zuneigung bewahrt, die sich am Ende darin erschöpft, ihn vor den falschen Frauen zu bewahren. Ich habe die Annullierung unserer Ehe so weit hinausgezögert, daß er nicht in die Fänge von Madame d'Estrées geriet, und es ist mir eine Genugtuung, daß auch jenes Eheversprechen, das er dieser intriganten d'Entragues gab, durch die Ehe mit Marie de Medici hinfällig wurde. Sie ist eine vernünftige Frau, genau die Person, die nötig ist, um einen charmanten Schwerenöter wie Henri unter Kontrolle zu halten. Aber was rede ich Euch von alten Lieben, wenn Ihr mir doch wie die Verkörperung von neuer Liebe und Leidenschaft gegenübersitzt!«

Valentine hatte dieser Bemerkung nichts entgegengesetzt. Sie war darüber hinweggegangen. Achtlos und davon überzeugt, daß es sich nur um das Bild jenes Irrtums handelte, dem alle anderen ebenfalls unterlagen. War es denn möglich, daß nicht die anderen, sondern sie selbst sich getäuscht hatte? Daß jener Jammer, der ihr nun das Herz abdrückte, aus der Erkenntnis kam, daß sie nicht einen Tag lang geschätzt hatte, was sie besaß? Daß sie die Zeiten ihres Glücks nutzlos vertändelt hatte?

»Yvain!«

Jene Tränen, die Valentine sich versagt hatte, seit sie

die letzten in Gontier de Gramonts Armen geweint hatte, überfluteten jäh ihre Augen. Wie närrisch sie doch gewesen war. Wie grauenvoll töricht!

Allein, das Rad der Zeit ließ sich nicht mehr zurückdrehen. Es näherte sich unaufhaltsam dem Tiefpunkt, der nur aus weiteren drei Buchstaben bestand. Tod.

## 16. Kapitel

»Ihr?«

»Überrascht, Sire?«

Bei Gott, er war überrascht. So sehr, daß ihm jede Gelassenheit abhanden kam. Ihr bloßer Anblick brachte die Vergangenheit zurück. Frankreichs schönste Prinzessin.

Ganz Anmut, ganz Eleganz, ganz imposante Erscheinung und höchste Intelligenz. Die attraktive Tochter einer herrschsüchtigen Mutter, die sich damit begnügt hatte, ihr Talent an hübsche Männer und nichtswürdige Geliebte zu verschwenden. Die Gerüchte hatten sie damals sogar verdächtigt, dem eigenen Bruder zugeneigt zu sein!

»Wer, zum Teufel, hat Euch in mein Studierkabinett gelassen?«

Heinrich von Navarra begann jene Haltung zurückzufinden, die ihn in kritischen Situationen auszeichnete. Auch die Höflichkeit, die er allen Damen gegenüber wahrte: Er erhob sich respektvoll.

Marguerite von Valois schob die pelzgefütterte Kapuze ihres Umhanges in den Nacken und beendete ihrerseits die Inspektion eines Mannes, der nie ihr Geliebter, aber sehr wohl ihr Freund gewesen war. Das Alter hatte ihn nicht verschont.

Der stämmige, starke Prinz mit den gesunden Farben war nun ein knurriger Graubart mit tiefen Falten im markanten Antlitz. Lediglich die Augen fand sie vertraut. Vorsichtig, interessiert und mit einem Funkeln der alten Ironie, die es ihm erlaubte, auch in den Tagen größter Gefahr nicht aufzugeben.

Sie machte eine nachlässig anmutige Bewegung mit der Hand, die ihn schmerzlich vertraut anmutete. »Sagen wir, ich kenne dieses alte Gemäuer vielleicht besser als mancher von den Höflingen, die Euch heute umgeben, mein Freund.«

»Setzt Euch.«

Der König deutete auf einen gepolsterten Sessel, und Marguerite nahm neben dem Kamin Platz, in dem der Sommerhitze wegen, die über Paris lastete, kein Feuer brannte.

»Da ich Euch nicht geladen habe, nehme ich an, Ihr kommt in unangenehmer Mission!«

Die ehemalige Königin gönnte ihrem klugen Exgatten ein freundschaftliches Lächeln. Er war älter geworden, aber seinen Intellekt hatte er behalten.

»In der Tat, wie mir scheint, gebricht es Euch im Moment an loyalen Ratgebern, Sire!«

»Seit wann habt Ihr den guten Maximilien auch auf Eurer schwarzen Liste, Madame?«

»De Rosny?« Madame Marguerite schüttelte den Kopf. »Ihn natürlich nicht. Ich möchte wetten, er rät Euch heftig davon ab, Yvain de Tournai hinrichten zu lassen. Wenn er der Mann ist, den ich kenne, muß er wissen, daß all diese vermeintlichen Beweise purer Unsinn sind.«

»Ach ja?« Die knappe Antwort des sonst so redseligen Königs bewies, wie sehr ihm das Thema mißfiel.

»In der Tat«, bestätigte die königliche Frau in aller Ruhe. »Müssen wir uns über gefälschte Briefe und untergeschobene Dokumente unterhalten? Ihr wißt, mit welchen Mitteln gearbeitet werden kann. Habt Ihr schon vergessen, wer Euch den Brief übergab, der Birons Verrat unzweifelhaft bewies? Einen Verrat, den Biron in seinem verhängnisvollen Stolz anschließend selbst bestätigt hat? De Tournai hat Euch nichts bejaht, da möchte ich wetten ...«

»Seine Versicherung war nicht nötig.«

»Weshalb? Weil die schönen Augen von Henriette d'Entragues es behaupten? O nein, weicht mir nicht aus. Ich gönne Euch die Freuden im Bett der Dame, aber müßt Ihr dessenthalben gleich ihre ganze Familie in den Alkoven mit aufnehmen? Ihr Bruder ist gefährlich, ihr Vater und ihre Onkel sind Reptilien. Wäret Ihr nicht derselben Ansicht, Ihr hättet Auvergne nicht in die Bastille verbringen lassen. Befreit Euch von dieser Brut, wenn Euch Eure Ruhe auch fürderhin lieb ist. Francois d'Entragues ist nur der Stiefbruder Henriettes, sein Vater war Karl von Frankreich. Ihr wißt, welchen Anspruch er daraus hervorleitet!«

»Verdammt, kommt zur Sache!« polterte der König, der ohnehin unter dem Verrat eines Mannes litt, den er für einen seiner wenigen ehrlichen Freunde gehalten hatte. Marguerite war die einzige Frau seines Lebens, die nicht sein Herz, sondern seinen Kopf beschäftigte. In einem Moment wie diesem war ihm diese Tatsache mehr als lästig.

Die Gerüchte, die ihr nachgesagt hatten, sie habe die Hand beim Tode von Gabrielle d'Estrées im Spiele gehabt, waren nie bewiesen worden. Trotzdem blieb die Tatsache bestehen, daß er ihr einen solchen Schritt zutraute. Sie zögerte nicht, wenn sie etwas für notwendig hielt. Aber sie war eine Valois, und sie hatte ihm Treue und Loyalität geschworen. Soweit es seine eigene Person betraf, konnte er ihr bedingungslos trauen. Es gab zu viele Geheimnisse, die sie aneinander banden, auch wenn der Eheschwur annulliert worden war.

»Ihr müßt Euch entscheiden, mein Freund«, entgegnete Marguerite mit einer Sicherheit, die sie im Grunde ihres Herzens nicht mehr empfand, seit sie viel zu spät von den Ereignissen im Louvre erfahren hatte. Offensichtlich hatte man es darauf angelegt, die beiden Verhaftungen in allergrößter Stille durchzuführen. »Annulliert die Todesurteile von Yvain de Tournai und Valentine la Forche, sie sind unschuldig!«

»Ach ja?« spottete der König, wider Willen beeindruckt von der Courage seiner Besucherin. »Das Mädchen auch gleich? Wo bleibt Euer Stolz, meine Liebe? Hier ist auch Euer Ansehen mit im Spiel. Ihr seid von einer schönen Kürschnerstochter genarrt worden, die sich ihre Position bei Hofe in diversen Alkoven erschlafen hat!«

»Ach ja?« imitierte sie ihn süffisant. »Dann müßt Ihr es natürlich aus sittlichen Gründen bei ihrer Hinrichtung belassen. Aber in dem Fall müßt Ihr Yvain ebenfalls dem Henker überantworten. Er würde es Euch nie verzeihen, daß ihr sie getötet habt. Ich habe noch nie einen Mann gesehen, der leidenschaftlicher liebte. Er würde alles für dieses Mädchen tun!«

»Sprechen wir vom selben Mann?« erkundigte sich Heinrich von Navarra überrascht. »Vom Seigneur de Tournai, dem Marquis de Brosse, der sich seit Jahren weigert, auch nur eine der liebenswürdigen Damen zur Frau zu nehmen, die ich ihm dummerweise immer wieder angetragen habe? Haltet mich bitte nicht auch noch zum Narren!«

Marguerite von Valois unterdrückte ein Lächeln. Sie begann sich endlich ein wenig zu entspannen. Henris

Vorliebe für hübsche Damen und die damit verbundenen Liebeshändel waren ihr nur zu gut bekannt. Sie versuchte seine Aufmerksamkeit noch ein wenig weiter zu fesseln.

»Wenn überhaupt, würde er diese Ehre nur der schönen Valentine erweisen!« nickte sie ruhig.

»Einer Handwerkerstochter? Ihr täuscht Euch!« Der König schnaubte wie eines seiner Jagdpferde. »De Tournai wird nie imstande sein, Geburt und Blutlinie zu vergessen. Er ist der hochfahrendste und stolzeste unter meinen Edelleuten gewesen, und sein Mut wird nur von seinem Ehrgefühl übertroffen. Um so unverständlicher ist es mir ja, daß er sich gegen mich gewandt hat.«

»Wie Ihr ihn verteidigt«, spottete Marguerite und schürte das Feuer weiter, daß sie so geschickt entfacht hatte. »Man könnte meinen, Ihr respektiert ihn, obwohl er in der Bastille sitzt.«

»Sein Verrat trifft mich so tief, wie es der Eure tun würde, Madame!«

»Er hat nie Verrat begangen, ich schwöre es Euch bei meiner ewigen Seligkeit. Er hat versäumt, sich um seine Feinde zu kümmern. Nennt es Dummheit, und ich gebe Euch recht. Er war zu beschäftigt damit, einer entzückenden Demoiselle den Hof zu machen. Wenn Ihr Eure Edelleute wegen Dummheit einen Kopf kürzer machen laßt, werdet Ihr bald über einen entvölkerten Hof herrschen!«

»Immer wieder diese Frauensperson!« entrüstete sich der König, ein Opfer für seinen Zorn suchend.

Marguerite ahnte, daß in diesem Ausruf auch eine gute Portion männlicher Gekränktheit mitschwang. Eine Kürschnerstochter, die einen Marquis Seiner Majestät dem König vorgezogen hatte, konnte nicht auf Milde rechnen. Sie hatte den Mann in Heinrich von Navarra getroffen und sie wußte, daß Valentine genau jene Art von mädchenhafter Schönheit besaß, die ein besonderes Echo im Herzen ihres ehemaligen Gatten fand.

»Habt Ihr Euch bei Valentines Anblick nicht manchmal an jemand erinnert gefühlt . . .?« wagte sie trotzdem leise zu fragen.

»Es ist Euch also auch aufgefallen?« seufzte der König sofort. »Habt Ihr die Kleine deswegen unter Eure Damen aufgenommen und so getan, als wäre sie die ehrbare Witwe eines Eurer Diener?«

»Sie ist ehrbar, aber keine Witwe«, korrigierte die Besucherin sanft. »Erinnert Ihr Euch an den Herbst des Jahres 1582, dem im folgenden Jahr ein schwüler Sommer folgte, der alle Welt an den Rand der Erschöpfung brachte? Besonders ein zartes junges Edelfräulein, das unter den Folgen einer schwierigen, geheimen Schwangerschaft litt und einen königlichen Bastard trug! An . . .«

»Nennt ihren Namen nicht«, fiel ihr Heinrich von Navarra heftig ins Wort. »Zugegeben, sie gleicht ihr sehr. Aber wenn Ihr damit andeuten wollt, daß dieses Mädchen . . . Nein, das Kind war tot! Ich weiß es von Eurer Mutter, die sich der Kleinen angenommen hat.«

Marguerite hob die Brauen.

»Weniger aus Menschenfreundlichkeit denn aus Vorsicht, mein Freund. Meine königliche Mutter fürchtete den Sohn aus dieser Verbindung. Einen Bastard aus dem edelsten Blute Frankreichs, der vielleicht einem Kind der eigenen Tochter den Thron streitig gemacht hätte. Glücklicherweise war es ein Mädchen, das zur Welt kam ...«

Der König griff von den Erinnerungen aufgewühlt zu einem Becher und goß ihn so stürmisch mit Wein voll, daß die rote Flüssigkeit überschwappte und auf den Tisch lief, von wo sie auf den Teppich tropfte. Er beachtete es nicht. Er trank den juwelenverzierten Becher in einem langen Zug leer und knallte ihn auf den Tisch zurück.

»Das Kind kam zu früh. Es war schon tot, ehe es seinen ersten Schrei tat«, murmelte er und erinnerte sich an das jammervolle Gesicht der schönen, 15jährigen Mademoiselle von Montmorency, welche damals die Folgen ihrer ungestümen Leidenschaft allein hatte tragen müssen.

Ihre Familie hatte sie danach aus seiner Reichweite entfernt und vermutlich verheiratet. Er wußte es nicht.

In der Folgezahl seiner leidenschaftlichen Lieben war sie ihm tatsächlich entfallen, bis jene junge Frau bei Hofe auftauchte, die ihr auf so seltsame, geradezu tragische Weise glich.

»Das Kind kam zu früh«, bestätigte Madame Marguerite. »Aber es lebte. Ich bin der Hebamme selbst zur Hand gegangen, denn ich habe das Mädchen brennend um dieses Kind beneidet. Wäre es ein Sohn gewesen, wer weiß, vielleicht hätte ich ihn für mein eigenes Kind ausgegeben. Ich hätte es für eine läßliche Sünde gehalten. Aber nicht einmal einem Mädchen wagte ich ein Haar zu krümmen, egal, was immer meine königliche Mutter befohlen hatte.«

Der König goß sich den Becher ein zweites Mal voll, aber dieses Mal trank er nur einen kurzen Schluck, ehe ihm die Tragweite dieser Erzählung zu Bewußtsein kam. Er setzte den Becher ab.

»Ihr habt . . .«

»Ich habe den winzigen Säugling einer meiner Dienerinnen anvertraut. Eine geschickte kleine Zofe, die mich ohnehin um die Erlaubnis zu ihrer Heirat mit einem Kürschner gebeten hatte. Ich gab ihr eine schöne Mitgift und hieß sie für immer Schweigen schwören. Sollte das Kind überleben, so mußte es als ihre Tochter aufwachsen und von aller Welt vergessen werden. Meine Mutter hätte mir sonst nie verziehen, daß ich ihr nicht gehorcht hatte.«

»Das ist nicht möglich!«

»Ich habe nach Lisette, die jetzt Madame Pelletier heißt, geschickt. Valentine la Forche ist jenes Kind, das im Sommer 1583 zur Welt kam. Sie wuchs als Tochter des Kürschners Gaston Pelletier auf und ist verschwunden, als man sie zur Heirat mit dem ersten Gesellen des Meisters zwingen wollte. Seitdem trauern ihre Eltern um sie, denn sie nahmen an, daß sich das Mädchen in seinem leidenschaftlichen Temperament in die Seine gestürzt hat. Niemand hat sie je wiedergesehen . . .«

Das neuerliche Gluckern der Karaffe war das einzige Geräusch in dem königlichen Kabinett. Aber auch der dritte Becher Wein vermochte die Erschütterung des Souveräns nicht zu lösen.

»So ist sie . . .«, krächzte er und brach ab.

»Ein Kind aus dem edelsten Blute Frankreichs, Henri! Eure Bastard-Tochter, die von einer Montmorency geboren wurde und der man bislang die Ehre ihres Namens und ihres Geschlechtes verweigert hat. Eine Gefangene, die in einer elenden Kerkerzelle darauf wartet, daß man ihrem traurigen Leben ein Ende macht!«

Die ganze Empörung der ehemaligen Königin, die erst über komplizierte Quellen von den beiden Verhaftungen und ihren Folgen erfahren hatte, lag in diesen flammenden Worten. Marguerite hatte, gerührt von der Zuneigung, die Yvain de Tournai dem vermeintlich gewöhnlichen Mädchen entgegenbrachte, die Enthüllung der Wahrheit zu lange hinausgezögert, und nun sagte sie sich, daß sie selbst einen Teil Schuld an Valentines Elend trug. Genau das hatte aber nie in ihrem Sinne gelegen.

»Bei Gott!«

Heinrich von Navarra strich sich über den gesträubten, grauen Bart und nahm eine unruhige Wanderung durch das Gemach auf, ehe er seine Besucherin wieder ansah.

»Man wird mir politische Unvernunft vorwerfen. Altersschwachsinn und fehlende Konsequenz . . .«

»Das hängt von der Partei ab, die es tut«, lächelte sie ihn an. »Ähnliches haben die Männer um de Rosny bereits gesagt, als Ihr Henriettes Bruder in Freiheit gesetzt habt, und der ist nicht einer Eurer treusten Waffengefährten und Freunde gewesen, Sire!«

»Wahrhaftig!« Das befreite Lachen des Königs bewies, daß sein gascognischer Humor die unerwartete Wendung würdigte. »Sorgen wir für ein weiteres Mal Verwirrung und Tratsch. Was ratet Ihr mir?«

»Bewahrt das Geheimnis, das niemand interessieren kann, und gebt Valentine dem Seigneur de Tournai zur Gattin. Ich wette, er nimmt sie auch, wenn sie eine Kürschnerstochter ist . . .«

»Worum wollt Ihr diese Wette führen?« schmunzelte

der König, dem die Sache mit einem Schlag Vergnügen zu bereiten begann.

»Um ein Stück Land auf dem Pré-aux-Clercs«, ergriff die ehemalige Königin ihre Chance. »Ich denke daran, mir am anderen Ufer des Flusses einen eigenen Palast zu bauen. Die Auen von St. Germain sind bezaubernd und wie geschaffen für die Jagd ...«

»Und wenn Ihr Eure Wette verliert?«

»Nehme ich meinen Wohnsitz wieder in Usson!«

Das verblüffte Schweigen des Königs zeigte mehr als alles andere, was er empfand. Es bereitete ihm sichtliche Mühe, dieses Angebot ernst zu nehmen, aber das Gesicht Marguerites ließ keinen Zweifel zu.

»Zum Henker, Ihr seid Euch Eurer Sache sehr sicher, Madame!«

»Traut mir zu, daß ich echte Gefühle erkenne, wenn ich Ihnen begegne, Sire«, sagte sie ernst. »Ihr sprecht mit einer Kapazität in Sachen Liebe.«

In der Tat, das war sie. Die zahllosen Skandale, die seine unverbesserliche erste Gemahlin entfacht hatte, sprachen für sich. Nicht umsonst hatte er sie lange Jahre in die Auvergne verbannt, auch wenn er ihr immer noch ein freundschaftliches Empfinden bewahrte. Er hatte ihr nie vergessen, daß sie ihm das Leben gerettet hatte, als in der Bartholomäusnacht in Paris das blutige Entsetzen regierte. Zudem hatte sie nie versucht, diese Freundschaft zu ihrem Vorteil auszunutzen.

Er brachte ihr mehr Vertrauen entgegen als der schönen Marquise de Verneuil, aber es bereitete ihm Schmerz, sich dies eingestehen zu müssen. Weshalb kannte das Herz keine Vernunft, wenn es um Gefühle und Verrat ging? Ein tiefer Atemzug weitete seine breite Brust, ehe er sich über die schmale, schöne Hand

Marguerites beugte und die beringten, edlen Finger küßte.

»Es sei, wie Ihr es wünscht, Margot! Aber erlaubt mir, die Dinge auf meine Art zu entwirren. Mischt Euch nicht ein, es sei denn, Ihr erhaltet ausdrücklichen Befehl von mir dazu.«

Sie nickte und begriff, daß sie verabschiedet war. Erst als sie in ihrer Sänfte saß und durch die nächtlichen Gassen der Stadt zum Palais de Sens getragen wurde, erlaubte sie sich ein erleichtertes Aufatmen. Im Dunkeln suchte sie die Umrisse des königlichen Gefängnisses auf der Ile de Cité.

Hoffentlich war sie nicht zu spät gekommen!

## 17. Kapitel

Als sich die Tür seines Gefängnisses öffnete und die Farben des königlichen Herolds sichtbar wurden, erhob sich Yvain de Tournai mit betonter Langsamkeit von seinem Strohsack. Er trug noch die Kleider, in denen er verhaftet worden war, aber die vergangenen Tage hatten ihre Spuren hinterlassen.

Die Spitzenmanschetten wirkten grau, und der sorgsam gestärkte Kragen hing nur noch wie ein trauriger Rest einmaliger Eleganz über seine Schultern. Die scharfen Konturen seines Antlitzes hatten sich vertieft. Gleichwohl glich er mehr denn je einem gefährlichen Manne, mit dem man besser nicht spaßte. Einem Manne, der nichts mehr zu verlieren hatte.

Er wußte, was auf ihn wartete. Er hatte genügend Zeit gehabt, sich auf die letzte Stunde seines Lebens vorzubereiten und den närrischen Leichtsinn zu verfluchen, mit dem er in die sorgsam gestellte Falle gegangen war. Weshalb hatte er Gontier de Gramont nicht mehr mißtraut?

Wo war seine Vorsicht geblieben, sein klarer Verstand, seine kühle Distanz? Allein, er wäre leichter diesen letzten Weg gegangen, würde er nicht dieses demütigende Bewußtsein mitnehmen müssen, daß er versagt hatte. Daß er einen anderen Menschen in sein Unglück mit hinein gerissen hatte.

»Yvain de Tournai, Edelmann des Königs und Graf von Brosse?« erkundigte sich der Herold zeremoniell, als ob nicht sogar der letzten Kellerschabe in diesem verdammten Loch bekannt gewesen wäre, wer hier auf seine Hinrichtung wartete.

De Tournai zwang sich, seine reglose Miene und den Anschein von Gleichgültigkeit, hinter dem er seine Gefühle verbarg, beizubehalten. Er nickte stoisch und verschränkte die Arme vor der Brust. Noch lebte er. Noch würde er die demütigenden Spiele verweigern, die einen Todeskandidaten durch Angst erledigten, ehe er das Schafott überhaupt betreten hatte.

»Ich habe Befehl, Euch abzuholen, folgt mir!« erklärte der Herold und winkte dem Verurteilten, seine Kammer zu verlassen.

De Tournai spielte kurz mit dem Gedanken, einen Priester zu verlangen, aber dann verzichtete er darauf. Es machte wenig Unterschied, ob er mit oder ohne den Segen der Geistlichkeit starb. Es befreite ihn nicht von der Schuld, die er sich selbst anlastete. Er warf keinen Blick zurück, er bückte sich, um unter der niedrigen Tür hindurchzugehen, und blieb im Gang vor seiner Zelle stehen.

Der Herold wurde von einem halben Dutzend königlicher Gardisten begleitet, die bis an die Zähne bewaffnet Aufstellung genommen hatten. Eine stumme Warnung an einen Mann, der vielleicht sein letztes Heil in der Flucht suchen mochte.

Der Trupp schloß sich um den Verurteilten, der sie dennoch durch seine Größe und seine aufrechte Gestalt überragte. Man führte ihn in den Hof der Festung, doch dort hielt er vergeblich nach dem schwarzen Block Ausschau, auf dem der Marschall de Biron sein Leben verloren hatte. Eine Sänfte stand bereit. Eine schmucklose Trage, ohne Wappen und ohne Hinweis auf den Rang der Person, die hinter diesen Ledervorhängen durch die Stadt getragen wurde. Wohin brachte man ihn?

Yvain de Tournai warf einen fragenden Blick in das sonnendurchglühte Blau des Augusthimmels, der über der Bastille lag. Die Place de Grêve vermutlich. Der Strandplatz vor dem großen Hafen der Seine, an dem die Schiffe anlegten und sich das öffentliche Leben der Stadt abspielte. Volksfeste oder Hinrichtungen. Heinrich von Navarra ersparte ihm in seinem Zorn auch nicht die letzte, öffentliche, vollständige Demütigung. Er strafte ihn mit der vollen Wucht seiner Ungnade.

Immerhin, es war kein Schinderkarren. Es war eine Sänfte mit lederbezogenem Sitz und kräftigen Eisenstangen, die nur zu deutlich verrieten, daß ein gefährlicher oder wichtiger Gefangener transportiert wurde. Der letzte Tournai. Die Grafenwürde ging an Gontier de Gramont über, und damit besaß sein Vetter endlich alles, wonach ihn gelüstete. Mit Ausnahme von Valentine natürlich. Valentine gehörte dem Henker, wie er selbst.

Den Namen zu denken, erwies sich als gravierender Fehler. Der Mann in der Sänfte verbarg das Gesicht in den Händen und versuchte seine Fassung zurückzufinden. Valentine, seine Fee, die zugleich sanft und wild, liebenswürdig und angriffslustig, bezaubernd und widerspenstig sein konnte. Die eben erst dabei gewesen war zu entdecken, daß sie wieder Gefallen am Leben fand.

Valentine, die leidenschaftliche Sirene unvergeßlicher Nächte, die mit einer Berührung ihrer Fingerkuppen mehr Sehnsucht hervorrufen konnte als jede geschickte Kurtisane unter Einsatz ihres ganzen Körpers.

Niemals hatte er in den Armen einer Frau diese berauschende Erfüllung gefunden. Im Gegensatz zu ihr wußte er, wie selten jene völlige Übereinstimmung von Leib und Seele zu finden war, die sie einander geschenkt hatten.

Das Schwert des Henkers konnte nicht mehr schmerzen als das Wissen, ihr Unglück gebracht zu haben. Er machte sich keine Illusionen darüber, wie man mit einer Frau umging, die mit allen Zeichen königlicher Ungnade in die Conciergerie eingeliefert worden war. Wer sollte sie schon vor Raub, Vergewaltigung oder Folter schützen?

Gontier? Einmal gedacht, wurde ihm bewußt, daß er diesen Gedanken stets von sich gewiesen hatte, wenngleich er wahrscheinlicher schien als alles andere. Er hatte die Blicke seines Vetters gesehen, die Valentine folgten. Blicke purer Begierde. Die Wandlung der jungen Frau von der einfachen Magd zur Edeldame faszinierte Gontier, er wollte endlich in Erfahrung bringen, ob der gleiche geschmeidige Körper unter all der Seide und den Spitzen steckte, den er schon einmal mißbraucht hatte. Er würde alles tun, um diesen Beweis zu erhalten. Eine Chance für Valentine?

Nein, unmöglich. Eher würde sie sich freiwillig in die Arme des Henkers begeben, als dem Manne einen Gefallen zu tun, den sie mit allen Fasern ihres Seins haßte. Gontier de Gramont war die Verkörperung des Bösen für sie, denn inzwischen hatte sie längst erkannt, mit welcher blendenden Raffinesse er das naive Mädchen aus der Rue Groseille in seine Netze gezogen hatte. Und trotzdem war da noch genügend Haß in ihr für sich selbst. Genügend Verachtung für die eigene Torheit.

»Gerechter Gott, wenn du dich der Menschen annimmst, die auf dieser Erde leben, dann beschütze diese junge Frau in ihrem elenden Stolz vor sich selbst. Laß nicht zu, daß man sie demütigt und ihr weh tut. Laß mich für sie büßen ...«

Ein seltsames Gebet, das der Seigneur da in seine kühlen Hände murmelte. Eines, das sich sehr von den pflichtbewußten Litaneien der Messen unterschied, denen er beiwohnte, weil es sich so gehörte. Er war sich seiner Fehler und seines Versagens bewußt, aber vielleicht zeigte der Himmel ja Erbarmen mit einem Geschöpf, daß keine Strafe verdient hatte.

»Wir sind am Ziel, Ihr könnt aussteigen!«

Der Ledervorhang wurde zurückgeschlagen, und die plötzliche Sonne blendete den Seigneur. Er schützte seine Augen mit der Handfläche und ließ sie nur langsam sinken. Ein flüchtiger Ausdruck echten Erstaunens huschte über sein Gesicht.

Dies war nicht der Strandplatz! Dieser Seiteneingang führte direkt in den Louvre, und der König benutzte ihn, wenn er ohne großes Zeremoniell in seiner Stadt unterwegs sein wollte.

»Ihr bringt mich zum König?« konnte er sich nicht enthalten zu fragen.

»Ich habe den Befehl, folgt mir!«

Mit seltsam gemischten Gefühlen stieg Yvain de Tournai die vertrauten Steinstufen hinauf. Hinter seiner gerunzelten Stirn jagten sich die Gedanken. Eine Verzögerung der Hinrichtung? Eine Aufhebung des Urteiles? Neuerliche Vorwürfe und Intrigen?

Unwillkürlich hielt er Ausschau nach einem vertrauten Gesicht. Aber weder Maximilien de Rosny noch Fouquet de Varenne, der Kammerherr des Königs, ließen sich blicken. Von beiden hätte er sich wenn schon keine Hilfe, so doch wenigstens rechtschaffene Unvoreingenommenheit und völlige Unbestechlichkeit erhofft. Einen Hinweis darauf, was ihn erwartete.

So indes wappnete er sich mit dem ganzen hochfahrenden Stolz, den er besaß, und blieb stocksteif im Vorzimmer des Königs stehen, während ein Lakai seine Ankunft meldete und die Gardisten links und rechts der Tür formell Aufstellung nahmen. Lediglich die heftige Gebärde, mit der er die beschmutzten Manschetten zurechtzog, hätte einem geübten Auge die gewaltsam unterdrückte Erregung verraten, die ihn beherrschte.

»Seine Majestät erwartet Euch«, tauchte plötzlich ein Kammerdiener auf und hielt Yvain de Tournai auffordernd die Türe auf.

Der Seigneur fand seinen König hinter einem mächtigen Tisch, der über und über mit Urkunden, Pergamenten und Folianten bedeckt war. Mehrere Federn, Tintenfässer, eine Weinkaraffe und ein venezianischer Glaspokal teilten sich den kargen Platz mit einem gewaltigen Kerzenleuchter, in dem trotz der frühen Tagesstunde ein halbes Dutzend duftender Honigkerzen brannte.

»Sire.« Die respektvolle Reverenz des Verurteilten war förmlich und hatte jede freundschaftliche Vertrautheit früherer Tage verloren.

»Tournai . . .so, so . . .«

Von einem König, der ihm normalerweise entgegengeeilt, ihn am Arm berührt, manchmal sogar in den Arm genommen hatte, war dies eine so kalte, distanzierte Begrüßung, daß der Seigneur jede Hoffnung fahren ließ. Er wartete schweigend ab. Den schmalen

Kopf mit den kurzen schwarzen Haaren stolz erhoben, den Blick irgendwo zwischen die prächtigen Wandteppiche gerichtet, die über dem Scheitel des Königs Szenen aus mythischer Vorzeit erzählten.

»Man hat mir geraten, Euch persönlich zu den Ereignissen zu befragen, die zu Eurer Verhaftung geführt haben«, begann der König und drehte eine Schreibfeder zwischen den Fingern. »Also sprecht.«

Tournai preßte die Lippen zu einem schmalen Strich aufeinander, ehe er sich zu einer Antwort zwang. Man ließ den König nicht warten, egal wieviel Unrecht er einem getan hatte.

»Ich habe meine Unschuld so oft beteuert, daß es mir müßig erscheint, es ein weiteres Mal zu tun«, entgegnete er arrogant. »Weshalb sollte man mir ausgerechnet jetzt glauben?«

»Vielleicht weil sich neue Erkenntnisse ergeben haben«, lockte ihn der König aus der Reserve. »Weil es so scheint, als wäret Ihr ebenfalls ein Opfer der Umstände geworden. Das Opfer einer raffinierten Kokotte, die in spanischem Sold steht.«

»Ich weiß nicht, wovon Ihr redet, Sire ...« entgegnete der Gefangene, aber die Schärfe in seiner Stimme verriet, daß er sehr wohl auf dem Wege folgte, den der König ihm vorgab.

»Man hat mir berichtet, daß Valentine la Forche im Kerker ein umfassendes Geständnis ihrer Verbrechen abgelegt hat«, erklärte der König jetzt mit deutlich erhobener Stimme.

»Ein Geständnis?« brauste Yvain de Tournai auf. »Bei Gott, was sollte dieses arme Mädchen schon gestehen können? Was werft Ihr Valentine vor?«

»Lügen, Betrug, Hochstapelei, Verrat ... Verbessert

mich, wenn ich auf der Liste etwas vergessen haben sollte, Monsieur.«

»Bei Gott, hat man sie gefoltert?«

Unter der natürlichen Bräune von Yvains Haut schimmerte kalkige Blässe. Seine Fäuste ballten sich, ohne daß es ihm bewußt wurde. Er konnte sich nur eine Möglichkeit vorstellen, die junge Frau zu einem solchen Geständnis zu zwingen. Man hatte ihr Gewalt zugefügt, ihren stolzen Sinn gebrochen.

»Kümmert Euch nicht um diese Person«, winkte der König ab und legte endlich die Feder fort. Er erhob sich und kam um den Tisch herum, wobei er auf eines der Dokumente deutete, die dort lagen. »Unterschreibt dieses Protokoll, und Ihr seid ein freier Mann und erhaltet Euren ehrlichen Namen und Eurer Vermögen zurück.«

Yvain, noch ganz in der Sorge um Valentine befangen, hatte Mühe, das Angebot nicht mit einer verächtlichen Geste abzulehnen. Was interessierte ihn all das, wenn sie dafür ihr Leben gegeben hatte?

»Was verlangt Ihr? Was soll ich da unterzeichnen?« murmelte er tonlos.

»Die Bestätigung, daß Ihr nichts von den Spionagediensten gewußt habt, welche die Demoiselle für den König von Spanien leistete.«

»Sie ist keine Spionin!«

»Unterschreibt und Ihr seid frei!«

»Bei Gott! Nein!«

Yvain de Tournai erschrak selbst vor seiner Respektlosigkeit. Man schrie den König nicht an. Kein Wunder, daß er ihn mit dieser Miene eiskalter Berechnung betrachtete, aber es war ohnehin schon alles egal.

»Nein!« wiederholte er heftig, aber nicht mehr ganz

so laut. »Wenn es an Eurem ganzen Hofe einen Menschen gibt, der nicht in Intrigen und Lügen verwickelt war, dann ist es dieses Kind. Man hat ihm übel mitgespielt, und es ist ohne sein Verschulden in Not geraten. Ich werde keinen Federzug tun, um sein Unglück zu vergrößern. Ich habe dieser Frau bereits genügend angetan!«

»Wie heldenhaft.« Deutlicher Spott klang aus der Stimme des Königs, aber auch eine tiefe Befriedigung, die er nur schlecht verbergen konnte. »Ihr opfert Euch für eine Kürschnerstochter? Für ein Handwerkermädchen, das sich durch die Betten edler Herren ins Licht des Hofes geschlafen hat? Es kann nicht Euer Ernst sein!«

Tournai zuckte unter der Brutalität der beschriebenen Tatsachen zusammen. Der König wußte also bis ins letzte Bescheid. Einmal mehr wünschte er sich, er könnte die Zeit zurückdrehen, zu jenem Nachmittag, an dem er Valentine das erste Mal gesehen hatte.

Eine stolze, hinreißende Schönheit, die sich ihrer eigenen, verblüffenden Wirkung nicht bewußt war. Die unschuldig und neugierig zugleich auf die blendende Fassade des Hofes und eines schönen Mannes blickte und sich fragte, ob es ihr vergönnt sein würde, mehr davon zu sehen.

Weshalb hatte er sie nicht damals kurzerhand gepackt und nach Brosse entführt? Ungerührt der Folgen oder auch des Ärgers, den er sich damit eingebrockt hätte. Allein, es war zu spät.

»Verzeiht, Sire, es ist mein Ernst«, antwortete er leise im Bewußtsein, daß es nichts mehr zu verscherzen gab. »Ich weiß aus welchem Hause Valentine la Forche kommt, und in meinen Augen ist das kein Grund, sich dafür zu schämen. Ihr Vater ist ein ehrsamer Handwerker, und daß er nicht imstande war, sie vor den Versuchungen des Hofes zu schützen, vermag ich ihm nicht vorzuwerfen.«

»Euer Edelmut ist rührend«, spottete der König weiter. »Es mag ja leicht sein, hier den ritterlichen Beschützer zu spielen, aber wenn diese Person auf freiem Fuß wäre, sähe die Sache schon anders aus. Oder wärt Ihr etwa bereit, einem gewöhnlichen Bürgermädchen die Hand zum Ehebund zu reichen? Sie zur Dame de Tournai zu machen und ihre Kinder zu Euren Erben?«

Yvain de Tournai wischte sich über die Stirn, als gelte es, dort Spinnweben zu vertreiben. Er hielt dem zornigen Blick des Königs stand, ohne die Lider zu senken. Er würde Valentine nicht verraten. Nicht einmal in diesem Moment. Das war er ihr schuldig. Das war das einzige, was er für sie tun konnte.

»O ja, ich würde es tun!« sagte er leise und in seiner rauhen Stimme schwang soviel Schmerz mit, daß ihm der König den Rücken zuwenden mußte. »Ihr wißt nicht, wieviel Tapferkeit und Mut in dieser jungen Frau steckt. Sie ist aus jenem Holz geschnitzt, aus dem das Schicksal Heilige oder die Mütter großer Geschlechter macht. Es ist nicht allein ihre Schönheit, die bezwingt, es ist ihr Geist, ihre Haltung, ihre Ehrlichkeit. Würdet Ihr nur für eine Stunde all die Dinge vergessen, die Ihr über sie wißt, und mit ihr reden wie mit einer Edeldame, Ihr würdet mir zustimmen. Sie wäre die erste unter ihnen. Es hat noch nie eine wie sie gegeben ...«

Der König sah das zarte Gesicht einer 15jährigen Hofdame vor sich und schwieg. Was hatte es für einen

Sinn, nach fast zwanzig Jahren an sie zu erinnern? Sie war längst die ehrwürdige Herrin einer großen Familie und entsann sich vermutlich nicht einmal mehr der leidenschaftlichen Torheiten, die sie einmal begangen hatte.

»Ihr liebt sie also ...«, murmelte er statt dessen.

Yvain de Tournai hatte sich das selbst nicht in solcher Klarheit eingestanden. Der König hatte ihn gezwungen, seine Gefühle auszusprechen und Stellung zu beziehen. Er hatte dieses Geständnis zuletzt seiner Mutter gemacht, und seitdem schlummerten die Worte ungebraucht in seinem Herzen. Es war an der Zeit, sie noch einmal in den Mund zu nehmen, ehe er nie wieder sprechen konnte.

»Ja, ich liebe sie. Ich erkenne sie mit meinem Herzen. Ihr besitzt meine Treue und meine Loyalität als Edelmann, Sire. Aber mein Herz, das darf ich frei vergeben und es gehört ihr.«

»Nun, dann vernehmt Euer Urteil!«

Der König griff nach jenem Pergament, das Yvain sich geweigert hatte zu unterschreiben. Erst jetzt sah der junge Mann, daß es bereits gesiegelt war und das königliche Band trug.

»Ich befehle Euch, Valentine la Forche zur Frau zu nehmen! Ihr werdet den Beweis für Eure Schwüre antreten müssen, wenn Ihr wollt, daß ich Euch glaube, Monsieur de Tournai. Erst wenn Ihr vor dem Altar geschworen habt, seid ihr frei, soweit man das als frei bezeichnen kann. Es bleibt Eurer Gemahlin überlassen zu bestimmen, wo sie ihren Wohnsitz nehmen will.«

Yvain de Tournai starrte den König mit so verblüfften Zügen an, daß jener ihm ein sparsames, spöttisches

Lächeln gönnte. Es war ein grober Scherz, den er da mit einem seiner Freunde trieb, aber er hatte es tun müssen, um Klarheit über dessen Gefühle zu erhalten.

»In der Tat, damit habt Ihr nicht gerechnet? Ich kann Euch zudem beruhigen, der jungen Dame ist kein Haar gekrümmt worden und sie befindet sich in Sicherheit. Ihr werdet sie jedoch erst vor dem Altar wiedersehen.«

»Ich begreife nicht«, versuchte der Seigneur wenigstens einen Satz zu beginnen.

»Das ist auch nicht nötig«, fiel ihm der König knapp ins Wort. »Gehorcht und haltet Euch von künftigen Intrigen fern. Ich habe mich entschieden Gnade vor Recht walten zu lassen, sorgt nicht dafür, daß ich es bereuen muß. Ihr seid entlassen, Seigneur. Ihr könnt Eure Gemächer aufsuchen, aber die Wache hat Befehl, daß Ihr sie erst verlassen dürft, wenn Ihr Euch in die Kapelle begebt. Bemüht Euch nicht, mir zu danken. Bewahrt Eure Dankbarkeit für Eure Gemahlin auf.«

Yvain de Tournai, der elegante, geschmeidige Edelmann, stolperte förmlich über die eigenen Füße, als er sich aus dem Kabinett des Königs zurückzog.

Er sah nicht, daß sich das sparsame Lächeln seines Souveräns zu einem breiten Grinsen verwandelt hatte. Margot würde also das Grundstück und ihren Palast bekommen. Sie würde ihn ausnehmen, das stand fest. Sie gehörte zu jenen Frauen, die einen Sieg zu genießen verstanden, aber sie hatte ihn auch verdient.

Bei Gott, er hatte selten einen Mann gesehen, der fester in den Klauen eines Weibes zappelte. Ausgerechnet Yvain de Tournai, der Ritter ohne Herz, wie ihn manche Edeldamen hinter vorgehaltener Hand nannten. Aber allein, Heinrich von Navarra verstand, was die Liebe anrichten konnte. Wenn er an Henriette d'Entragues dachte, konnte er es leider sehr gut nachfühlen.

# 18. Kapitel

»Beeilt Euch! Worauf wartet Ihr, so öffnet doch endlich diese vermaledeite Tür!«

Das Gezeter der aufgeregten Frauenstimme drang nur von Ferne an Valentines Ohr. Sie kauerte auf ihrer Pritsche und bemühte sich vergeblich darum, einfach das Atmen einzustellen. Immer wieder spielten ihr die schmerzenden Lungen einen Streich und füllten sich mit der stickigen Luft, die nach dem Unrat der Zelle und den Abfallgruben roch, die sich unmittelbar unter den Mauerdurchbrüchen befinden mußten. Sie hatte das Gefühl für Tag und Nacht verloren.

Müde blinzelte sie in das Licht einer Laterne, das sich über ihre Gestalt ergoß. Die Personen, die außerhalb dieses Lichtkreises standen, konnte sie nur als schattenhafte Umrisse wahrnehmen. Frauen, der Kleidung und den Hauben nach zu schließen. Apathisch schloß sie die Lider von neuem. Nicht interessiert an den Demütigungen, denen sie unterworfen werden sollte.

Aber da war nur ein weicher samtiger Mantel der sich um ihre Schultern legte, und eine Hand, die fürsorglich ihren Arm stützte.

»Könnt Ihr aufstehen, Kind? Bei Gott, sie ist schwach wie ein neugeborenes Kätzchen, was habt Ihr mit ihr gemacht?«

Valentine riß die Augen wieder auf und versuchte die liebenswürdige Stimme zu identifizieren, die sie in ihrer Benommenheit störte.

»Wer seid Ihr?«

»Ihr sprecht mit Madame de Guercheville, der obersten Kammerfrau Ihrer Majestät der Königin«, unterrichtete sie eine andere Frauenstimme, und Valentine kam schlagartig in die Wirklichkeit.

»Anne Dugros! Was wollt Ihr? Ich habe Euch gesagt, daß Monsieur de Gramont nicht ...«

»Schscht! Regt Euch nicht auf, alles wird in Ordnung kommen«, ließ sich die Marquise de Guercheville das Heft kein zweites Mal aus der Hand nehmen. »Wir sind gekommen, Euch abzuholen. Der König selbst hat Eure Freilassung angeordnet und Sorge dafür getragen, daß Ihr für die Unbill entschädigt werdet, die Euch peinlicherweise widerfahren ist.«

Valentine glaubte zu träumen. Unwillkürlich fuhr sie mit den Handflächen über die schwere Seide des dunklen Umhanges, der merkwürdig unpassend zu jenem schrecklichen Sack von Kleid aussah, das sie trug. Doch mit einem Rest von Trotz hob sie den schmalen Kopf.

»Wenn Monsieur de Gramont hierbei seine Finger im Spiel haben sollte, dann laßt mich hier! Ich werde keinesfalls ...«

»Ihr werdet mir jetzt folgen«, bestimmte die energische Dame. »Dieser Ort mißfällt mir auf das höchste und ich möchte ihn so schnell wie möglich verlassen. Anne, stützt Madame und laßt uns gehen!«

Valentine hatte nicht die Kraft, sich gegen die sanfte Gewalt der beiden Frauen zu wehren. Die Angst, der Hunger und die Verzweiflung forderten ihren Tribut. Alles drehte sich vor ihren Augen, und sie sank halb ohnmächtig in die Polster eines Wagens, der sich in Bewegung setzte, sobald die Marquise das entsprechende Zeichen gegeben hatte. Die Unterhaltung ihrer ehemaligen Kammerfrau und jener der Königin drang wie durch eine dichte Wattewand nur manchmal zu ihr durch.

»Sie trägt nicht einmal Schuhe!« entsetzte sich die Marquise.

»Man sagt, die Wärterinnen treiben einen Handel mit den Kleidungsstücken, die sie den Unglücklichen abnehmen, die in ihre Obhut gegeben werden«, entgegnete Anne Dugros und zog mitleidig den Umhang über Valentines zerzauster Erscheinung zurecht.

Sie wußte nicht, was den Wechsel im Schicksal ihrer schönen Herrin verursacht hatte, aber es war an der Zeit gewesen, daß er stattfand. So verstört und zitternd hatte sie vor wenigen Tagen noch nicht gewirkt.

»Was hat sie nur mit Monsieur de Gramont gemeint? Soweit ich weiß, hat doch der König persönlich angeordnet, daß man ihr die Freiheit gibt ...«

Der König? Valentines Kopf versuchte vergeblich, die einzelnen Steine der verwirrenden Mosaiks zu einem Bild zusammenzufügen. Man hatte sie auf Befehl des Königs verhaftet, weshalb nun diese plötzliche Wendung der Dinge? Was war geschehen?

Als Valentine das nächste Mal wieder die Augen aufschlug, befand sie sich in einem prächtigen Pfostenbett, dessen goldbestickte Vorhänge mit breiten Samtbändern gerafft waren und dessen Decken und Matratzen ein Wunder an Weichheit und Wärme waren.

Sie versuchte sich auf einen Arm zu stützen, um über die Barrieren der Kissen und Schals hinauszusehen, die sie bedeckten, damit sie erkennen konnte, wo sie sich befand. Ihre Bewegung brachte auch Leben in eine Person, die in einer Fensternische stand und sinnend auf die königlichen Gärten hinaussah.

»Ihr seid wach! Wie fühlt Ihr Euch?«

»Madame?« Valentine erkannte Marguerite von Valois, die an das Fußende ihres Bettes eilte und ihr ein freundschaftliches Lächeln schenkte. »Wo bin ich?«

»Im Louvre, Kind! Der König hat Euch ein eigenes Appartement zugeteilt, und wie Ihr seht, hat er nicht gezögert Euch für die schlimmen Stunden, die Ihr erdulden mußtet, zu entschädigen.«

Valentine sah an sich herab, sie trug ein feines Hemd mit bestickten Manschetten und einer kunstvollen Seidenkordel um den Hals, aber ihre Hände zeigten noch die Spuren der Haft.

»Ich bin schmutzig!« murmelte sie und nahm befangen die Finger von der Decke.

»Wie ein Zigeunerjunges«, bestätigte die ehemalige Königin. »Aber Eure Kammerfrau hielt es für angebracht, Euch erst einmal schlafen zu lassen. Wie fühlt Ihr Euch, meine Liebe?«

Valentine kannte indes nur einen Gedanken, sobald es ihr gelang, die Ereignisse halbwegs folgerichtig einzuordnen.

»Monsieur de Tournai ... Was ist mit ihm? Hat man ... ist er ...?« Sie brachte es nicht fertig, den schrecklichen Satz zu Ende zu sprechen.

»Er lebt und er befindet sich gleichfalls in Sicherheit«, erklärte ihre Beschützerin ohne große Umschweife. »Der König hat Gnade walten lassen.«

»Dem Himmel sei Dank!«

Valentine sank kraftlos in die Kissen zurück. Ein Strahlen ging über ihr blasses angestrengtes Gesicht. »Er lebt ...«

»Und Ihr benötigt ein Bad«, kürzte die andere die fälligen Erklärungen rigoros ab. »Vermutlich auch eine Mahlzeit, so wie Ihr ausseht. Danach werden wir sprechen. Im Augenblick gibt es nichts, was Ihr fürchten müßt. Vertraut Euch der Königin und ihren Damen an. Ich habe dafür gesorgt, daß Eure Kammerfrau für Euch bereitsteht.«

»Die Königin?«

Valentine erinnerte sich an die dunkle, stämmige Italienerin, der sie die Pelze ihres Vaters präsentiert hatte.

»Weshalb sollte ich mich der Königin ...«

»Auf Befehl des Königs«, fiel ihr die andere ins Wort. »Und nun gehabt Euch wohl, Kind. Ich wollte nur kurz nach Euch sehen. Ich bin sicher, Ihr werdet mich aufsuchen, sobald Ihr die Zeit dafür findet ...«

Marguerite von Valois verließ das prächtig ausgestattete Schlafgemach, ehe Valentine weitere Fragen stellen konnte. Die Nachricht der Königin hatte sie in den Louvre getrieben, denn seltsamerweise empfand die Italienerin keine Eifersucht auf die Tochter einer anderen Medici. Im Gegenteil, beide Frauen verband so etwas wie gegenseitige Hochachtung und die Sorge um den Mann, den sie beide auf ihre Art schätzten. Allein, es schien ihr ratsam, daß ihr Besuch im Moment nicht entdeckt wurde. Heinrich reagierte empfindlich, wenn man seine Pläne störte.

Befehl des Königs! Valentine entdeckte, daß sie diese drei Worte mehr denn je zu fürchten begann. Die Befehle Seiner Majestät kamen ihr äußerst unberechenbar und launisch vor. Man konnte nie sicher sein, wo man am nächsten Morgen aufwachte, wenn er sich einmischte. Bisher hatte sie ihn für einen charmanten Fürsten, einen tüchtigen Souverän und einen Mann der Frauen gehalten. Die vergangenen Tage indes hatten sie gelehrt, daß es besser war, ihm mit Argwohn zu begegnen.

Ein Empfinden, das ihre Haltung prägte, als sie sich vor dem Souverän neigte, der am Abend des selben Tages plötzlich in ihrem Salon stand und sie aus unergründlichen Augen betrachtete.

»Majestät . . .« murmelte sie befangen und wagte nicht, sich aus der Reverenz zu erheben, in die sie mitsamt ihrer Zofe und Kammerfrau gesunken war.

Heinrich von Navarra betrachtete den zierlichen Nacken, der sich vor ihm neigte und der fast zu schwach schien, um die Last der rotgoldenen Haarkrone zu tragen, die auf seinem Scheitel schwebte. Ein grünblau schimmerndes Seidenkleid bauschte sich um sie. Die blassen, seidigen Schultern schimmerten unter einem schneeig weißen Spitzenkragen, der mit Golddraht verstärkt wie ein Rahmen um den feinen Hals stand.

Jetzt, wo er um die Ähnlichkeit wußte, fand er für einen Moment jene leidenschaftliche Torheit seiner Jugend zurück, die ihn damals beseelt hatte. Jenen Rausch der Liebe, dem dieses exquisite Geschöpf seine Existenz verdankte. Welch ein Segen, daß Margot schon damals ein zu weiches Herz besessen hatte!

»Erhebt Euch, Madame«, knurrte er unwirsch, um die Bilder der Vergangenheit zu vertreiben.

Valentine vernahm lediglich die Gereiztheit des Tonfalls, und von neuem überfiel sie die Angst. Sie mißtraute Heinrich von Navarra. Sie konnte es nicht leugnen, und ihr Mißtrauen schien aus jeder Pore ihres zierlichen Körpers zu quellen.

»Ihr müßt keine Angst vor mir haben, Kind«, dämpfte der König seinen mürrischen Ton. »Ich wünsche lediglich ein wenig mit Euch zu plaudern. Unter vier Augen, wenn's genehm ist!«

Valentine blieb nichts anderes übrig, als ihre Dienerinnen zu entlassen. Sie zwang sich die Schultern zu straffen und blieb mit jener unnachahmlichen Haltung stehen, die den König schon immer an ihr bezaubert hatte. Ein angeborener Stolz, der ihn an einer einfachen Frau ohnehin stets verwundert hatte. Nun wußte er, aus welch tiefen Quellen sie ihr Auftreten bezog und welche Qualitäten hinter ihrer schönen Fassade schlummerten.

»Es gibt da ein paar Dinge in Eurem Leben, die dringend in Ordnung gebracht werden müssen«, begann er in einer höchst eigenartigen Mischung aus väterlicher Rüge und königlichem Befehl. »Man hat Euch viel Unrecht getan, aber es war auch nicht recht von Euch, unter falschem Namen an meinem Hofe zu erscheinen.«

»Es lag nicht in meiner Macht, Einfluß darauf zu nehmen«, entgegnete Valentine ruhig.

Sie verteidigte sich nicht, sie teilte lediglich mit.

»Wie dem auch sei«, fuhr der König leicht irritiert von der unerwarteten Unterbrechung fort. »Es scheint mir an der Zeit zu sein, Euch einen Namen zu geben, auf den Ihr Anrecht habt und der Euch fürderhin von Tratsch und übler Nachrede befreit.«

Er machte eine vielsagende Pause, aber Valentine zwang sich zum Schweigen.

»Wir haben Eure Heirat beschlossen, Madame!«

Die junge Frau erbleichte. Für einen schrecklichen Augenblick nahm sie sogar an, der König habe von Hughes Badoix erfahren und wolle sie nun endgültig zwingen, sich in das Bett des Kürschners zu begeben. Aber woher sollte er von dieser Verlobung wissen?

»Ich begreife nicht«, murmelte sie verwirrt.

»Es ist an der Zeit, daß Ihr das Leben führt, das Euch zusteht, Madame!« antwortete der König mit einem Ernst, den die junge Frau nicht begriff. »Ich habe dem Seigneur de Tournai befohlen, Euch zur Frau zu nehmen. Es geht nicht an, daß Ihr weiterhin in Sünde mit ihm lebt. Der Bischof wird Euch morgen in St. Germain zusammengeben.«

Valentine schwankte. Mit letzter Kraft zwang sie sich, ihrer Schwäche nicht nachzugeben. Der König fand bestimmt keinen Gefallen an ohnmächtigen Kürschnerstöchtern, die ihm vor die Stiefel sanken.

»Ich verstehe nicht«, murmelte sie ein weiteres Mal ihre natürliche Intelligenz verleugnend.

»Es ist auch nur nötig, daß Ihr gehorcht!« verkündete der König selbstherrlich. Er fand es unerwartet schwierig, mit dieser Tochter zu sprechen, die ihm so deutlich mißtraute.

Gab es denn keine Sprache des Blutes in ihr? Keine Art natürlicher Zuneigung, die ihr Herz für ihn öffnete? Die männliche Ignoranz, mit der er die unangenehmen Erfahrungen abtat, die Valentine mit der Befehlsgewalt des Mannes gemacht hatte, von dem sie nicht wußte, daß er ihr Vater war, verlieh seinen nächsten Worten besondere Intensität.

»Der Seigneur de Tournai erhält seine Freiheit nur, wenn er Euch zur Frau nimmt. Ihr werdet die Madame de Tournai sein, Gräfin de Brosse, und über Eure Mitgift müßt Ihr Euch keine Sorgen machen. Die königliche Schatulle wird Euch entsprechend ausstatten. Nun, habt Ihr keinen Dank für meine väterliche Güte?«

Der Ausdruck ›väterliche Güte‹ bekam in Valentines Ohren eine Nuance von purem Hohn. Das also war die Strafe, die der König Yvain de Tournai raffinierterweise zugedacht hatte. Die Ehe mit einer gewöhnlichen Handwerkerstochter. Er ersparte ihm das Beil des Henkers für die lebenslange Demütigung eines stolzen Geistes. Bei Gott, was ging in diesem königlichen Kopf nur vor? Kannte er keine Freundschaft? Keine Gerechtigkeit?

»Ich werde gehorchen«, wisperte Valentine.

Wenn Yvains Freiheit von ihrem ›Ja‹ abhing, so würde sie es mit Freuden geben. Danach würde man weiter sehen. Danach würde sie mit Sicherheit einen Weg finden, Yvain de Tournai von der Schmach zu befreien, die ihm der König von Frankreich damit angetan hatte.

Anne Dugros fand ihre Herrin in lautloser Frömmigkeit auf dem Betstuhl, als sie kam, um die junge Frau zu Bett zu bringen. Die versunkene Gestalt glich der bezaubernden Illustration auf der Seite eines Stundenbuches, aber dennoch streifte die Dienerin die unbehagliche Ahnung einer Gefahr. Seltsam, wo sich doch alles zum Guten wenden würde, am nächsten Tag.

## 19. Kapitel

Der König von Frankreich mußte stets ein seltsames Gefühl der Unwirklichkeit bekämpfen, wenn er unter die Gewölbe der Kirche von St. Germain l'Auxerrois trat.

Jene Glocken hatten einst das Signal für das Abschlachten seiner protestantischen Glaubensbrüder gegeben. Trotzdem mußte er akzeptieren, daß er in seinem wieder angenommenen Katholizismus die Messe in eben jener Kirche hörte und nun der Hochzeit seiner Tochter beiwohnte, die dem Seigneur de Tournai zugeführt wurde.

Der ganze Hof war versammelt, das ungewöhnliche Ereignis zu begehen, wenngleich außer dem Souverän selbst und den beiden Frauen, denen er vertraute, niemand die genauen Gründe dafür zu sagen wußte. Es sah so aus, als gebe der König dem Seigneur de Tournai eine einfache Witwe zur Frau, nachdem er sowohl die Braut wie auch den Bräutigam vom Vorwurf des Hochverrates freigesprochen und in Gnaden wieder aufgenommen hatte.

Auch Henriette d'Entragues befand sich unter den Gläubigen, und ihr verschlossenes Gesicht besagte mehr als alle Worte, daß sie mit dieser Hochzeit nicht einverstanden war. Sie hatte geglaubt, den gefährlichen Seigneur für immer los zu sein, und nun fand sie ihn plötzlich von neuem vom König begünstigt und bevorzugt. Ganz zu schweigen von dieser Person, die Gontier angeschleppt hatte. Eine Schönheit, unzweifelhaft, aber so gewöhnlich wie der Staub der Pariser Gossen.

Immerhin eine Lehre für den hochfahrenden Tournai. Es würde ihn hart ankommen, dieses Geschöpf heiraten zu müssen, auch wenn der König es mit einer stattlichen Mitgift versehen hatte. Selbst ein Batzen Goldstücke konnte nicht darüber hinwegtäuschen, daß die Blutlinie der Tournais künftig einen herben Schlag erleiden würde. Ein leises triumphierendes Lächeln löste die eisige Starre auf den schönen Zügen der Favoritin in eben jenem Moment ab, als Valentine an ihr vorbeischritt.

Die Braut machte sich keinen Herzschlag lang Illusionen über dieses Lächeln. Sie hatte gelernt, aus den herabgezogenen Mundwinkeln, den unmerklichen Gesten und einem verächtlichen Senken des Fächers zu lesen. Allein, es war nur eine kurze Spanne der Zeit. Sobald Yvain de Tournai seine Freiheit wieder hatte, war auch sie frei zu tun, was ihr Kopf und ihr Herz befahlen.

Der Seigneur de Tournai erwartete seine künftige Gemahlin an der Seite des Priesters vor dem Altar. Wie immer in düster prächtiges Schwarz gekleidet, konnte Valentine die Augen nicht von ihm lassen. Beherrscht, souverän, von tadelloser Haltung und ohne jenen närrischen Anflug modischen Beiwerks, den sein schurkischer Vetter bevorzugte. Ihre Blicke weideten sich an seiner Erscheinung.

Die junge Frau, deren Aufputz die Königin von Frankreich persönlich beaufsichtigt hatte, erschien dem Manne, der auf sie wartete, noch schöner als das Bild in seiner Erinnerung. Eine ernste Reife lag auf ihren Zügen. Nicht mehr die Starrheit des Schocks, sondern der herzbewegende Liebreiz angeborener Anmut. Ihre offenen, golden leuchtenden Haare fielen bis auf die Hüften herab, und ein hauchfeiner, irisierender Goldschleier war an dem goldenen Stirnreif befestigt, der sie bändigte.

Sie trug ein smaragdgrünes Überkleid mit prächtigen Perlenstickereien über einem cremefarbenen Seidengewand, dessen bauschige Ärmel durch die Schlitze des Überkleides gezogen waren. Das eher züchtige Dekolleté umspannte auf Höhe des Schlüsselbeins die schmalen Schultern, die wie altes Elfenbein wirkten.

Die zurückhaltende Eleganz dieses Brautgewandes demonstrierte der Welt mehr als alles andere den wechselnden Status der jungen Frau zur ehrbaren Heiratskandidatin, nachdem man sie zuvor bestenfalls für eine geschickte Abenteuerin gehalten hatte. Dies hier war zumindest von der Erscheinung her eine Edeldame!

Yvain de Tournai verschwendete weder einen Gedanken in die eine noch in die andere Richtung. Er suchte die regelmäßigen Züge nach Spuren ihrer Haft ab. Wollte erkunden, was jene unmerkliche Änderung ihrer Haltung verursacht hatte, die ihm auffiel. Trotz aller Zerbrechlichkeit erschien ihm Valentine wirklicher, lebendiger und fraulicher als je zuvor.

Heinrich von Navarra trat selbst vor, um die Hand der Braut in die des Seigneurs de Tournai zu legen, als Valentine neben ihm zu stehen kam.

»Ich vertraue sie Euch an«, sagte er in seltsam gedämpftem Ton. »Haltet Euer Wort, sie zu achten, zu hüten und zu lieben!«

Für Valentine hörte es sich an, als erneuere der König sein hartes Edikt. Er kleidete einen kühlen Befehl in attraktive Worte. Heirate diese Frau und akzeptiere die Demütigung deines Stolzes, oder ich nehme dir die Freiheit.

Sie spürte den Druck von Yvains Fingern und erwiderte ihn instinktiv. Es sollte ein Trost sein. Ein Versprechen. Sie wußte nun, was sie für diesen harten stolzen Mann empfand und sie würde alles tun, um seine Demütigung in Grenzen zu halten.

Yvain de Tournai sah nur die hartnäckig gesenkten Lider, spürte das unmerkliche Zittern der Hand. Er führte es auf die Unsicherheit zurück, die sie empfinden mußte. Sie hatte Tage unter unsäglichen Umständen in einem Kerker verbracht und sollte sich, kaum freigekommen, erneut einem Befehl unterwerfen, der ihr keine Wahl mehr ließ. Daß es zu ihrem Besten sein würde, vermochte sie vermutlich so schnell nicht zu erkennen.

Valentine vernahm seine ruhige, sonore Stimme, als er dem Priester seine Bereitschaft verkündete, Valentine la Forche zu heiraten. Würde diese Ehe überhaupt Gültigkeit besitzen, wenn sie unter falschen Voraussetzungen geschlossen wurde? Aus den Augenwinkeln sah sie die gedrungene Gestalt des grauhaarigen Königs, der die Zeremonie beaufsichtigte, als wolle er sichergehen, daß keiner von beiden im letzten Moment ›nein‹ sagte.

Vermutlich verlieh schon allein seine Anwesenheit dieser Heirat ihre Gültigkeit. Sie traute ihm zu, daß er dafür gesorgt hatte, daß Yvain keine Möglichkeit blieb, der Schande zu entgehen.

Jetzt war es an ihr, die Worte des Priesters zu wiederholen, und sie tat es mit tonloser, leiser Stimme. So bedrückt, daß der Mann an ihrer Seite sie am liebsten besänftigend in den Arm genommen hätte.

Allein, es bot sich ihm lediglich die Möglichkeit, die eisigen Lippen seiner schönen Gemahlin zu küssen, ehe der Wirbel einer königlichen Hochzeitsfeier über sie alle hereinbrach.

Maria von Medici, die in dieser Eheschließung die Niederlage der verhaßten Maitresse ihres Gatten erkannte, hatte keine Mühe gescheut, ihren Sieg mit einem prächtigen Fest zu krönen. Die Schaugerichte der Hochzeitstafel, die Musikanten, Akrobaten und Tänzer, die zur Unterhaltung der königlichen Gäste aufgeboten wurden, verschwommen zu einem Wirbel aus Farben und Lichtern vor den Augen der erschöpften Braut.

Sie glaubte sich allein, als sie endlich einen Moment des Friedens in einer versteckten Fensternische des großen Saales fand und sich müde über die schmerzenden Schläfen wischte.

»Fühlt Euch nicht zu sicher, meine Liebe!« riß sie eine eisige Stimme aus ihrer Ruhe, und als sie herumfuhr, fand sie sich mit der eleganten Favoritin des Königs allein, die sie aus ihren hochmütigen blauen Augen verächtlich betrachtete.

»Madame ...« Valentine deutete eine Reverenz an, die ihren Schreck verbarg, aber weitaus knapper ausfiel als jemals zuvor.

Sie hatte ihre Furcht und ihren Respekt vor dieser Frau eingebüßt.

»Was habt Ihr getan, um den König auf Eure Seite zu bringen?« zischte die andere. »Habt Ihr Euch verkauft, für diese Ehe? Eure Hurendienste angeboten? Ich sehe sehr wohl das Gefühl in seinen Augen, wenn er Euch anblickt. Da ist mehr als nur das bloße Wohlgefallen eines alternden Mannes an jungem Fleisch!«

Die Bösartigkeit des Verdachts ließ Valentine erstarren, aber sie hatte leidvoll gelernt, sich zu wehren. Sie tat es ohne zu zögern.

»Ist das die Art, wie Ihr zu Euren Erfolgen kommt, Madame?« entgegnete sie spitz.

»Freche Dirne!«

»Madame?«

Der Hochmut, mit dem Valentine die Brauen hob und ihr Unverständnis dokumentierte, konnte es mit dem von Henriette d'Entragues bei weitem aufnehmen. Die schöne Maitresse stand einen Herzschlag lang sprachlos vor Madame de Tournai, dann gab sie das gefährliche Zischen einer Schlange von sich und eilte mit wehendem Schleier vom Ort ihrer Niederlage.

Das erste Lächeln des Tages geisterte um Valentines angespannte Züge. Wie einfach das Leben doch wurde, wenn man nichts mehr zu verlieren hatte und demzufolge auch auf niemand Rücksicht nehmen mußte.

»Wiegt Euch nicht zu sehr in Sicherheit, meine liebenswürdige neue Cousine!« hörte sie in diesem Moment eine andere, süffisante Stimme.

Diese Fensternische war kein Schlupfwinkel, sondern der reinste Marktplatz!

Valentine wandte sich langsam um und wappnete sich währenddessen innerlich gegen den Anblick Gontier de Gramonts. Wie stets in letzter Zeit war er prächtig gewandet. Die zahllosen Lagen der venezianischen Spitzen, des bestickten Samtes und der flatternden Bänder polsterten seine geschmeidige Figur zu imponierender, aber auch ein wenig lächerlicher Breite auf.

Die Frau, die einmal beim bloßen Blick seiner Gestalt in willenlose Anbetung versunken war, hatte ihre Gefühle an den Dornen des Weges verloren, der sie in den großen Saal des königlichen Palastes geführt hatte. Sie erkannte die Leere hinter der blendenden Verpackung, die Eigensucht, die Maßlosigkeit, die Eitelkeit.

»Seid Ihr gekommen, mir zu gratulieren, Monsieur de Gramont?« erkundigte sie sich gelassen.

»Eher, Euch zu warnen, meine Beste!« säuselte der bändergeschmückte Chevalier und wedelte mit der Rechten, in der er ein spitzenverziertes Seidentuch trug, aus dem erstickende Wolken von Moschus aufstiegen. »Noch habt Ihr lediglich einen Spielzug gewonnen und nicht die ganze Partie. Es wird meinem hochmütigen Vetter nicht gefallen, an eine Kürschnerstochter gebunden zu sein. Wenn Ihr also vermeiden wollt, daß er Euch nach Tournai abschiebt, damit Ihr in der Provinz vermodert, werdet Ihr Freunde benötigen. Freunde wie mich, meine Schöne.«

Da Gontier de Gramont im Grunde nur sagte, was sie selbst wußte, zweifelte Valentine nicht an der perfiden Aussage. Lediglich die Schlußfolgerung, die der schöne Edelmann daraus zog, sah sie anders. Aber das würde ihr Geheimnis bleiben. Sie zwang sich zu einem strahlenden, nichtssagenden Lächeln.

»Ihr bietet Euch für die Rolle des Freundes an, Gontier? Wie außerordentlich entgegenkommend, ich bin entzückt.«

Sie ahnte nicht, daß Yvain de Tournai sich aufgemacht hatte, nach seiner jungen Frau zu forschen. Es konnte nur schwer seine Ungeduld bezähmen, endlich mit ihr allein zu sein, und es traf ihn wie ein Eimer kalten Wassers, sie ausgerechnet bei einem Flirt mit Gontier de Gramont zu finden. Unzweifelhaft ein Flirt. Die Art, wie sie den stolzen Kopf zur Seite legte und ihn anlächelte, konnte jeden um den Verstand bringen und schon gar diesen Tölpel, dem ohnehin die Gier aus den Mundwinkeln hing!

Die Eifersucht schlug wie eine rote Lohe über ihm zusammen, und der Griff, mit dem er Valentines Arm umfaßte, entlockte der jungen Frau einen leisen, schmerzhaften Aufschrei.

»Ihr entschuldigt uns, Vetter!« sagte er knapp und zog sie so gewaltsam davon, daß sie um ein Haar über ihre Rocksäume gestolpert wäre. Als er sie freigab, fühlte sich ihr Arm taub an, und ihr Erstaunen war gereizter Empörung gewichen.

»Ich begreife, daß Euch die Ehe mißfällt, zu der wir gezwungen wurden, Monsieur!« fuhr sie ihn immerhin so leise an, daß die scharfen Worte nur die Ohren erreichten, für die sie bestimmt waren. »Aber das gibt Euch nicht das Recht, mich wie ein Stück Vieh durch die Lande zu zerren. Ich habe nicht darum gebeten, Eure Gemahlin zu werden, dessen könnt Ihr versichert sein.«

Yvain wußte nicht genau, was er erwartet hatte, aber mit Sicherheit keine solche Rede. Stolze Zurückhaltung, Scheu, Reste von Furcht, aber keine Kriegserklärung. Wie kam sie dazu, diese Ehe abzulehnen?

»Habt Ihr den Verstand verloren?« entgegnete er nicht weniger empört als sie. »Wollt Ihr mir vor dem Hof des Königs eine erste Szene machen? Seid versichert, daß *ich* derlei Torheiten nicht dulden werde.

Ebenso wenig, wie ich es akzeptiere, daß Ihr mich mit diesem bändergeschmückten, nichtsnutzigen Intriganten zum Hahnrei macht. Habt Ihr denn nicht begriffen, daß wir ihm diese ganzen Unliebsamkeiten zu verdanken haben?«

Die schwarzen Umrisse seiner eleganten Gestalt verschwammen vor Valentines Augen. So hatte er nur ein einziges Mal mit ihr gesprochen. Damals, als er ihr befahl, die Aufmerksamkeiten Gontiers zu mißachten. Damals hatte er recht gehabt, aber heute?

»Ihr duldet, Ihr akzeptiert, Ihr befehlt«, wiederholte sie trotzig. »Ist das die Basis, auf der wir künftig miteinander verkehren, Seigneur?«

»Es liegt an Euch, diese Art zu ändern«, erklärte de Tournai heftig.

Die Worte der Zuneigung und des Trostes, die er für sie im Sinn gehabt hatte, waren verschwunden. Jetzt empfand er lediglich den gereizten Wunsch, dieses dickköpfige, widerspenstige Geschöpf zu schütteln, bis es wieder vernünftig wurde.

»Indes kann ich nichts daran ändern, daß die Königin darauf besteht, die Zeremonie des Einzugs in das Schlafgemach mit allem Pomp zu inszenieren. Wappnet Euch.«

Sie dachte trotz ihrer Empörung dankbar an diese Warnung, als sie im Kreise schnatternder Ehrendamen und von der einschüchternden Gestalt der Königin bewacht entkleidet und in einen Hauch hellgrüner Seide gewandet wurde. Sie hätte sich gewünscht, Marguerite von Valois an ihrer Seite zu haben, aber jene wurde zu den Festen des Hofes noch nicht wieder geladen. So waren es die kleinen, dunklen Medici-Augen, die mit einem Anflug von Neid den ebenmäßigen, grazilen Körper ansahen, der durch die grünen Falten der Seide schimmerte.

Valentine hatte eben auf den mit Rosenblättern bedeckten Laken ihres Alkovens Platz genommen, als die lachenden Stimmen der Männer und das Gezirpe der Musikanten näher kamen. Im Nu füllte sich das Kabinett mit noch mehr Menschen, die zwischen Fröhlichkeit und Sensationsgier schwankten. Die Männer betrachteten neidisch die schöne Braut mit den offenen, frisch gebürsteten Haaren, deren Brüste sich verlockend unter der Seide wölbten. Die Frauen kicherten und wagten heimliche Blicke, während der Bräutigam ausgekleidet wurde und nackt, wie Gott ihn schuf, zu seiner Gemahlin unter die Decke schlüpfte.

Valentine sah es nicht, denn sie hatte längst die Augen geschlossen. Sie hatte in den Tagen ihrer Gefangenschaft gelernt, sich in die eigene Person zurückzuziehen. Der Wirklichkeit Trotz zu bieten, indem sie sie einfach nicht zur Kenntnis nahm.

Scherze, Ratschläge und süffisante Sottisen flogen durch den Raum, und die Königin hatte Mühe, die angeheiterte Gruppe endlich aus dem Zimmer zu drängen. Yvain de Tournai sah die unnatürliche Röte auf Valentines Stirn und glaubte zu begreifen, wie sehr die junge Frau unter den indiskreten Blicken und Bräuchen litt.

Sein Wunsch, sie für ihren dummen Trotz von vorhin zu bestrafen, löste sich umgehend in Luft auf. Warum in einem solchen Augenblick Zank und Hader künstlich am Leben erhalten? Weshalb nicht einfach die kurze Spanne völligen Glücks genießen?

Und Glück war es, sie in den Armen zu halten, sie

neben sich atmen zu spüren und zu wissen, daß sie für immer ihm gehörte. Sie hatten noch ein Leben lang Zeit, all die Mißverständnisse und Schwierigkeiten auszuräumen, die sich in der letzten Zeit aufgetürmt hatten. Im Moment zählte doch allein die beglückende Gegenwart.

»Es ist vorbei«, murmelte er sanft und zog sie in seine Arme. »Sie sind fort. Ihr könnt die Augen wieder öffnen. Es ist überstanden.«

Valentine sträubte sich gegen die Vertrautheit der Umarmung.

»Laßt mich!«

Yvain de Tournai hatte trotz des Zwistes von zuvor nicht mit einer Zurückweisung gerechnet. Er fühlte sich geradezu vor den Kopf geschlagen. Er hatte seinen alten Namen, seine Ehre und seinen Stolz vergessen, um diese Frau zu besitzen. Er hatte sich Zuneigung, Dank und Hingabe dafür erwartet und keine Ablehnung. Wo war denn die leidenschaftliche Geliebte, die sich bereitwillig an seinen Körper geschmiegt hatte?

»Was ist das für ein Spiel, das Ihr treiben wollt?« knurrte er dementsprechend wütend und packte die schmalen Schultern, um die Fee in Grün und Gold zu schütteln, die er doch so heftig begehrte. »Denkt Ihr, der Schwur vor dem Altar verleiht Euch das Recht, mich künftig zum Narren zu halten, meine liebe Valentine?«

Valentine senkte die Lider, um die Trauer in ihren Augen zu verbergen. Er war ihr böse. Sie konnte es ihm nicht verübeln. Er wußte ja nicht, was in ihr vorging, für ihn sah es nach einer dummen Laune aus. Nach dem albernen Versuch, die neue Macht als Gattin zu demonstrieren. Allein, solche Narrheiten lagen ihr fern.

Als seine Geliebte hatte sie einen Pakt mit ihm geschlossen, der den Gebrauch ihres Körpers beinhaltete. Doch seit sie entdeckt hatte, daß auch ihr Herz davon berührt wurde, vermochte sie beides nicht mehr zu trennen. Sie konnte sich nicht hingeben, nur weil sie dies immer getan hatte. Sie begehrte ihn, o ja, aber da war etwas Neues in ihr, das ihr die Kraft gab, ihm trotzdem zu widerstehen.

Für ein einziges Wort der Zuneigung hätte sie sich willig in seine Arme geschmiegt. Allein, er sprach es nicht. Er begehrte sie lediglich, aber er liebte sie nicht. Im Gegenteil, er mußte sie verachten. Ihr Anblick erinnerte ihn für alle Zeiten an die Erniedrigungen des vergangenen Tages.

Sie hatte Angst davor, den gerechten Zorn und die Empörung darüber auch auf dem Höhepunkt ihrer Leidenschaft in seinen Augen zu finden. Lieber ganz darauf verzichten, als auf solche Weise auch die zärtlichen Erinnerungen zu beschmutzen.

»Sprecht mit mir, zum Henker!« fluchte de Tournai, von Verlangen und Zorn gleichermaßen um seine Gelassenheit gebracht.

»Ich bin müde«, wisperte Valentine.

»Müde? Bei Gott . . .«

Sie wurde losgelassen und sank in die duftenden Kissen. Es kam ihr vor, als könne sie die Wellen der Ernüchterung und Unzufriedenheit förmlich spüren, die von ihrem Gemahl ausgingen. Er löschte die Kerzen und tauchte das Gemach in Dunkelheit. Er ließ nicht einmal ein einziges Nachtlicht brennen.

Valentine bekämpfte ein Gefühl der Panik. Die völlige Dunkelheit erinnerte sie an ihre Kammer in der Conciergerie, und das Knistern der Holzverkleidung konnte ebensogut eine Bewegung im Stroh sein.

Unwillkürlich ballte sie die Fäuste, bis sich die Fingernägel in die Handballen drückten. Lange konnte sie dieses Elend nicht mehr ertragen. Sie würde ein Ende machen müssen, schon bald.

## 20. Kapitel

»Wo ist Eure Herrin?«

Anne Dugros, die Kammerfrau der frischgebackenen Madame de Tournai, versank in eine Reverenz vor dem Seigneur, der wie ein Herbststurm in das Ankleidekabinett seiner Gemahlin brach.

»Ich ... weiß es nicht«, wisperte sie, und als sie den mörderischen Blick auf sich gerichtet fühlte, fügte sie hinzu: »Möglicherweise in den Gärten, sie hat mich nach dem Weg zu den Tuilerien gefragt.«

Der Sommerpalast der verstorbenen Königin Katharina, was hatte Valentine dort zu suchen?

Ohne sich die Mühe zu machen, der Kammerfrau eine Erklärung zu geben, eilte Yvain de Tournai wieder davon. Eine seltsame Unruhe bewog ihn, sich wider besseres Wissen um seine eigenwillige Gemahlin zu kümmern. Es war beim Plan geblieben, sie in Frieden zu lassen, bis sie selbst den ersten Schritt tat.

Seit er sie weder bei den Damen der Königin noch bei Marguerite von Valois gefunden hatte, kämpfte er mit einer immer stärker werdenden Unruhe. Sein Verstand sperrte sich gegen die Ahnungen, aber er brachte es auch nicht fertig, sie völlig zu ignorieren. War es möglich, daß sich Valentine einmal mehr in Gefahr befand?

Die Frau, um die sich all seine Gedanken drehten, empfand nur eine tödliche, klare Ruhe. Sie schritt über die sorgfältig gepflegten Wege der königlichen Gärten und sah weder die Pfauen, die ihre Räder schlugen, noch die weißen Tauben, die in den Bäumen gurrten. Die rosenbewachsene Laube, die ihr Ziel war, hatte einstmals der Königin und ihren Damen dazu gedient, der größten Sommerhitze zu entfliehen, aber nun wucherten die Blüten sogar über die Steinbänke und Tische.

Solange die Bauarbeiter die Ufergalerie bevölkerten, um auf Befehl des Königs die Kolonnaden aufzustocken, vernachlässigten die königlichen Gärtner jenen Teil der Anlage, denn niemand von den edlen Herrschaften spazierte gerne unter den neugierigen Blicken von Handwerkern umher. Valentine hingegen beachtete die Arbeiter nicht. Sie sah lediglich, daß sie erwartet wurde.

Gontier de Gramont lehnte an einer rosenüberrankten Säule. Sein hellblaues Wams war wie üblich von Spitzen überrieselt, und Bänder in allen Schattierungen des Himmels schmückten den hüftlangen Samtmantel, den er trotz der sommerlichen Wärme darüber geworfen hatte. Seine schlanken Beine steckten in leuchtend grünen Seidenstrümpfen, und die grüngelben Federn seiner Kappe fielen flauschig bis auf die Schultern herab. Er war sich der vermeintlichen Eleganz seiner Erscheinung voll bewußt. Er machte keine Bewegung, als Valentine auf ihn zukam. Sie hatte ihn schließlich einmal als den schönsten Edelmann der Welt bezeichnet! Sie sollte sehen, was sie für ihre Hingabe bekam!

Auch die junge Frau erinnerte sich daran. Wie hatte sie nur jemals so blind sein können? Die Bosheit und Falschheit, die hinter der schönen Fassade steckten, trübten das Bild wie Flecken auf einem Spiegel. Sie hatte wenig Erfahrung mit Schönheit gemacht, ehe sie ihm begegnete, das war die einzige Entschuldigung, die sie für ihre kindische Torheit finden konnte.

Die Pelze ihres Vaters, ein Sonnenuntergang über dem Fluß oder die Schönheit einer Sommerrose hatten ihren Geschmack geprägt, aber all diese Dinge hatten sie nicht darauf vorbereitet, daß wahre Schönheit auch eine Seele benötigt. Dieser Höfling dort hatte keine. Er bestand nur aus Ehrgeiz, Gier und Gemeinheit.

Sie würde wenigstens dafür sorgen, daß er niemandem mehr schaden konnte. Das zumindest konnte sie für Yvain tun, ehe sie ihm das letzte Opfer ihrer leidenschaftlichen Liebe brachte.

»Madame de Tournai«, grüßte Gontier de Gramont spöttisch. »Wie bezaubernd Ihr ausseht! Ich muß gestehen, ich bin entzückt, daß Ihr mir dieses Rendezvous gewährt. Ich hatte nicht darauf gehofft.«

Er griff nach ihrer Hand und zog sie an die Lippen. Mehr eine Geste als ein Kuß aber Valentine hatte Mühe, ihren Abscheu zu unterdrücken. Gramont bemerkte lediglich das Zittern und grinste siegesgewiß.

Valentine zog die Hand abrupt zurück und verbarg sie in den Falten ihres grün-weiß gestreiften Sommerkleides aus glänzendem Atlas. Dort, wo an einer Seidenkordel der kleine Almosenbeutel hing, den alle modischen Damen trugen. Er enthielt ein paar Münzen, ein Spitzentuch und — im Falle von Valentine — jenen kleinen, gefährlichen Dolch, den sie an diesem Morgen nach kurzer Suche in den Truhen ihres Gemahls gefunden hatte. Scharf und tödlich genug, um jeden Stoff zu durchdringen!

Gontier de Gramont legte eben eine zudringliche

Hand auf das bloße Stück von Valentines Schulter, das der rechteckige Ausschnitt ihres Gewandes freigab. Eine Geste, die der jungen Frau schlagartig die jähzornige Energie verlieh, die nötig war, um zu vollenden, was sie geplant hatte. Ihre Rechte fuhr hoch, und der spitze Dolch senkte sich in die Brust des Mannes, der vor ihr stand. Sie nahm kaum den leichten Widerstand von Samt und Haut war.

Gontier de Gramonts Augen weiteten sich verblüfft, und ein kehliger Schrei entfuhr ihm, während er zurücktaumelte. Valentine hielt die tödliche Waffe noch immer so fest umklammert, daß sie von selbst aus der Brust glitt, als der bändergeschmückte Kavalier zu ihren Füßen zusammenbrach. Blut schoß aus der Wunde auf ihre Röcke und Hände. Valentine hob bestürzt die Finger mit der Waffe.

Sie zögerte lediglich einen Moment. Nur für ein kurzes »Gott, steh mir bei!« Dann setzte sie das spitze Messer an jene Stelle ihres Mieders, wo sie die schweren, mühsamen Schläge ihres eigenen Herzens spürte.

»Nein!«

Die Gärten hallten wieder von dem wilden Schrei, und sogar Valentine verharrte irritiert, ehe sie zu ihrer ursprünglichen Absicht zurückkehrte. In diesem Moment indes hatte Yvain de Tournai sie erreicht und ihr das Messer aus der Hand gerissen. Er warf es in hohem Bogen in die Laube und barg seine Gemahlin an seiner keuchenden Brust. Keiner von beiden sprach ein Wort.

Das nächste, was Valentine indes wieder wahrnahm, war das Eintreffen der königlichen Garde. Eine völlig aufgelöste Frau in einem himbeerroten Gewand beugte sich schluchzend über Gontier de Gramont, und ein

Offizier der Palastwache wartete auf den Augenblick, an dem Yvain de Tournai seine Gemahlin freigab.

»Mörderin!« kreischte Estelle de Flambert, die von derselben Unruhe auf die Spuren Gontiers getrieben worden war, die auch Yvain de Tournai erfüllt hatte. Sie liebte den allzu schönen Gatten, der sie betrog und mißhandelte, mit der Ergebenheit einer Frau, der ein Wunder in den Schoß gefallen war. »Ihr habt ihn umgebracht!«

Valentine nickte mechanisch. Genau zu diesem Zwecke war sie in den Garten gekommen. Aber weshalb war sie noch am Leben?

»Den Dolch!« forderte sie wild. »Gebt mir meinen Dolch wieder!«

Yvain hatte Mühe, sie zu bändigen und gleichzeitig die Situation einzuschätzen. Gontier de Gramont lag auf dem Boden, und aus einer Wunde an seiner Schulter sickerte unaufhörlich Blut. Seine Gemahlin Estelle, die Yvain auf der Suche nach seinem Vetter im Garten entdeckt hatte, versuchte hysterisch schluchzend, den ständigen Fluß mit ihren Röcken einzudämmen.

Valentine hingegen kämpfte wie eine Furie. Ihre Haube lag bereits im Gras, und die Strähnen der aufgesteckten Locken begannen sich zu lösen. Ihr schönes Gesicht war verzerrt vor Anstrengung und gleichzeitig von so tödlicher Blässe, daß er auch ohne Dolch um ihr Leben fürchtete. Sie war so besessen von ihrer Raserei, daß kein beruhigendes Wort zu ihr drang.

»Ich muß die Dame verhaften«, verkündete der Offizier nüchtern.

Yvain wußte, daß er keine Möglichkeit hatte, ihn davon abzuhalten. Valentine hatte einen Mord begangen! Und das schlimmste war, er mußte sich nicht einmal fragen, weshalb sie diese wahnsinnige Tat begangen hatte. Er konnte sich lediglich Vorwürfe machen, warum er damit nicht gerechnet hatte. Er hatte einmal mehr bei seiner Aufgabe versagt, sie zu beschützen!

»Sie hat *was?*«

Heinrich von Navarra fuhr hoch, und auch seine Ratgeber, die mit ihm das Kabinett bevölkerten, hoben erstaunt die Köpfe.

»Die Dame de Tournai hat Monsieur de Gramont zu töten versucht«, wiederholte der Gardist seine Meldung in militärischer Knappheit.

»Heißt das nun, er ist tot oder nicht?« forschte der König ungeduldig.

»Der Bader spricht von einer schweren Verletzung, aber wie es scheint, hat die Dame das Herz verfehlt.«

»Vermutlich weil er keines hat«, murmelte de Rosny, zu dessen Freunden der schöne Seigneur ebenfalls nicht gehörte. »Was habt Ihr mit der Dame getan?«

»Sie ist in der Wachstube arretiert, aber sie leistet keinen Widerstand.«

»Bringt sie zu mir!« forderte der König und winkte dem Gardisten sich zu beeilen, ehe er sich seinen Ratgebern zuwandte. »Eine Pause, Messieurs, so wie es aussieht, muß ich mich um diese Angelegenheit kümmern. Und Rosny, schafft mir den Seigneur de Tournai herbei. Er soll in meiner Vorkammer warten, bis ich ihn rufe.«

Maximilien de Rosny bekundete seinen Gehorsam mit einer Reverenz. Er mußte Yvain de Tournai nicht lange suchen, denn er schritt mit der Ungeduld eines gereizten Löwen vor den königlichen Gemächern auf und ab.

»Man verweigert mir eine Audienz, de Rosny! Ich muß mit dem König sprechen, ihm erklären ...«

»Gemach, mein Freund! Er wünscht zuerst eine Erklärung von Eurer Gemahlin. Könnt Ihr mir verraten, was sie zur Mörderin gemacht hat?«

Der Kanzler des Königs erhielt keine Antwort. Aber in den düsteren Augen des eben erst getrauten Seigneurs stand so viel Verzweiflung, daß er sich alle weiteren Fragen versagte. Er brachte den nervösen Ehemann in das Audienzzimmer und faßte sich in Geduld.

Die Geduld des Königs hatte fast ihre Grenzen erreicht, als sich endlich die Flügeltür öffnete und Valentine de Tournai mit gefesselten Händen, von zwei Gardisten flankiert, vor ihm stand.

»Fesseln? Wer hat das erlaubt? Bindet sie sofort los!« schnauzte er die verblüfften Männer aufgebracht an. »Hinaus mit Euch! Laßt mich mit der Dame allein! Und nun zu Euch, Madame! Hättet Ihr die unendliche Güte, mir zu verraten, weshalb Ihr Euren angeheirateten Vetter ins Jenseits befördern wollt?«

Valentine wich vor dem Zorn in seinen Augen zurück, aber nicht, weil sie sich fürchtete, sondern weil sie die winzige Spanne des Nachdenkens benötigte. Dann hatte sie ihre Entscheidung getroffen. Es gab nichts mehr zu verlieren. Weshalb nicht die Wahrheit sagen?

»Er hat den Tod hundertfach verdient«, entgegnete sie mit verblüffend klarer und sehr ruhiger Stimme. »Vom ersten Tag an, da er in mein Leben trat, hat er versucht es zu zerstören.«

»Erzählt!«

Valentine stutzte. Sie hatte Tadel erwartet, Zorn,

nicht diese ruhige Aufforderung. Nun, sie mußte wohl erzählen, schon weil es darum ging, Yvain de Tournai aus dieser Sache herauszuhalten. Sie schonte sich nicht in dieser Erzählung. An der romantischen Dummheit, mit der sie sich in den Seigneur de Gramont verliebt hatte, gab es nichts zu beschönigen. Auch nicht an der Tatsache, daß sie freiwillig und abenteuerlustig ihr Elternhaus verlassen und sich in seine Arme begeben hatte. Daß sie Liebe erwartet hatte, wo nur Begehren und Leichtsinn war, konnte sie niemand als sich selbst anlasten.

Sie schilderte mit größter Genauigkeit die Ereignisse im Hause der Marquise Verneuil, berichtete, wie sie ein zweites Mal aus dem Palais de Sens geflohen war und kam letztendlich zum schlimmen Ende ihrer leidenschaftlichen Abenteuer.

»Ich konnte nicht zulassen, daß Gontier de Gramont triumphiert und Yvain de Tournai gedemütigt wird. Ich fordere Gerechtigkeit.«

»Gerechtigkeit«, wiederholte Heinrich von Navarra sinnend. »Wißt Ihr, was Ihr tut, wenn Ihr Gerechtigkeit fordert?«

»Natürlich«, bestätigte Valentine und rieb sich die roten Striemen an ihren Armen, ohne daß ihr die Bewegung bewußt wurde. »Ich bin bereit, für meine Taten einzustehen. Ich wollte mir den Dolch selbst in die Brust stoßen, aber ich wurde daran gehindert. Es ist nur gerecht, ein Leben für das zu geben, was man genommen hat. Ich weiß, welches Urteil mir bevorsteht.«

Heinrich von Navarra verschränkte die Arme vor der Brust und betrachtete die rebellische junge Frau, in der er ein beunruhigendes Erbe erkannte. Die Schönheit mochte sie von ihrer Mutter haben, aber der geradlinige, kriegerische Geist war ein Spiegelbild seines eigenen.

Sie zögerte nicht, in die Tat umzusetzen, was sie sich vorgenommen hatte. Was mochte dieses Kind im Hause eines biederen Kürschners nur angerichtet haben? Er fühlte sich dem einfachen Mann unerwartet nah in der Ratlosigkeit, mit der er seine Tochter ansah.

Der Eintritt des Kanzlers unterbrach das Gespräch, und die wenigen Worte, die er dem König zuraunte, ließen jenen sichtbar zusammenzucken. Valentine bemerkte es und verbat sich, irgendwelche Hoffnungen daran zu knüpfen. Sie hatte getan, was sie tun mußte, und nun würde sie dafür geradestehen. Erst als der König wieder das Wort an sie richtete, sah sie, daß Monsieur de Rosny längst gegangen war.

»Der Himmel hat ein Einsehen mit Eurem jähzornigen Temperament gehabt, Madame! Gontier de Gramont wird von seiner Wunde genesen und Euch damit eine Menge Unannehmlichkeiten ersparen. Und mir auch, um ehrlich zu sein. Ich hätte nur schwer erklären können, weshalb mich Eure Tat nicht in dem Maße ergrimmt, wie sie es tun sollte«, begann er knapp, und während er das Zimmer vom Fenster zur Tür mit unruhigen Schritten durchmaß, sprach er weiter.

»Ihr habt etwas an Euch, das Männer ebenso zu den höchsten Heldentaten wie zu den verrücktesten Dummheiten treibt. Eure Mutter hatte dieselbe Eigenschaft, ich kann es bestätigen, denn mich trieb es zur leidenschaftlichen Dummheit. Obgleich verheiratet und von einer Schwiegermutter bewacht, die alle wahren Eigenschaften eines Drachen besaß, konnte ich meine Finger nicht von ihr lassen. Sie war jung und reizend und ich begehrte sie glühend, ohne mich darum zu kümmern, daß sie eine Montmorency und noch Jungfrau war. Du bist das Kind dieser leidenschaftlichen Romanze, und wäre es nach Königin Katharina gegangen, du hättest deinen ersten Schrei nie überlebt. Wir beide haben es der schönen, gutherzigen Margot zu verdanken, daß du nicht getötet wurdest. Sie vertraute dich einer Zofe an und verbreitete die Nachricht, daß meine schöne Geliebte ein totes Kind geboren habe. Danach stattete sie ihre Dienerin mit einer stattlichen Mitgift aus, die ihr die Hochzeit mit einem ehrbaren Bürger erlaubte, und glaubte nie wieder etwas von dem Kind zu hören.«

In der plötzlich einsetzenden Stille waren nur die Schritte des Königs und der heftige Atem der jungen Frau zu hören. Es gab da Tausende von Fragen, aber sie brachte nicht eine davon über die Lippen.

»Deine Ähnlichkeit mit deiner Mutter hat Margot veranlaßt, Nachforschungen zu treiben. Deine Ziehmutter hat alles bestätigt, du bist meine Tochter, und schon deswegen werde ich nicht zulassen, daß dieser eigensinnige kleine Kopf unter das Schwert des Henkers kommt.«

Valentine fand sich in einer bärenhaften Umarmung an die breite Brust des Königs gedrückt. Halb fassungslos, halb bewegt ließ sie sich den Kuß auf die Stirn gefallen und sank auf das gepolsterte Taburett, auf das er sie wie eine Puppe setzte. Eine Marionette, die kaum Stabilität genug besaß, um sich aufrecht zu halten.

»Trinkt!«

Der scharfe Branntwein in dem Silberbecher ließ sie keuchen, aber er brachte Wärme und Leben in ihre

Glieder zurück. Auch ihr Geist begann wieder zu arbeiten. Und wie üblich beschäftigte er sich mit dem Wichtigsten, das es in ihrem Leben gab. Sie schlug die Augen zu Heinrich von Navarra auf.

»Kennt Yvain de Tournai diese Wahrheit?« wisperte sie fassungslos.

»Nein!« Der König schüttelte sein mächtiges Haupt. »Ich wollte genau wissen, was er für dich empfindet, ehe ich ihm deine Hand gab. Er hat dich im Glauben geheiratet, daß du Valentine Pelletier bist. Er hat mir glaubhaft versichert, daß er lieber sein Leben hingeben würde, als auf dich zu verzichten. Du flößt ihm ein Gefühl ein, das nur wenigen Menschen vergönnt ist, Kind. Er war bereit alles für dich aufzugeben, obwohl er einer der stolzesten Edelmänner ist, die ich kenne. Seine Liebe hat ihm verraten, daß du jedes Opfer wert bist.«

»O Gott«, wisperte Valentine erschüttert und erinnerte sich an den Streit, den sie zuletzt mit ihm geführt hatte.

»Dies scheint wohl keine Angelegenheit des Himmels, sondern eine zwischen dir und meinem stolzen Ritter zu sein«, kommentierte der König den verzagten Ausruf seiner schönen Tochter trocken.

»Wieso habt Ihr nie …« Valentine brach ab, als ihr bewußt wurde, daß sie im Begriff war, vom König von Frankreich Rechenschaft zu fordern. Noch konnte sie ihn nicht als ihren Vater sehen, und der Respekt verschloß ihr nach wenigen Worten die Lippen.

Allein, Heinrich von Navarra ahnte unschwer, was hinter ihrer Stirn vorging. Sie hatte ein Anrecht auf die Wahrheit. Er durfte sie ihr nicht verweigern. Es war an der Zeit, die Dinge zu klären.

»In der Tat, ich bin nicht unschuldig an den Ereignissen«, gab er zähneknirschend zu. »Ich hatte gehofft, jene Episode meiner leichtsinnigen Vergangenheit für mich behalten zu können. Ich glaubte meine Pflicht getan zu haben, indem ich Euch einen Gemahl gab, der Euch nicht nur anbetet, sondern Euch auch endlich den ehrenwerten Namen gibt, der Euch vom Blute her zusteht. Ich dachte, mit einer Hochzeit und einer Mitgift hätte ich dem Schicksal meine Schulden bezahlt ...«

Valentine reagierte ganz spontan. Sie stellte den Becher ab, machte einen Schritt auf ihn zu, sank in eine graziöse Reverenz und küßte die Hand des Königs.

»Ich bitte Euch um Verzeihung, ich wollte nicht ... Es ist nur so, manchmal geht mein Ungestüm mit mir durch. Es fällt mir schwer, mich zu beherrschen ...«

Der König zog sie sacht in seine Arme. Gerührt von der Ehrlichkeit ihrer Entschuldigung und dem Wissen, wie ähnlich sie einander waren.

»Solange du mir versprichst, in diesen Launen nicht mehr zum Dolch zu greifen, wird alles gut sein. Ich werde dafür sorgen, daß Gontier de Gramont seine verdiente Strafe erhält. Er wird dich nie wieder belästigen. Und nun lauf, sieh zu, daß du dieses Gewand los wirst, das mit seinem nichtswürdigen Blut beschmutzt ist. Es gefällt mir nicht, dich so zu sehen.«

»Ich danke Euch«, flüsterte Valentine befangen. »Aber wird man mir nicht Fragen stellen?«

»Vermutlich«, brummte der König gutmütig. »Solange sie von deinem Gemahl kommen, überlasse ich es dir, was du ihm sagen wirst und wie weit du seinem angeschlagenen Stolz zu neuer Größe verhelfen wirst. Was jedoch den übrigen Hof betrifft, es ist ein Name zu bewahren, der mir vor vielen Jahren teuer war und der auch dir teuer sein sollte. Es wäre nicht angebracht, den Schmerz über ein totes Kind von neuem aufzurühren, findest du nicht auch?«

»Ihr könnt Euch auf mich verlassen, Sire!« Valentine begegnete dem Blick ihres Vaters mit jenem Stolz, der ihn schon fasziniert hatte, als er sie noch für Tournais Maitresse halten mußte. »Ich danke Euch für Eure Großmut und Eure Ehrlichkeit. Darf ich Euch indes einen einzigen töchterlichen Rat geben?«

Heinrich von Navarra verzog das Gesicht. Er liebte seine Kinder, aber einen Rat würde er von niemandem annehmen, nicht einmal von ihnen. Valentine ignorierte das sichtbare Widerstreben.

»Ihr habt Euer Herz einer Frau geschenkt, die nur die Macht und den Einfluß sucht. Gontier de Gramont war ihre Marionette, so wie es Monsieur de Biron war oder der Graf d'Auvergne. Ihr wißt es, denn Ihr seid ein kluger Mann und ...«

»Nein!« Unterbrach er sie mit einer seltsamen kleinen Grimasse. »Muß ich ausgerechnet dir etwas über die närrischen Winkelzüge der Leidenschaft erzählen? Über die Liebe, die auch Fehler, Verrat und Lügen verzeiht? Die trotz aller Gefahren immer wieder siegt?«

Valentine senkte beschämt den Kopf. Sie entdeckte eine Gemeinsamkeit zwischen sich und ihrem Vater, die sie erschreckte.

Die erschütternde Erkenntnis, daß sie auch Yvain de Tournai immer noch lieben würde, wenn er jene Schurkereien begangen hätte, die sie Gontier de Gramont vorwerfen mußte, bewies ihr, wie ausweglos der König in seine Leidenschaft verstrickt war. Er mußte seinen Weg gehen, wie ihn das Schicksal vorgezeichnet hatte.

»Ich werde Euch in meine Gebete einschließen«, wisperte sie und gönnte ihm ein einziges Mal jenes Wort, auf das nur er allein Anspruch hatte:

»Vater!«

# 21. Kapitel

Der Louvre schwirrte vor Gerüchten, und Yvain de Tournai hatte Mühe, sich seinen Weg zu bahnen. Allenthalben hielt man ihn auf, wollte von ihm wissen, was er selbst nicht begreifen konnte. Es schienen ihm Stunden zu sein, die er im Vorzimmer des Königs verbracht hatte, der ihn mit einem Blick angesehen hatte, als müsse er sich erst erinnern, um wen es sich bei seinem Anblick handle, als er ihn dort gefunden hatte.

»De Tournai! Natürlich, verzeiht, daß man Euch warten ließ«, hatte er ein wenig zerstreut gesagt. »Was kann ich für Euch tun?«

Yvains leidenschaftlicher Einsatz für seine närrische Frau war von ihm lediglich mit einem Stirnrunzeln zur Kenntnis genommen worden. Der König hatte einmal mehr abgewinkt.

»Ich habe dieses törichte Kind in sein Appartement geschickt und ihm geraten, seine Kleider zu wechseln«, hatte er dann gesagt, als habe sich Valentine beim Spiel mit der Schaukel beschmutzt und keinen Menschen getötet. »Laßt Euch von ihr alles Weitere berichten, ich habe zu tun! Es kostet mich auf die Dauer zuviel meiner Zeit, mich ständig mit den Angelegenheiten Eurer schwierigen Dame zu beschäftigen, mein Freund.«

Immerhin hatte man ihm auf dem Weg in dieses Appartement zugetragen, daß Gontier de Gramont zwar schwer verletzt war, aber am Leben bleiben würde, falls sich seine Wunde nicht entzündete.

So sehr Yvain seinem Vetter den Tod wünschte, in diesem besonderen Augenblick erleichterte ihn die Nachricht. Es gelang ihm, mit leidlicher Ruhe die Räume seiner Gattin zu betreten, und das Geplätscher hinter einem Wandschirm des Ankleidekabinetts verriet ihm, daß sie offenkundig ein Bad nahm.

Ehe er den Wandschirm umrundete, der sie vor Zugluft schützen sollte, gönnte er sich den Luxus eines erleichterten Aufatmens. Frauen, die in einer Badewanne planschten, waren zumindest nicht mehr gefährdet, sich das Leben zu nehmen! Das unerwartet intime, häusliche Bild, das er vorfand, ließ ihn jedoch mitten in der Bewegung erstarren.

Valentine hatte den Badezuber bereits verlassen und saß, nur in ein Tuch gehüllt, das ihre Arme und Schultern freigab, auf einem gepolsterten Hocker. Ninette, ihre Zofe, spülte die frisch gewaschenen Haare mit einer wasserhellen Flüssigkeit, die intensiv nach Sommerblumen und Kräutern duftete.

Valentine hob den Kopf, und ihre Blicke trafen sich. Er entdeckte die feinen Linien der Anspannung und Müdigkeit, die von der Aufregung der vergangenen Tage kündeten. Es fiel ihm auf, daß sie die Lider nicht senkte. In der grünen Klarheit ihres Blickes lag ein neues, ungewohntes Leuchten. Eine unerwartete Ruhe, die er nicht fassen konnte. So als habe sie mit einem Schlag ihre Sicherheit zurückgefunden und ihren Frieden mit dem Leben gemacht. Wegen eines Dolchstoßes?

»Es liegt mir fern, Euch Vorwürfe zu machen«, sagte er rauh und versuchte seine Befangenheit zu verbergen. »Im Gegenteil, Ihr habt den Mut eines Mannes bewiesen, aber gleichzeitig auch die Hirnlosigkeit einer Kammerfliege! Warum könnt Ihr es nicht Eurem Gemahl überlassen, Ordnung in Euer Dasein zu bringen?«

»Du kannst gehen!« Valentine nahm ihrer verlegenen Zofe die Bürste aus der Hand. »Ich komme allein zurecht, und wenn nicht, wird mir mein Gemahl helfen.«

»Wenn Ihr Euch ausnahmsweise helfen laßt«, griff jener grimmig das gefährliche Stichwort auf. »Verratet mir bitte, weshalb Euch der König für den närrischen Rachefeldzug nicht zur Rechenschaft zieht, den ihr da angezettelt habt!«

»Weil er Verständnis für meine Motive hat«, erwiderte Valentine und begann die dunkelfeuchten, langen Strähnen ihrer Haare mit der Bürste zu entwirren.

»Auch Verständnis dafür, daß Ihr die Waffe gegen Euch selbst richten wolltet?« rief Yvain de Tournai verdrießlich. »Sagt mir, weshalb? Ist Euch das Leben an meiner Seite so zuwider, daß Ihr es nicht ertragen könnt? Habt Ihr Euch nur überwunden, meine Gegenwart zu erdulden, solange das Gespenst einer unsinnigen Rache dafür winkte? Gibt es wirklich kein Herz in Eurem makellosen Körper?«

Die schmerzlichen Vorwürfe trafen Valentine völlig unerwartet. Sie hatte dem König nicht zu glauben vermocht, als er von Yvains Liebe sprach, aber nun hörte sie die Qual in seiner Stimme. Sie sah die Heftigkeit seiner Erregung und den mühsam unterdrückten Zorn in seinen dunklen, gepeinigten Augen.

»Nein«, hauchte sie und ließ die Bürste kraftlos sinken. »In der Tat, Ihr habt recht. Dort gibt es kein Herz mehr. Ihr habt es an Euch genommen, Seigneur. Es ist längst in Euren Händen.«

»Valentine!«

Der Schrei drang unschwer durch mehrere Türen, aber die beiden Menschen in dem kleinen Kabinett kümmerte es nicht. Valentine spürte den vertrauten Griff rauher Hände, die ihre Schultern umspannten und sie hochhoben. Das feuchte Tuch geriet ins Rutschen, aber sie machte keinen Versuch es aufzuhalten. Sie verschränkte ihre Finger in seinem Nacken und gab sich mit aller Sehnsucht jenem Kuß hin, der sich in ihren Mund wühlte.

»Oh, mein Gott, ich hatte eine solche Angst, dich zu verlieren«, hörte sie irgendwann das rauhe Gemurmel in ihren feuchten Haaren. »Tu mir das nie wieder an. Schwöre mir, daß du es nie wieder tust!«

»Ich habe keinen Grund mehr, es zu tun«, entgegnete sie heiser.

»Welchen, in drei Teufels Namen, hattest du eigentlich?« Immer noch zwischen Zorn und Leidenschaft schwankend, schob Yvain seine Gemahlin so weit von sich, daß er in ihre Augen sehen konnte.

»Ich nahm an, du würdest dich meiner schämen«, entgegnete Valentine ehrlich. »Ich glaubte, der König habe dich zu einer Ehe mit einer liederlichen Handwerkerstochter gezwungen, um deinen Stolz zu demütigen. Ich wollte dich von mir befreien und gleichzeitig jenen Halunken beseitigen, mit dem alles begonnen hatte.«

Yvain umfaßte das ernste anmutige Gesicht mit seinen großen Händen und preßte die Schläfen so kräftig zusammen, als könne er auf diese Weise auch den letzten dummen Gedanken daraus vertreiben.

»Ich will solche Worte nie wieder von dir hören. Du bist die Frau, die ich mir erwählt habe, und es ist mir völlig egal, ob dein Vater ein Kürschner, ein Ritter oder ein Gaukler ist!«

»Keines von allem«, wisperte Valentine sanft. »Er ist ein König ...«

Jetzt war es an Yvain de Tournai, die Sprache zu verlieren, und Valentine drängte sich zärtlich kosend an ihn.

»Madame Marguerite hat es gleich erkannt. Meine Mutter war offensichtlich eine ihrer Hofdamen, und sie stand ihr in der Stunde meiner Geburt bei. Sie hat dafür gesorgt, daß ich nicht getötet wurde, wie es Königin Katharina verlangte. Ich wußte nichts von diesen Ereignissen, der König hat es mir heute erst gesagt ...«

Yvain de Tournai zweifelte keinen Augenblick an diesen Worten. Im Gegenteil, er begriff plötzlich, was ihn an manchen Bewegungen, Gesten oder dickköpfigen Eigenheiten seiner bezaubernden Gemahlin so irritiert hatte. Königin Margot mußte es ebenfalls bemerkt haben. Kein Wunder, daß sie das Mädchen sogleich in ihr Herz geschlossen hatte.

»Es ist mir auch egal, daß es der König ist«, faßte er sich nach dem ersten, verständlichen Schock. »Er hat sein Recht an dir verloren. Du gehörst mir! Du bist mein! Mein auf immer ...«

Sein auf immer. Der leidenschaftliche Schwur ließ einen Schauer über Valentines bloße Haut rieseln, und schlagartig wurde ihr bewußt, daß sie nichts anhatte. Daß sie nackt wie Eva im Paradies in seinen Armen lag. Wie sie ihn liebte! Wie sie ihn begehrte! Die Erkenntnis ließ sie regelrecht erzittern.

Ihr Mund suchte den seinen, und die Botschaft, die ihm Lippen und Zungenspitze vermittelten, war von solcher Eindeutigkeit, daß jeder andere Gedanke zwischen ihnen zerstob. Die Leidenschaft explodierte mit einer solchen Heftigkeit, daß Yvain die kleine nackte Hexe auf dem gepolsterten Hocker neben der Wanne mit dem kühlen Badewasser auf seine Oberschenkel zog.

Sein hungriger Mund glitt über die hoch angesetzten Wangenknochen und den eleganten langen Hals, bis zu jenem zärtlichen Tal zwischen ihren Brüsten, in dem er sein Antlitz barg. Sie duftete nach Sommer und Sonne. Die köstlich straffen Knospen der festen Brüste waren die Früchte dieses Sommers, und der seidige Leib verströmte die Hitze eines schwülen Tages.

Valentine hielt sich an seinen Schultern und genoß das zärtliche Knabbern und Spielen, das Pfeile purer Lust durch ihren Körper schickte. Unter ihren Schenkeln spürte sie das Wachsen seines Verlangens, und unwillkürlich rieb sie sich verlockend an dieser Härte.

»Bei Gott, wir sind närrisch«, raunte Yvain und fuhr mit den Handflächen über ihren bloßen Rücken. »Laß uns wenigstens den Alkoven aufsuchen!«

»Nein!« protestierte Valentine kehlig. »Ich kann nicht warten! Ich will nicht warten! Ich will Euch spüren, ich habe mich so nach Euch gesehnt.«

Sie öffnete die Schnüre seiner Beinkleider mit einer Zielstrebigkeit, die ihn ebenso amüsierte, wie sie auch sein Begehren bis an die Grenzen des Erträglichen steigerte. Seine Hände umfingen die Wölbung der straffen Brüste, die vor seinem Gesicht wippten, und während er mit dem Daumen über die verlangenden rosigen Warzen strich, spürte er die kleine Hand, die ihn umfing und leitete. Die alle Scheu vor ihm verloren hatte.

»Ihr spielt mit dem Feuer, Madame!«

»Ich will nicht spielen, ich will es besitzen!« widersprach sie heiser und setzte ihr verführerisches Sirenen-Werk fort.

Sie hatte sich zu beiden Seiten des Sitzes auf die Zehenspitzen gestellt und ließ sich nun in genußvoller Wollust über das Hindernis sinken, das gewaltig, straff und mit voller Härte in sie drang. Feucht und heiß vor Verlangen umfing sie ihn und verriet, daß es nicht nötig war, einen Weg zu bereiten.

Ihre Augen trafen sich und versanken mit jeder Bewegung tiefer ineinander. Sie umschloß ihn und wurde gleichzeitig durchdrungen. Die Vereinigung übertraf alles, was sie jemals empfunden hatte. Vielleicht weil sie sich dieses Mal von Anfang bis Ende auch mit den Blicken nicht lösten. Weil jeder im anderen das Spiegelbild der eigenen ausschließlichen Gefühle fand.

Endlich, als Valentine schon glaubte zerrissen zu werden, war das Ende erreicht. In gemeinsamer Glut verschweißt, wie Eisen, das gehärtet wurde. Yvains Mund schloß sich um eine ihrer Brüste und das gierige Saugen schien das Feuer in ihrem Schoß anzufachen. Eine katzengleiche Zunge umschmeichelte die empfindliche Warze, während er die zweite mit den Fingerkuppen massierte. Ihre lockenden Brüste wuchsen unter diesem erotischen Spiel, wurden schwerer, sehnsüchtiger, empfindsamer.

Valentine hatte noch nie derartig brennende, unersättliche Lust empfunden. Sie wurde gedehnt, geweitet und ausgefüllt, und sie mußte sich einfach bewegen, sonst würde sie es nicht ertragen. Doch sie wollte mehr, immer mehr. Sie hob sich, senkte sich, schneller und schneller, härter und härter. Ein wilder Rhythmus, den ihr die leidenschaftliche Raserei befahl, den sie nicht mehr aus eigener Kraft beenden konnte.

Seine kraftvollen Hände hielten sie jedoch jäh auf. Wie eine Eisenklammer umspannten sie die zuckenden Hüften und drückten sie auf den geschmeidigen, prallen Pfahl in seiner ganzen männlichen Härte. Im selben Moment spürte sie das eigene, heftige Pulsieren, das sich mit seiner heftigen Entladung traf. Beides gemeinsam verursachte einen so überwältigenden Rausch der Sinne, daß sie nicht aufhören konnte zu zittern. Daß sie hemmungslos den Kopf mit den nassen Haaren von einer Seite zur anderen warf und heiser aufschrie.

Benommen fand sie sich irgendwann in seinen schützenden Armen wieder und hob den Blick. Kraftlos und doch schwebend, als befände sie sich auf einer Wolke.

»Was machst du mit mir?« raunte sie staunend.

»Dich lieben«, erwiderte Yvain de Tournai und neigte sich über die zärtlichen Lippen. »Eine Aufgabe, der ich mich bis ans Ende meiner Tage widmen möchte ...«

»Ich liebe Dich!« Valentine erwiderte den Kuß innig und sagte endlich all die Dinge, die sie in ihrem Herzen für ihn bewahrte. »Ich wußte nicht, das ich solche Gefühle empfinden kann. Ohne dich erschien mir das Leben nichts mehr wert. Es kostete mich nicht einmal Überwindung, es hinzuwerfen, wenn ich es nicht mit dir teilen kann. Ich habe nie dergleichen empfunden, auch für Gontier nicht ...«

»Schscht! Nie wieder ... Vergiß es. Komm, laß dir helfen ...«

Ein wenig steif und unsicher an sich herabsehend, kam Valentine auf die Beine.

»Ich muß mich ankleiden«, stellte sie ein wenig ratlos fest und errötete, als ihr bewußt wurde, daß er sie nicht aus den Augen ließ. Daß sie in schamloser Nacktheit vor ihm stand.

»O nein!«

Ehe sie dagegen protestieren konnte, fand sie sich auf seinen Armen.

»In unserem Bett benötigt Ihr keine Kleider, Madame!«

»Es hat eben erst zur Vesper geläutet«, widersprach Valentine halb lachend, halb verlegen. Im hellen Tageslicht kam ihr die eben verspürte Liebeslust ein wenig zu verrucht vor.

»Das ist mir egal, Madame! Ihr schuldet mir eine Hochzeitsnacht, habt Ihr das schon vergessen? Und Ihr werdet Euch hübsch anstrengen müssen, damit ich die Enttäuschung vergesse, die Ihr mir gestern abend bereitet habt. Ich betrachte das Intermezzo von eben nur als den Beginn einer verheißungsvollen Nacht ...«

Der herausfordernde Klaps auf ihren nackten Hintern ließ sie empört aufschreien, obwohl ihre Augen lachten. »Ihr seid närrisch, Monsieur ...«

»Das stimmt, mein Herz!« Er hielt inne und küßte ihre Nasenspitze. »Närrisch nach der schönen Valentine! Närrisch nach meiner eigenen Gemahlin. Ein völliges Novum an diesem Hof, findet Ihr nicht auch?«

Der Seigneur de Tournai warf die Tür des Schlafgemachs mit dem Fuß hinter sich ins Schloß und setzte seine Geliebte auf dem Bett ab. Dann riß er sich förmlich die Kleider vom Leib und bemächtigte sich des willigen Leibes, der ihm noch nie schöner erschienen war.

Valentine schmiegte sich fügsam in die fordernden Arme. Es gab keinen Platz im ganzen Königreich, an dem sie in diesem Moment lieber gewesen wäre.

»Ihr habt recht«, wisperte sie mit jenem kehligen Timbre in der Stimme, das ihre Zufriedenheit ebenso wie ihre neuerlich aufflammende Lust verriet. »Liebt mich! Liebt mich und laßt mich alles vergessen, was je zwischen uns stand!«

Während die Sonne hinter den Dächern der Stadt niedersank, der König sich den Zänkereien seiner italienischen Gemahlin ergab und Madame Margot im Palais de Sens mit ihren Pagen flirtete, entdeckten Yvain de Tournai und seine schöne Gemahlin die Wirklichkeit einer Liebe, die fern von Titeln und Ehren nur auf die Ehrlichkeit zweier Herzen beschränkt blieb.

# 22. Kapitel

*Tournai — Februar 1605*

Die alte Burg von Tournai war zum Steinbruch für die kleine Stadt geworden, die sich in der geschützten Flußwindung der Essonne entwickelt hatte. Seit der Seigneur die Genehmigung erteilt hatte, sich dort Steine zu holen, war eine Reihe neuer Häuser entstanden, von denen das prächtigste jedoch das schöne große Schloß war, das sich zwischen dem Stadtrand und dem flachen Hochufer des Flusses erstreckte.

Lediglich von einer mannshohen Parkmauer umgeben, ragten seine spitzen Schieferdächer über die Bäume hinaus, und an klaren Tagen blitzte das Sonnenlicht in den bleiverglasten Scheiben, als seien es Juwelen. Seine Majestät König Heinrich war persönlich erschienen, als der Bau feierlich geweiht worden war. Die Leute von Tournai hatten sich nicht zu fassen gewußt, als sie Zeugen der Freundschaft wurden, die ihr König für den Seigneur und seine junge Gemahlin empfand.

Es war ein prächtiger Tag gewesen, an dem viele mächtige und reiche Pariser das kleine Städtchen mit ihrer Aufmerksamkeit beehrt hatten. Die Königin Margot beispielsweise, die immer noch blendend schön war, wenngleich die Pagen, die ihr dienten, immer jünger wurden. Der mächtige Kanzler de Rosny und sogar der Zunftherr der Kürschner von Paris und seine Gemahlin Dame Lisette waren erschienen. Seitdem besaß die Marquise einen prächtigen Zobelumhang, über dessen Wert man nur spekulieren konnte und der ihr im vergangenen Winter sicher gute Dienste geleistet haben mußte.

An diesem sonnigen Februartag des Jahres 1605 begann sich die Erde indes eben wieder unter dem Einfluß der Sonne von diesem endlosen Winter zu erholen, und die Banner auf den Zinnen des Schlosses flatterten vor einem blaßblauen Himmel. Yvain de Tournai warf einen Blick hinauf, in dem Zufriedenheit und Stolz schimmerten, ehe er sich dann dem zweijährigen Quälgeist zuwandte, der sich an den Stulpen seiner Stiefel festhielt und darauf bestand, ihn zu den Ställen zu begleiten.

»So bist du also deiner Mutter entkommen, mein Freund?« schmunzelte er und nahm den lachenden Knaben auf den Arm.

Henri de Tournai, der Erbe des Hauses und temperamentvolle Vicomte de Brosse, krähte vor Vergnügen und grabschte nach dem federgeschmückten Hut seines Vaters, den jener nur mit Mühe in Sicherheit bringen konnte.

»Hier steckst du also, ich dachte es mir!« entdeckte in diesem Moment die Mutter den Ausreißer und trat an die Seite ihres Gemahls.

Valentine befand sich im ersten Drittel ihrer zweiten Schwangerschaft, aber wie die erste schien sie ihr bestens zu bekommen. Die blühenden Farben ihrer Erscheinung sprachen dem langen Winter Hohn, und der Glanz in ihren grünen Augen, wenn sie ihren Gemahl ansah, verriet alles über die unveränderte Leidenschaft ihrer Zuneigung.

»Ein Bote aus dem Louvre ist eingetroffen«, sagte sie

sanft. »Ich nehme an, es gibt wichtige Neuigkeiten aus Paris.«

»Oder der König macht wieder einen seiner hartnäckigen Versuche, Euch an den Hof zu locken . . .«

Valentine lachte. Sie hatte ihren Entschluß, sich in Tournai niederzulassen und Paris den Rücken zu kehren, nie bereut.

Das neue Leben, das sie an der Seite Yvains begonnen hatte, war mehr, als sie jemals zu hoffen gewagt hatte. Sie sehnte sich nicht nach dem Glanz und den Verführungen des Hofes.

»Geht hinein, ich werde mich um Henri kümmern!« lächelte sie und erwiderte den innigen Kuß, ohne den Yvain nicht an ihr vorbeigehen konnte.

Die Pflichten der Schloßherrin, die sie mit ebensoviel Energie wie Begeisterung auf sich genommen hatte, ließen ihr erst am späten Nachmittag die Muße, das Arbeitskabinett ihres Mannes aufzusuchen, wo er sowohl die Abrechnungen tätigte wie seine Korrespondenz mit de Rosny führte, mit dem ihn inzwischen dieselbe Freundschaft verband, die seine Gemahlin für Marguerite von Valois empfand.

Wobei jene im Moment wenig Zeit zum Briefeschreiben aufbrachte, da sie voll damit beschäftigt war, sich in den Auen am linken Seineufer ein prächtiges Landhaus zu errichten. Alle Welt wunderte sich darüber, wie es ihr gelungen sein mochte, dem sparsamen König das schön gelegene Grundstück wie auch die nicht unbeträchtlichen Mittel für diesen Bau zu entlocken. Nicht einmal Valentine hatte sie das Geheimnis mitgeteilt.

Die Herrin von Tournai fand ihren Gemahl vor einem flackernden Kaminfeuer in tiefes Nachdenken versunken, und im ersten Moment mußte sie einen Anflug von jäher Furcht bekämpfen.

»Schlechte Nachrichten?« fragte sie ruhig.

»Wie man es nimmt, setzt Euch, mein Herz!«

Yvain deutete auf den gepolsterten Sessel neben dem seinen, und erst jetzt sah Valentine, daß er ein engbeschriebenes Pergament in den Händen hielt, das er wohl eben zum wiederholten Male gelesen hatte.

»De Rosny ist der Marquise von Verneuil auf ein neuerliches Komplott gekommen ...«

Valentine winkte ab.

»Nicht schon wieder. Alle Welt weiß, was für eine Intrigantin diese Dame ist. Heinrich ist ihr verfallen. Er kann nicht auf die sinnliche Leidenschaft verzichten, die sie ihm schenkt. Er hält gegen alle Vernunft an ihr fest, wir wissen es doch.«

»Dieses Mal ist es ernster. De Rosny hat Beweise. Briefe aus eigener Hand der Dame an den König von Spanien. Ihre Pläne schlagen den Mord am König und am Dauphin in aller Ausführlichkeit vor. Es wurden sogar Dokumente gefunden, in denen der König von Spanien verspricht, den minderjährigen Marquis de Verneuil zum Thronerben von Frankreich zu bestimmen. Dokumente, die dieses Mal unzweifelhaft nicht gefälscht sind. Seine Mutter soll für den minderjährigen Knaben unter spanischer Oberhoheit regieren.«

»Wie hat man derlei Beweise gefunden?« wunderte sich Valentine, welche die Raffinesse der schönen Marquise schließlich kannte.

»De Rosny hat ohne die ausdrückliche Zustimmung Seiner Majestät die Schlösser der Favoritin durchsuchen lassen, damit hatte sie nicht gerechnet. In Paris sah sie sich vor, aber die Beweise in Verneuil und Marcoussis waren nur mangelhaft verborgen. Dieses Mal steckt sie mitsamt ihrer Familie und ihren Parteigängern fest.«

Valentine strich sich unwillkürlich über die Stirn. Die Frage, die sie nicht zu stellen wagte, wurde von Yvain umgehend beantwortet.

»Auch Gontier de Gramont ist unter den Verhafteten, jawohl. Es hat ihm nichts genützt, daß sich seine Gemahlin dem König zu Füßen geworfen hat. In seinem Fall blieb der König sogar besonders hart. Er ist wie die anderen Männer aus Henriettes Familie dazu verurteilt worden, wegen Hochverrats geköpft zu werden!«

»Und Henriette?«

»Sie hat sich in ein Kloster geflüchtet.«

Valentine nickte. »Wenn sich der ärgste Aufruhr gelegt hat, wird sie sich ihm zu Füßen werfen, ihm ihre unveränderte Leidenschaft gestehen und seine Verzeihung erlangen. Alles wie immer ...«

»Nur daß bei dieser Gelegenheit ein paar Verräter das wohlverdiente Schicksal ereilt«, fügte ihr Gemahl vielsagend hinzu.

Valentine lächelte traurig.

»Ich fühle keine Genugtuung, falls Ihr das meint. Ich bedaure höchstens seine Gemahlin. Sie scheint ihn trotz allem zu lieben, und es wird schrecklich für sie sein, ihn zu verlieren ...«

Yvain de Tournai schloß das Pergament und warf es auf seinen Arbeitstisch, ehe er sich seiner Gemahlin zuwandte.

»Meine rachedürstende Kriegerin ist sanft geworden, kann das sein?«

Valentine sah nachdenklich in die Flammen, die ihre

Gestalt mit einem rötlichen Schein umzeichneten. Es war nicht länger nötig in ihrem Leben, ein Geheimnis aus ihren Gedanken zu machen.

»Ich habe gelernt, die Liebe mehr zu lieben als die Rache. Ist das ein Fehler?«

»Nein, mein Herz!« Yvain de Tournai zog sie hoch und schloß sie in seine Arme. »Das ist kein Fehler, das ist die einzig wahre Art zu leben. Wißt Ihr, daß ich Euch unendlich liebe?«

Valentine hob die Lippen dem Kuß entgegen. Es war nicht nötig, etwas zu sagen. Er konnte die Antwort in ihren Augen lesen.